10
18

12, AVENUE D'ITALIE. PARIS XIIIe

Sur l'auteur

Lee Jackson est l'auteur de plusieurs romans policiers historiques, dont *Les Secrets de Londres*, sélectionnés en 2003 pour l'Ellis Peters Historical Dagger Award, et *Le Cadavre du métropolitain*, premier tome d'une trilogie conduite par l'inspecteur Webb dans le Londres victorien. Membre de la Crime Writers Association et fasciné par l'histoire sociale de l'Angleterre victorienne, Lee Jackson vit aujourd'hui à Londres.

LEE JACKSON

UNE FEMME SANS PEUR

Traduit de l'anglais
par Éric MOREAU

INÉDIT

10/18

« Grands Détectives »

dirigé par Jean-Claude Zylberstein

Du même auteur
aux Édtitions 10/18

Titre original :
A Most Dangerous Woman

ISBN-978-2-264-04694-9

PROLOGUE

Sarah Tanner fit l'acquisition de son café au printemps de l'année 1852. C'étaient des locaux exigus et poussiéreux sis au carrefour du marché de Leather Lane et de Liquorpond Street, dans le quartier de St. Albans, à Holborn. Le précédent propriétaire, un veuf qui s'était mis à boire à la mort de sa femme, avait fini par sombrer, entraînant avec lui sa vieille affaire par le fond. Il ne restait plus grand-chose de ce qui fait l'âme d'un tel établissement : juste une grande cafetière en cuivre, terne et oxydée, qui trônait sur le comptoir, et le faible et morne arôme du moka grillé – ou plutôt d'une baie moins coûteuse, mélangée à de la chicorée – qui au fil des ans avait imprégné le bois.

D'aucuns, sans même tenir compte de l'intérieur, auraient pu estimer peu judicieux le choix d'un tel endroit pour ouvrir un commerce, car on mentionnait cette partie de la ville dans les pages de la gazette *Police News* avec une régularité troublante et, quand les habitants plus aisés des quartiers alentour évoquaient leurs voisins de Leather Lane, c'était en général pour les traiter de voleurs et de parasites, ou dans le meilleur des cas pour recommander leur âme aux bons soins de la mission locale, ce qui revenait plus ou moins au même. Sarah Tanner, quant à elle, avait réfléchi à la question : les environs étaient misérables, certes, mais elle avait connu pire. En outre, les deux petites pièces et le grenier au-dessus de l'échoppe lui semblaient parfaits pour son confort, et surtout, la proximité du marché lui assurerait un flot continu de clients. Qu'il s'agisse des marchands de quatre-saisons, qui installaient leurs étals à l'aube, ou des femmes fatiguées qui à la fin de la journée cherchaient à marchander, il y avait presque toujours du passage dans la rue. Et si de temps à autre un voyou ou un malfrat patenté se présentait dans son établissement, peu lui importait… du moment qu'il payait.

Il se révéla que Mrs. Tanner – elle avait décidé dès le début de s'attribuer ce titre, bien qu'elle n'eût que vingt-sept ans et que la vie conjugale lui fût étrangère – avait un sens aigu des affaires. Sa petite échoppe, une fois qu'on l'eut nettoyée et rafraîchie, ne tarda pas à prospérer, de sorte qu'elle dut vite embaucher un serveur – un vieil homme répondant au nom de Grundy, dont on disait qu'il avait connu des jours plus fastes – et une certaine Mrs. Hinchley qui, lors de l'entrevue, s'était présentée comme une « simple cuisinière qui n'aimait pas les complications » – exactement ce qu'il lui fallait.

Le meilleur atout commercial de Mrs. Tanner était la régularité de ses horaires. Le hasard voulait qu'elle possédât un objet des plus utiles, une petite horloge d'acajou – une rareté à Leather Lane –, de surcroît pourvue d'un carillon. Ainsi, elle ouvrait sa porte le matin à six heures précises, qu'il vente ou qu'il pleuve, et la refermait à minuit – ponctualité qui faisait cruellement défaut aux tavernes plus anciennes des environs. La cuisine qu'elle servait était correcte et proposée à un prix raisonnable – une combinaison rare –, et offrait aux marchands un petit déjeuner qui, d'après leurs propres termes, « tenait bien au corps ». On servait le thé et le café à la pinte pour un penny, ou à la tasse pour un demi-penny, et il y avait toujours quelque chose en train sur le gril, œufs au bacon le matin, pommes de terre et saucisses le soir.

Mrs. Tanner comprenait également la nécessité de la réclame. Après deux ou trois semaines d'activité, elle chargea un Français, qui se proclamait génie du pinceau mais à qui la chance semblait tourner le dos, de lui peindre une enseigne où figurerait en noir et or l'inscription *Dining & Coffee Rooms.* Vinrent ensuite des placards annonçant « Dîner copieux pour 8 pence » et « Bouillon de bœuf, 2 pence le bol », placés bien en vue derrière la vitre, au-dessus du rideau rouge qui cachait les jambes des clients au regard des passants. Et bien sûr, la meilleure de toutes les publicités : l'alléchante odeur des côtelettes, des sardines ou des harengs en train de griller, qui s'échappait de l'espace confiné de la cuisine. Et Dieu sait qu'elle était étroite, car l'établissement lui-même était loin d'être spacieux ! La devanture, qui consistait en une petite fenêtre et en une porte des plus ordinaires, sise en retrait de la rue, ne devait guère mesurer plus de quatre mètres d'un bout à l'autre. L'intérieur n'offrait de place que pour quatre boxes collés contre le mur, le comptoir, et deux tables près de la fenêtre. Quelque temps après avoir acheté le bail, Mrs. Tanner avait découvert que la salle était de dimensions irrégulières, en forme de biseau, et après une inspection méticuleuse, que ses murs penchaient légèrement vers l'intérieur, comme comprimés par un corset géant. Elle n'en fut néanmoins pas découragée, et il devint vite évident à quiconque s'intéressait à la question que le nouveau café du coin de la rue était admirablement tenu.

Quant à Sarah Tanner, que savait-on d'elle ? À vrai dire, c'était là un personnage qui provoquait la contradiction. On racontait par exemple qu'elle avait les manières d'une domestique de rang supérieur, mais qu'elle était bien trop jeune pour avoir déjà pris sa retraite. Elle s'exprimait comme une femme éduquée, mais connaissait l'argot des marchands comme si elle avait grandi parmi eux. Enfin, en plus de n'avoir pas de mari – chose fréquente à Leather Lane, où ceux-ci prenaient la poudre d'escampette avec une facilité déconcertante, le plus souvent après un passage au pub –, il semblait qu'elle n'ait jamais été mariée. Ce dernier point, plus que tout autre, était surprenant, car elle avait un joli visage, des cheveux châtain foncé et de grands yeux noisette, ainsi qu'une silhouette gracieuse – aux courbes que les marchands les plus hardis faisaient même admirer à leur épouse. C'était à cause de ces commentaires malheureux que certaines marchandes qualifiaient Mrs. Tanner de personnage étrange, pas tout à fait « net », insinuaient que l'argent pour son commerce, elle l'avait bien gagné *d'une façon ou d'une autre*, et que *de leur côté* elles préféraient ignorer comment.

Une chose était sûre : Sarah Tanner ne comptait pas le leur dire. Et si à son arrivée elle avait été la cible des commérages, la curiosité à son endroit avait fait long feu, éclipsée par des nouvelles plus excitantes, comme celles du vol mystérieux de l'âne du vieux Bill Teach, survenu en pleine nuit, ou de l'esclandre qui avait eu lieu devant la chapelle presbytérienne, où Sal Perkins avait « rossé » sa rivale. Car dans les rues des environs de Leather Lane et de Saffron Hill, quelle que soit la moralité des riverains, et aussi misérables soient-ils, ces incidents étaient monnaie courante. L'énigme que représentait Sarah

Tanner fut vite oubliée, et cette dernière, pour sa part, en fut soulagée, car elle conduisait son affaire avec… comment dire, non pas avec timidité, mais une certaine discrétion. Même Ralph Grundy, qui la côtoyait quotidiennement, aurait volontiers témoigné que son employeuse était « rudement renfermée, pour sûr ». Et si on le pressait sur le sujet, il se contentait de lever son verre et refusait de révéler le moindre secret croustillant.

C'était en partie dû à une discrétion naturelle de sa part, mais surtout à sa propre méconnaissance de l'histoire de Sarah Tanner. Toutefois, se fiant à la sagesse que lui valait son âge – il était dans la soixantaine, et assez porté sur les conjectures –, il avait conclu que sa patronne possédait « un passé » d'une sorte ou d'une autre, passé qui risquait fort de la rattraper un jour.

Et, bien sûr, il voyait juste.

CHAPITRE PREMIER

Il était onze heures et demie du soir passées de quelques minutes, et le petit café du coin de la rue était presque vide. Mrs. Hinchley était rentrée chez elle depuis longtemps, et Ralph Grundy s'affairait dans la cuisine. Sarah Tanner, quant à elle, avait quitté sa place habituelle – le tabouret derrière le comptoir – pour se réchauffer les mains devant la cheminée. Elle s'y tenait lorsqu'elle entendit la porte de l'établissement grincer dans son dos.

— Sarah ? C'est bien toi, pas vrai ?

Mrs. Tanner sursauta. Personne à Leather Lane ne l'appelait jamais par son prénom. Elle se retourna et vit un homme de deux ou trois ans son aîné, vêtu d'un costume et d'un chapeau marron élégants, que complétaient un gilet brun-roux et une cravate d'un rouge extravagant.

— Me dis pas que tu te souviens pas de George Phelps ? poursuivit-il en affectant une contrariété exagérée. Me dis pas ça, ma grande !

La patronne du café pâlit.

— Un peu que je te reconnais, répondit Sarah Tanner d'un ton posé, en jetant un regard nerveux en direction de la cuisine.

L'homme, de son côté, sourit de toutes ses dents et s'assit sur le banc d'un box.

— Alors, qu'est-ce que tu deviens ? s'enquit-il. Ça remonte à combien de temps ?

— Peu importe. Qu'est-ce que tu me veux, Georgie ?

— Moi ? dit George Phelps, en ôtant son chapeau d'un geste théâtral avant de le poser sur la table. Je te veux rien du tout, ma belle. Je passais par là et je t'ai vue, en chair et en os. Ça m'a fait un sacré choc. À ce qu'on m'avait dit, tu t'étais enfuie avec un jeune type.

— Alors on t'a menti, rétorqua Sarah Tanner d'un ton catégorique.

Un vacarme métallique s'échappa de la cuisine, où Ralph Grundy s'attelait à nettoyer le gril.

Elle prit une voix plus douce.

— C'est sûr que je suis contente de te revoir, Georgie, mais si ça ne te dérange pas, je préférerais que tu t'en ailles.

— Que je m'en aille ? s'étonna George Phelps en se grattant le menton. En voilà un accueil, moi qui viens à peine d'arriver ! Un vieil ami, ça mérite mieux que ça, non ?

— Un vieil ami, oui.

— Allons, Sarah, sois pas comme ça. D'abord, je crois me souvenir que tu me dois toujours deux shillings pour le cab qu'on a pris quand on est revenus de Norwood, la dernière fois. J'avais pas l'intention de réclamer mon dû, remarque. Mais vu que je tombe sur toi par hasard, je me dis que c'est le destin qui veut ça. On pourrait faire affaire, tous les deux.

— Alors c'est de l'argent que tu veux.

— Sarah, je passais par hasard…

Sarah Tanner le coupa net en secouant la tête et alla au comptoir. Elle sortit deux shillings du tiroir-caisse qui se trouvait dessous et les posa sur la surface en bois.

— Voilà, on est quittes, déclara-t-elle. Tu peux y aller.

— Quittes ? répéta-t-il en contemplant l'argent. Peut-être. Tu prends pas mal de libertés avec cette caisse. Tu travailles ici, c'est ça ?

George Phelps paraissait dubitatif, comme s'il peinait à concevoir cette idée, mais Mrs. Tanner n'eut pas l'occasion de lui répondre, car au même moment la tête grise de Ralph Grundy apparut à la porte de la cuisine. Le serveur jeta un coup d'œil dans la salle.

— Tout va bien, patronne ?

— Oui, Ralph, merci. Mr. Phelps… est une vieille connaissance.

Ralph Grundy regarda en direction de Phelps, mais son visage était malencontreusement caché par les rideaux qui séparaient les boxes.

— Terminez, Ralph, poursuivit Mrs. Tanner. Ensuite vous m'aiderez à fermer les volets.

Ralph Grundy hocha la tête et retourna à sa tâche. Sarah Tanner reporta son attention vers George Phelps, qui gloussait doucement à part soi.

— Patronne ? Toi ? Me dis pas que tu t'es établie dans ce trou à rats ? On m'aurait dit ça que j'y aurais pas cru ! Ça, non !

— Sache que je m'en sors très bien, ici, Georgie Phelps, répliqua-t-elle avec une pointe d'indignation dans la voix. Je n'ai pas besoin de types dans ton genre pour me gâcher la vie.

— « De types dans mon genre » ! s'exclama-t-il, toujours goguenard. Oh ! Sarah, je pensais pas que…

— Que quoi ? le pressa-t-elle d'un ton impatient.

Mais George Phelps resta muet ; en outre, toute trace d'amusement quitta son visage.

— Qu'y a-t-il ? s'enquit Mrs. Tanner, perplexe.

— Chut ! Écoute.

George Phelps se recroquevilla dans le box et tourna le dos à la fenêtre. Tassé sur lui-même, caché à la rue, il fit signe à Sarah Tanner de s'asseoir en face de lui, avec une telle urgence et d'un air si insistant qu'elle obtempéra.

On entendait des bruits de pas lourds – ceux d'un homme qui, chaussé de gros souliers, avançait d'une démarche régulière dans la rue, près de la vitre du café. Sarah Tanner jeta un coup d'œil au-dehors. Sous la lueur vacillante du bec de gaz éclairant l'enseigne se tenait un homme de grande taille et de carrure robuste, vêtu d'un uniforme bleu et d'un chapeau haut de forme verni, qui arborait d'épais favoris et une moustache.

— C'est un roussin, pas vrai ? Un grand type, moustachu ? demanda Phelps.

Elle hocha la tête.

— Le regarde pas, bon sang ! pesta Phelps.

— En tout cas, tu n'as guère changé, Georgie, murmura-t-elle.

George Phelps ne souffla mot. Il demeura tout à fait immobile, l'index pressé contre les lèvres. Après ce qui parut durer une éternité, le policier s'éloigna.

— Il me colle aux basques depuis Covent Garden, chuchota-t-il avant de marmonner un juron.

— Il a de bonnes raisons, je suppose.

— Possible, répondit Phelps. Je pensais l'avoir semé dans les petites rues.

— Qu'est-ce que tu as fait, cette fois ?

— J'étais sur un coup dans un hôtel. Mais je sais pas comment il en a eu vent.

— Et s'il te repère, qu'est-ce qui se passera ?

— Il trouvera rien sur moi. J'ai même pas fait le boulot.

— Tu ferais peut-être mieux de partir, en tout cas. Il risque de revenir.

— Ouais, t'as pas tort.

Sarah Tanner resta silencieuse.

— Comme tu voudras, dit Phelps, qui se leva et empocha les deux pièces toujours posées sur le comptoir. Je te rappellerai au bon souvenir de Sa Majesté.

— Je préférerais pas, Georgie.

— Tiens donc ? Faut dire que vous vous êtes pas quittées dans les meilleurs termes, maintenant que j'y pense. Quoi qu'il en soit, tu me connais, ma belle, déclara-t-il en lui adressant un clin d'œil. Je serai une vraie tombe. Parole d'honneur.

L'expression de Sarah Tanner laissait entendre qu'elle en doutait fort. George Phelps fit une courbette ironique et se dirigea vers la porte.

— On se reverra, *patronne,* lança-t-il avec un sourire carnassier, depuis le seuil.

Puis il sortit, remonta son col et partit d'un pas vif.

Mrs. Tanner regagna son comptoir avec l'intention de calculer les recettes de la journée mais, la tête ailleurs, elle continua à regarder par la fenêtre – jusqu'à ce qu'une apparition inattendue interrompe sa rêverie : celle du policier massif qui passa devant le café une deuxième fois, sans doute après avoir contourné l'établissement par la ruelle de derrière. Ce ne fut pas sa présence qui la troubla, ni son air sévère et déterminé cependant qu'il avançait sous la lanterne. Non, ce fut l'objet qu'il tenait, en partie caché par sa main, visible au-dessus du rideau qui masquait la partie basse de la vitre. Il ne s'agissait pas de la matraque habituelle des agents de la Metropolitan Police. Pas d'erreur possible : c'était le reflet d'une lame acérée.

Sarah Tanner tâcha de reprendre ses esprits. Après un bref moment d'hésitation, elle appela Ralph Grundy, lui demanda de garder le café, prit son châle derrière le comptoir et sortit en hâte.

Leather Lane était quasi déserte, à l'exception d'un trio de messieurs guillerets qui sortaient en titubant du *Bottle of Hay*, le pub le plus proche. Derrière eux, cependant, elle distinguait la silhouette du policier, à deux cents mètres environ. Puis les individus éméchés tournèrent vers Saffron Hill, et le policier s'engagea dans les Baldwin's Gardens, la direction opposée.

Mrs. Tanner connaissait ce chemin. Ces prétendus « jardins » n'étaient en fait qu'une venelle transversale étroite, dépourvue de la moindre fleur – comme la plupart des rues de la capitale qui par leur nom prétendaient à un cachet historique et rustique. Elle alla lentement jusqu'au carrefour, le visage en partie caché sous son châle, et jeta un regard prudent dans la ruelle. À son grand dam, elle ne vit rien, car les becs de gaz qui surmontaient la courte rangée d'échoppes voisines – fermées depuis longtemps – n'étaient pas allumés.

Elle choisit de continuer, d'avancer encore de quelques pas. Ce fut alors que, dans une venelle sur sa droite, quelque chose attira son attention.

Qu'était-ce ?

Le bruit de suffocation et de crachotement qui lui assaillit soudain les oreilles ?

Ou le bruit de mouvement qui provenait de l'obscurité, de mains qui raclaient le sol ?

Les deux étaient terrifiants, suffisamment pour qu'un frisson lui parcoure l'échine. Une autre femme aurait sans doute hurlé et pris la fuite.

Mais cette femme – avisée et pleine de bon sens – n'aurait ni assisté à l'agonie de George Phelps ni vu les spirales sanglantes de ses entrailles qui se déversaient dans la boue.

Pas plus qu'elle n'aurait vu, dans le lointain, un personnage vêtu de bleu qui regardait subrepticement dans sa direction avant de disparaître dans la nuit.

CHAPITRE II

Tout d'abord, Sarah Tanner fut certaine qu'elle rêvait, car il lui semblait impossible qu'il s'agisse du corps mutilé de George Phelps, là devant elle. Pour ses sens engourdis par le choc – alors que des sons à demi formés s'échappaient tant bien que mal de la gorge du malheureux –, ce spectacle ressemblait à du théâtre sanguinolent, mis en scène à sa seule intention. Pourtant, impossible de douter de ce qu'elle voyait. Et impossible de douter que George Phelps était en train de mourir.

Ce dernier sembla s'apercevoir de sa présence et releva la tête. Ses yeux se firent aussitôt implorants ; il tendit la main et serra les doigts dans le vide avec de petits mouvements convulsifs. Sarah Tanner se trouva incapable d'agir, comme dans un rêve, passive, désemparée.

Combien de temps agonisa-t-il ? Elle n'en avait pas la moindre idée. Cela lui parut durer une éternité. Au bout du compte, ce fut l'odeur qui l'arracha à son hébétement – une odeur semblable à celle des abattoirs, à la puanteur des ruelles derrière le marché aux bestiaux de Smithfield : c'était le sang qui s'écoulait à ses pieds. Instinctivement, elle recula.

Elle songea qu'elle devrait appeler à l'aide. Crier « À l'assassin ! » et donner l'alerte.

Et ensuite ?

George Phelps était mort.

Il était trop tard. Alors à quoi bon ?

Et c'était le policier qui l'avait tué.

Elle retourna cette idée dans sa tête.

Le policier ?

C'était la faute de Georgie, tenta-t-elle de se convaincre, celle de sa mauvaise étoile. Pour s'être mouillé dans une histoire pas claire.

Qui s'était soldée par son assassinat.

C'était une sale affaire – très moche, même –, mais une affaire qui ne la concernait en rien.

Sarah Tanner prit sa décision. En silence, avec précaution, elle fit demi-tour et retourna à Leather Lane.

Elle trouva la porte du café verrouillée, le bec de gaz éteint et les volets en bois branlants déjà en place. Ralph Grundy, cependant, montait la garde à l'intérieur ; on le distinguait tout juste dans un interstice entre les volets, son visage maigre plaqué contre la vitre.

— Merci d'avoir fermé, dit-elle rapidement lorsqu'il lui ouvrit.

— Ces satanés volets, c'est un vrai calvaire, pour un vieil homme tout seul.

— Vous auriez dû m'attendre, alors.

Grundy haussa les épaules et la regarda.

— Vous vouliez rattraper votre ami, c'est ça, patronne ?

— Oui, répondit-elle sans presque aucune hésitation. Il avait oublié ses gants.

— Ah, ses gants ?

Mrs. Tanner se contenta de hocher la tête.

— Bien, dit Ralph Grundy en boutonnant sa veste. Je vais rentrer.

— Bonne nuit.

— Bonne nuit, patronne.

Ralph Grundy mit son chapeau et partit. Sarah Tanner referma la porte à clé, plus par habitude que délibérément. Puis, comme tous les soirs, elle saisit la lampe à pétrole posée sur le comptoir et monta avec précaution l'escalier du fond pour gagner sa chambre. C'était là le privilège du propriétaire : une petite pièce qui donnait sur la rue. Elle contenait un lit, une commode et une table de toilette, bien entretenus et ordonnés, un fauteuil confortable installé près de la fenêtre, ainsi qu'une vieille armoire assez majestueuse, rayée çà et là mais en bon état.

Elle s'assit sur le lit, délaça ses souliers et déboutonna sa robe. Un petit feu brûlait déjà dans la cheminée – un luxe qu'elle préparait toujours une bonne heure avant la fermeture – et, comme à son habitude, elle se dévêtit dos au charbon rougeoyant, puis enfila sa chemise de nuit en laine.

Pourtant, elle savait qu'elle ne parviendrait pas à trouver le sommeil.

Le matin s'insinua furtivement dans Leather Lane, demi-lumière blafarde et brumeuse qui filtrait dans le ciel enténébré de la métropole. Avec l'aube se répandit la nouvelle d'une découverte effroyable dans le quartier des Baldwin's Gardens. Celle-ci ne fut pas révélée par les bonimenteurs, qui se réunissaient tous les jours de part et d'autre du marché, armés de feuilles relatant des récits douteux de meurtres, de scandales et de tragédies d'autrefois, ni par les gazettes à sensation, qui devraient attendre vingt-quatre heures pour la publier, ni même par la Metropolitan Police, bien qu'elle s'intéressât de très près à l'affaire. Non, elle se diffusa spontanément çà et là, transmise par de discrets chuchotements ou de bruyantes conjectures, jusqu'à parvenir aux oreilles d'une vieille matrone respectable qui cuisinait des petits déjeuners, « chauds et complets », dans un café à l'angle de Leather Lane et de Liquorpond Street. Et à son tour, celle-ci ressentit le besoin de partager l'information.

— Assassiné de sang-froid, déclara Mrs. Hinchley de son ton le plus neutre, en cassant vigoureusement un œuf contre le bord de la poêle à frire. On l'a trouvé à côté des Baldwin's Gardens y a pas trois heures.

Il était presque sept heures et demie. La cuisine des *Dining & Coffee Rooms* de Mrs. Tanner, d'ordinaire déjà lugubre par la plus belle des journées, parut particulièrement sinistre lorsque Mrs. Hinchley fit son annonce. Rien, cependant, n'aurait pu émousser la curiosité de Ralph Grundy, qui se tenait non loin de là dans le petit couloir menant à la salle principale, comme il attendait de servir le fruit des efforts de la cuisinière.

— On est sûr de ça ? s'enquit Ralph.

— Sûr ? Et comment ! poursuivit Mrs. Hinchley, qui d'un geste vif planta une fourchette dans une côtelette de porc et la déposa sur le gril, s'enflammant davantage tandis que la viande se mettait à grésiller. Et puis horriblement mutilé. On l'a éventré comme il faut, aussi, vidé pareil qu'un maquereau, tiens.

— Éventré ?

— Paraîtrait que des chiens sont allés le boulotter, le malheureux. Margie Bladstow a vu le corps, et elle en mettrait sa main au feu. Et voilà que les cognes le laissent là-bas jusqu'à l'enquête qui aura lieu cet après-midi. C'est pas chrétien, ça. Il était pas du coin, non plus. Margie l'aurait reconnu, sinon.

Ralph Grundy hocha la tête. Alors que Mrs. Hinchley s'occupait d'un deuxième puis d'un troisième œuf, il jeta un coup d'œil rapide dans la salle, où Sarah Tanner se tenait derrière le comptoir.

— La patronne a pas l'air dans son assiette, non plus, commenta-t-il.

— Exact ! C'est la première chose que je lui ai dite en arrivant. J'y ai dit : « Vous, vous me couvez quelque chose, ma petite. Suivez donc mon conseil : les cachets pour la poitrine Dodd's Pulmonic. Un le matin, un le soir. Y a que ça de vrai. » Elle a fait comme si elle m'entendait pas. C'est qu'elle est rudement fière, la bougre.

Ralph Grundy acquiesça en marmonnant et se détourna pour regarder son employeuse une deuxième fois. Elle n'était pas au meilleur de sa forme, voilà qui était certain.

Et qu'en disait l'intéressée, Mrs. Tanner ? Quand on l'interrogea à ce sujet – Ralph Grundy ne s'en priva pas –, elle se contenta d'avancer qu'elle avait mal dormi. Ce n'était pas tout à fait la vérité : elle n'avait pas fermé l'œil de la nuit. Éveillée dans son lit, elle avait ressassé la scène dont elle avait été témoin. Ces pensées lui avaient accaparé l'esprit, depuis le moment où dans l'âtre le charbon s'était fondu dans l'obscurité jusqu'à celui où la pendule sur sa cheminée avait sonné six heures. La venue du jour ne lui avait apporté aucun soulagement : dès qu'elle avait commencé à servir, ses clients évoquaient déjà les rumeurs concernant un meurtre abominable.

Un meurtre !

Qui aurait pu imaginer pareille horreur ? Sarah Tanner, pour sa part, feignit la surprise. Et quand un certain

Joe Drummond, camelot de son état, alors qu'il prenait son petit déjeuner, déclara que le quartier avait « sombré rudement bas », elle acquiesça vivement. Quand un autre émit l'hypothèse qu'il s'agissait sans doute « d'un gars qu'est pas d'ici », elle ne le contredit pas. Elle écouta patiemment les diverses conjectures et théories, sans jamais prendre part à la conversation. Ainsi, à mesure que passait la journée, nul ne soupçonna qu'elle pût connaître le moindre détail de ce drame.

À l'exception, peut-être, de Ralph Grundy. Le serveur avait remarqué que chaque fois qu'un policier passait devant le café – et ils furent nombreux ce jour-là –, Mrs. Tanner avait tendance à lui lancer un regard nerveux.

Toutefois, aucun n'honora de sa présence l'établissement de Mrs. Tanner. Si cette dernière eut conscience de l'attention que lui portait Ralph Grundy, ce fut seulement lorsque, à plusieurs reprises, il vint s'enquérir de sa santé. Sarah Tanner passa donc sa journée de façon presque identique à la précédente : à servir le café et à s'affairer derrière son comptoir.

À la seule différence qu'aux douze coups de minuit – après qu'elle eut donné congé à Ralph Grundy, fermé la porte à clé et regagné l'étage – elle avait pris une décision importante.

Dans la solitude de sa chambre, au lieu de se changer pour la nuit, elle avait ouvert sa penderie et sélectionné sa plus belle robe de soie. C'était un article de belle facture, à la mode parisienne de l'année précédente, qui n'avait guère sa place dans l'armoire de l'humble patronne d'un petit café.

Mais, chose fort singulière, elle lui seyait à merveille.

CHAPITRE III

Sarah Tanner quitta son domicile de Leather Lane à minuit et demi. Elle sortit dans la rue d'un pas hésitant, enveloppée d'un grand châle marron ordinaire qu'elle avait arrangé de façon à recouvrir sa robe presque en totalité. Dans l'air froid de la nuit, elle s'arrêta pour vérifier son allure. La lanterne au-dessus de la porte était déjà éteinte, et seul le plus avisé des observateurs aurait pu remarquer l'élégante dentelle qui dépassait sous son fichu en laine. Elle s'efforça néanmoins de cacher toute trace de sa robe, tirant sur le châle çà et là jusqu'à obtenir satisfaction. Puis, enfin, elle prit la direction de Gray's Inn Lane.

Le trajet jusqu'à Gray's Inn était rapide ; on remontait Holborn vers New Oxford Street, évitant ainsi les ruelles les plus mal famées des Seven Dials, puis on passait devant l'imposante cheminée de la grande brasserie Meux, en avançant toujours vers l'ouest. Elle ne ralentit pas un instant, gardant la tête légèrement baissée, prenant soin d'éviter le regard des quelques traînards qui s'attardaient dehors. Ils formaient une curieuse cohorte : vagabonds qui n'avaient même pas de quoi se payer la plus minable des chambres ; malheureuses pour qui minuit sonnait le début d'une nuit de travail ; quelques personnages mystérieux, comme elle-même, dont nul, parmi les inconnus qui les croisaient, ne pouvait deviner le but. Sarah Tanner les ignora tous ; dans son maintien, tout, de sa démarche énergique jusqu'à l'expression de son visage, indiquait clairement qu'elle ne tolérerait aucun contretemps. Par conséquent, nul ne l'importuna – ni homme ni femme –, pas même le policier esseulé et assommé d'ennui posté au carrefour d'Oxford Street et de Tottenham Court Road.

Elle avait pour destination Regent Street. À cette heure, toutefois, cette rue n'avait rien de commun avec la large avenue respectable qui, le jour, était la plus importante rue commerçante de la capitale. C'était alors un endroit beaucoup plus louche. Certes, elle paraissait quasi identique : on y trouvait les mêmes boutiques prestigieuses, les mêmes grands magasins splendides de modistes et de chapeliers que, dans la journée, il était *de bon ton**[1] de fréquenter ; les honnêtes Londoniens du quartier voisin de Mayfair restaient les mêmes. Mais il s'agissait de Regent Street *la nuit* : là où des établissements particuliers ouvraient leurs portes à des hôtes, où dés et cartes constituaient les seules formes d'amusement, où hommes et femmes se côtoyaient dans l'intimité la plus naturelle – intimité qui ailleurs serait tout à fait indécente en société. C'était dans une de ces maisons, sise à deux pas de Regent's Circus, que se rendait Sarah Tanner. Pour le quidam, il fallait le reconnaître, la porte de l'établissement lui conférait toutes les apparences de la respectabilité, de son heurtoir en cuivre massif à sa peinture noire élégante. Mais Mrs. Tanner savait qu'il n'en était rien.

1. Les mots et expressions en italique suivis d'un astérisque sont en français dans le texte. *(N.d.T.)*

Elle frappa doucement et, peu après, la porte s'entrouvrit de quelques centimètres, bloquée par une chaînette métallique. À l'intérieur, on ne voyait personne, mais on entrapercevait un vestibule étroit décoré avec goût.

— Qui est-ce ? demanda une voix masculine.

— Tu ne me reconnais donc pas ? répondit-elle.

— On n'accepte pas les dames non accompagnées.

— Très stricte, comme règle, hein ? Eh bien, j'aimerais devenir membre.

— Qui vous recommande ?

— Je croyais ne pas avoir besoin de recommandation, Bert. Tu m'as déjà oubliée ?

Il y eut une pause, puis le visage du portier, homme solidement charpenté au cou de taureau, vêtu d'une livrée de valet verte, apparut dans l'entrebâillement.

— Nom d'un chien ! s'exclama-t-il.

— Tu vas me laisser poireauter ici toute la nuit ?

Bouche bée, le valet décrocha la chaînette et fit entrer son hôte inattendue. Mrs. Tanner ôta son châle miteux et le suspendit au portemanteau, le dissimulant sous les vêtements déjà accrochés.

— Je pensais jamais te revoir ici, dit le valet en faisant la moue, comme s'il essayait de résoudre une énigme insoluble. Tu as perdu l'esprit, ou quoi ?

— Je souhaiterais m'entretenir un instant avec Sa Majesté, Bert, rien de plus, répondit-elle fermement. C'est important.

— Rien de plus ? Rien de plus, que tu dis ? Sois pas idiote. Elle va te trucider !

— Je veux quand même la voir, si tu permets.

L'homme secoua la tête.

— Tiens, poursuivit-il en saisissant le châle et en lui indiquant la porte de la main, fort grande et abîmée pour un valet. Sois gentille, va-t'en. Comme ça, y aura pas de dégâts.

Sarah Tanner reprit son châle et l'accrocha au même endroit.

— S'il te plaît, Bert, tu me connais. Va juste la prévenir.

L'homme fronça les sourcils.

— Elle aussi, je la connais, bougonna le valet. Je sais comment elle est.

— Je te le demande comme un service, alors.

Il marmonna des propos inaudibles mais finit par céder, ordonnant à sa visiteuse de ne pas « bouger d'un poil » pendant qu'il allait se renseigner. Mrs. Tanner acquiesça et le regarda ouvrir avec précaution une des portes du vestibule puis pénétrer en silence – malgré son imposante carrure – dans le salon. Plusieurs minutes s'écoulèrent avant son retour.

— Elle va te recevoir, annonça-t-il à contrecœur.

— Tu vois, je te l'avais dit.

— C'est pas la question, ma grande, rétorqua le valet. Reste à savoir si c'est bien malin pour un agneau de se présenter chez le lion.

La salle dans laquelle on admit Sarah Tanner n'avait rien d'un salon ordinaire. On avait abattu la cloison du fond pour la relier à la pièce suivante, créant ainsi un espace oblong qui évoquait le fumoir d'un club de gentlemen. Les similarités, d'ailleurs, ne s'arrêtaient pas là : éclairée par trois lustres élaborés, la pièce sentait la même odeur de tabac froid ; on y trouvait les mêmes fauteuils en cuir regroupés devant les deux cheminées, et on y avait la même sensation de se trouver dans un espace luxueux isolé de l'extérieur. Néanmoins, plusieurs aspects essentiels l'en démarquaient : sur un côté, un comptoir où servait une jolie jeune femme ; en son centre, une table de baccara autour de laquelle une vingtaine de personnes, hommes et femmes en tenue de soirée, debout ou assis, observaient la partie en cours. On y pratiquait d'autres jeux de hasard, aussi, à des tables plus petites, d'où s'élevait de temps à autre un bruit de dés. En bref, il s'agissait d'un *tripot* typique du West End, le genre d'endroit où, pour peu qu'on le veuille, on pouvait miser sa vie, le genre d'endroit que la Metropolitan Police faisait parfois fermer – mais parfois seulement.

Sarah Tanner contempla les joueurs de baccara et leur public. Elle connaissait de vue certaines des femmes, et avait une idée assez précise de leur passé. Les hommes, pour la plupart, paraissaient distingués. Deux d'entre eux portaient la moustache des officiers de l'armée, un autre avait le teint mat d'un étranger, sans doute un Italien ou un Français fortuné, et un autre encore avait les joues replètes et rougeaudes des aristocrates britanniques. Si l'on pouvait se fier aux jetons empilés devant eux, tous semblaient posséder une grande réserve d'argent. Seul un d'entre eux paraissait moins bien mis – le devant de sa chemise n'était pas d'un blanc immaculé, et son col tombait légèrement de travers – mais il se tenait à l'écart des autres, en grande conversation avec une femme à une table éloignée, une bouteille de champagne vide à ses pieds.

Sarah Tanner s'avança, décidée à contourner le groupe de joueurs, mais quelqu'un surgit de la pénombre et l'attrapa fermement par le bras.

— Bonsoir, Sarah.

C'était un homme d'environ trente-cinq ans. Il portait le même habit noir que les autres *habitués**, et ses cheveux – du même ton que son costume –

étaient soigneusement plaqués en arrière avec de l'huile de macassar. Son visage, en outre, était des plus séduisants. Mais il regarda Sarah Tanner avec un air fixe et sévère qui ne conférait aucun charme à ses traits.

Elle sourit poliment.

— Mr. Symes.

— Nous ne nous attendions pas à te revoir un jour, déclara-t-il.

— Je veux m'entretenir un instant avec Sa Majesté, c'est tout.

— Ça tombe à pic, répondit-il. Elle aussi souhaite te dire un mot.

Mr. Symes emmena Sarah Tanner au fond de la salle. Là, dans un recoin calme, près du feu, était assise une femme d'une soixantaine d'années, assez corpulente, qui portait une robe à crinoline et une coiffe noires. Comme le voulait la mode, une mèche de cheveux – sans doute un ajout – dépassait de son chapeau. Elle avait pour seule compagnie un petit chien, un pékinois, couché sur ses genoux, ravi d'être blotti dans les vastes replis de ses jupons. À l'approche de Mrs. Tanner, l'animal poussa un jappement hargneux.

— Chut ! fit Sa Majesté en lui tapotant la tête, un sourire pincé se dessinant sur ses lèvres. Ce n'est pas une façon d'accueillir une vieille connaissance, n'est-ce pas ? Non, certes pas.

CHAPITRE IV

Sa Majesté sourit à sa visiteuse, même si l'expression de ses yeux foncés et maussades, qui la fixaient avec insistance, n'était pas tout à fait en accord avec ses lèvres.

— Tu as bonne mine, ma chérie, déclara-t-elle après un instant de réflexion. Et tu es plus jolie encore que dans mon souvenir.

— Merci.

— Assieds-toi, je te prie.

Mrs. Tanner s'installa lentement dans un fauteuil près du feu, avec une hésitation qui n'échappa pas à son hôtesse.

— Allons, ma petite. Ne sois pas si timide, ça ne te va vraiment pas. Je ne mords, pas, hein, Jap-Jap ? dit Sa Majesté en grattant le menton du pékinois, toujours niché dans ses jupons.

Comme pour appuyer son propos, le chien mordilla mollement le doigt de sa maîtresse.

— Quelle intrépide petite bête, n'est-ce pas ? poursuivit-elle. Non ? Tu n'as pas d'avis sur la question ? Qu'en pensez-vous, Mr. Symes ?

— Sans aucun doute, madame, répondit l'homme, qui se tenait derrière le fauteuil de Sarah Tanner comme s'il gardait un prisonnier.

— Ce qui me rappelle une certaine femme présente ici, hein, Mr. Symes ?

— Intrépide ? Plutôt butée, si mes souvenirs sont exacts, madame.

Sa Majesté sourit.

— En effet. Vous avez raison de me corriger. On pourrait même dire – pardonnez-moi si le terme est trop fort, Mr. Symes – ingrate ? Cela dit, comme le sont tous les jeunes, sans doute.

— Vous êtes philosophe, madame.

— Vous êtes trop bon, mon cher, répliqua aimablement Sa Majesté. Je me demande cependant – veuillez m'excuser, mais c'est la vérité – pourquoi cette femme imprévisible et ingrate revient soudain nous voir. Depuis quand ne l'avons-nous pas vue ?

— Depuis presque un an, madame, répondit Symes.

— Pensez-vous, poursuivit-elle, que Miss Sarah Mills vient implorer notre pardon ? Est-ce là la raison de sa visite ?

— Non, répondit Sarah Tanner, pourtant apparemment satisfaite qu'on l'appelle par un nom que – du moins à Leather Lane – on ne lui connaissait pas.

Le sourire affable de Sa Majesté disparut brusquement, comme le rideau tombe sur la scène, et laissa la place à une mine renfrognée.

— Non ? Prends garde, ma chère. Nous sommes ravis de te revoir, mais prends garde.

— J'ai une nouvelle pour vous, annonça Sarah Tanner sans ménagement, si ça vous intéresse.

— Une nouvelle ? Comme c'est excitant ! répondit Sa Majesté. Tu sais que j'adore les commérages. Vas-y, dis-moi tout.

— Georgie est mort.

Il y eut un silence palpable.

— Tu veux dire George Phelps ? demanda Symes en se penchant, manifestement surpris.

Sa Majesté, quant à elle, demeura silencieuse, les traits placides et impénétrables.

— On l'a assassiné, la nuit dernière, dans le quartier d'Holborn, continua Sarah à voix basse, consciente des bavardages des joueurs qui se trouvaient à quelques mètres. Et j'ai vu son meurtrier.

— Et, simple curiosité, que faisais-tu dans les parages, ma chère ? s'enquit Sa Majesté avec un calme glacial.

— J'y étais, c'est tout. Je ne vous ai pas raconté le pire… un cogne était à ses trousses. C'est lui qui l'a tué.

Symes s'esclaffa.

— Si tu le dis, Sarah.

— Je l'ai vu de mes yeux.

— Et donc ? Donne-nous des détails. Se sont-ils battus ?

— Je n'ai pas assisté à la scène. Je l'ai trouvé juste après. Ce n'était pas un accident, ça, je vous le garantis. De quoi l'aviez-vous chargé ?

— D'un petit boulot dans un hôtel, répondit Sa Majesté. Rien de particulier. Rien qui puisse tracasser la police.

— Quelque chose qui lui a valu de se faire tuer, pourtant. Il n'aurait pas cherché la bagarre, pas lui. Il n'était pas querelleur.

— Encore une fois, ma chère, fais attention. Sache que je te suis reconnaissante – si je puis employer ce terme – d'être venue m'apprendre cette triste nouvelle. Et si tu dis la vérité, je suis désolée pour ce malheureux Mr. Phelps. C'était un jeune homme très agréable. Mais prends garde.

— Vous n'allez donc rien faire ?

— Que veux-tu que je fasse ? Moi, une faible femme…

— Vous pourriez retrouver l'assassin, qui que ce soit, lui donner une bonne leçon. Vous l'avez déjà fait, par le passé. Je peux le décrire…

— Je t'en prie, ma chérie, il suffit. Je mets un point d'honneur à ne jamais me mêler des affaires de la police. Tu le sais. Si Mr. Phelps, paix à son âme, a eu maille à partir avec cet agent et connu une fin malheureuse, cela ne me regarde pas.

Un air d'agacement passa sur le visage de Sarah Tanner.

— Georgie n'a pas « connu une fin malheureuse », comme vous dites. On l'a saigné à mort.

— Tu as toujours un sacré caractère, à ce que je vois, ma chérie, dit Sa Majesté. Tu devrais tâcher de te maîtriser.

— Peut-être, oui. Et j'aurais sans doute été mieux avisée de ne pas venir.

— Tu nourrissais une certaine tendresse pour ce jeune homme, autrefois, n'est-ce pas ?

— Pas du tout ! protesta Sarah Tanner. Bon sang ! Je n'aurais pas dû venir. Je le savais.

— Allons, ma chère, ne dis pas ça.

Sarah Tanner respira à fond. Elle lissa les plis de sa robe et s'apprêta à se lever.

— Navrée de vous avoir importunée. Je vous souhaite une bonne nuit.

Sa Majesté secoua la tête et fit un signe à Mr. Symes, qui posa fermement la main sur l'épaule de Sarah Tanner.

— Je crois que tu oublies quelque chose, déclara Sa Majesté. C'est certes un plaisir de te revoir, mais cela n'efface pas le problème de ta conduite passée.

Sarah Tanner soupira.

— Je suis désolée pour le coup de Norwood. Je n'ai jamais eu l'intention de…

Sa Majesté agita la main, comme pour dénier toute valeur à ses excuses.

— Par ta faute, j'ai dû passer six mois sur le continent, ma petite. Je n'ai pu me montrer à Londres, et encore moins dans la Société. Tout ça à cause de ta pitoyable histoire de cœur. Tout ça parce que tu as eu pitié d'un jeune sot.

— Je vous le répète, je suis sincèrement navrée. Mais vous l'auriez ruiné.

— Ruiné ? C'était un pigeon, ma chère Miss Mills, comme tous les autres avant lui. Tu étais bien contente de les plumer. Qu'avait-il de différent, ce DeSalle, hein ? C'était un bel homme, je te l'accorde. C'était pour ça ?

Sarah Tanner haussa les épaules.

— Allons, ma chère. On l'aurait peut-être condamné à un bref séjour derrière les barreaux pour avoir fait passer les billets de banque, ce qui ne lui aurait pas fait de mal. Ça l'aurait sans doute même endurci. Il aurait marché dans la combine, cet imbécile, si tu le lui avais demandé.

— Et sa réputation ? Ça ne compte pas ?

— Allons ! dit Sa Majesté en désignant avec dédain la table de baccara. Combien parmi nos invités présents ce soir se soucient vraiment de leur « réputation » ? Sache qu'à leurs yeux elle fait partie de la mise, ma petite. C'est un risque calculé, qui ajoute du piment à la partie.

Mrs. Tanner, qui avait une conscience aiguë de la main de Mr. Symes qui pesait sur son épaule, ne souffla mot.

— Où est-il à présent, ton godelureau ? s'enquit Sa Majesté d'une voix posée. Est-il ici, à tes côtés ? Je te prie de m'excuser, ma vue n'est plus ce qu'elle était. Je ne le vois pas, je le crains.

Sarah Tanner se contenta de secouer la tête. Sa Majesté, elle, ricana.

— Les hommes de ce rang n'épousent jamais leur maîtresse, ma chère, aussi jolie et intelligente soit-elle, surtout s'ils découvrent qu'il s'agit d'une menteuse doublée d'une voleuse. Crois-en mon expérience, ils n'hésitent jamais à rejeter quand bon leur semble même les plus belles. Espérons que ça t'aura servi de leçon. Mais n'insistons pas. Il y a une affaire plus pressante et plus pragmatique à régler… Mr. Symes ?

Symes retira sa main et sortit de sa veste un petit carnet, qu'il compulsa.

— Cinquante-cinq guinées, madame, déclara-t-il d'un air satisfait.

— Cinquante-cinq guinées, répéta Sa Majesté. Nous passerons sur tes autres imprudences – après tout, on s'habitue très bien à la vie sur le continent, pendant la Saison. Possèdes-tu toujours cette somme, ma petite ?

Sarah Tanner fit non de la tête.

— Je ne peux pas vous rembourser.

— Est-ce à dire que tu ne le veux pas ?

— Non, je ne le peux pas.

— C'est très fâcheux, déclara Mr. Symes avec délectation, plaquant les deux mains sur les épaules de Sarah Tanner, caressant sa nuque nue avec les pouces.

Elle frémit. La patronne de Mr. Symes fit signe à son assistant de s'écarter.

— Reviens travailler pour nous, dit Sa Majesté d'un ton confidentiel. Tu étais un élément précieux, et tu pourrais le redevenir. Je passerais alors l'éponge sur notre petit désaccord. Tu es toujours aussi jolie. Je suis persuadée que certains messieurs présents ici ce soir seraient ravis de bénéficier de tes encouragements à la table.

— Ou ailleurs, ajouta Mr. Symes.

Sarah Tanner contempla la salle. Deux hommes assis près de la table lancèrent un regard dans sa direction.

— Plutôt mourir, répliqua-t-elle enfin.

— Allons ! Je t'en prie, ma chérie ! s'exclama Sa Majesté en caressant son pékinois. Pas de propos que tu pourrais regretter plus tard.

— Je peux me procurer l'argent. Accordez-moi une semaine.

— Jeune sotte ! Je te donne vingt-quatre heures. Deux fois le tour du cadran. Qu'en pensez-vous, Mr. Symes ?

— Amplement suffisant, madame.

— Amplement. Parfait. C'est entendu. Miss Mills ?

À contrecœur, Sarah Tanner hocha la tête.

— Elle ne trouvera pas l'argent, madame, déclara Mr. Symes en regardant Sarah Tanner quitter le salon. Elle l'a dépensé. Et même si elle en avait les moyens, nous n'en verrions pas un penny.

— J'en suis parfaitement consciente, Symes, répondit Sa Majesté d'un ton irrité. Chargez Jones de la suivre. Il la connaît, non ? Je suis curieuse de savoir où elle se terre.

— Et ensuite ?

— Qu'il récupère cinquante-cinq guinées dans sa tanière. De la manière qui lui plaira.

CHAPITRE V

Sarah Tanner quitta l'établissement de Sa Majesté et s'en alla d'un pas vif en direction de Regent's Circus. Dans la rue, où elle ne croisa pas âme qui vive, elle s'aperçut que la nuit avait fraîchi. Comme elle remontait l'avenue, passant sous la flamme jaune des becs de gaz ouvragés disposés à intervalles réguliers, elle frissonna et resserra son châle autour de ses épaules.

Après Regent's Circus, elle prit vers l'est pour effectuer le trajet inverse. Oxford Street se révéla tout aussi déserte. Une autre femme aurait réfléchi à deux fois avant de s'y engager seule, mais elle ne prêtait guère attention à son environnement. La mort de George Phelps et les conséquences de son expédition chez Sa Majesté l'obnubilaient. Elle était d'ailleurs si préoccupée qu'elle ne regarda pas derrière elle avant plusieurs minutes. Lorsqu'elle le fit enfin, elle repéra un homme, à quelque deux cents mètres, qui rôdait dans les ténèbres.

Elle poursuivit son chemin, puis tourna de nouveau la tête, levant la main comme pour ajuster son fichu.

L'homme était toujours là, tapi sur le seuil d'une échoppe.

Sarah Tanner jura à voix basse. Elle reconnut celui qui la suivait. Hélas, ses délicats jupons à crinoline l'empêchaient de presser davantage le pas.

Après quelques mètres à peine, elle entendit le vacarme d'un fiacre qui approchait à vive allure. C'était un cab – sans passager d'après ce qu'elle pouvait voir – qui filait vers l'est. Elle parvint tout juste à discerner le cocher, vêtu d'une grande cape et voûté sur son siège à l'arrière, qui faisait impatiemment claquer les rênes. Il roulait à fond de train et arrivait trop vite pour qu'elle puisse le héler, elle s'en rendait compte – le cab était déjà presque à sa hauteur, et interrompre sa course serait insensé.

Sur une impulsion, pourtant, elle remonta ses jupons d'une main et s'avança sur la chaussée en agitant le bras, en plein sur la trajectoire de la voiture.

Le cocher, c'est tout à son honneur, l'avertit d'un cri étouffé, laissant tomber la pipe en terre qui pendait jusqu'alors mollement à ses lèvres, pipe qui rebondit sur le toit du cab et s'écrasa sur les pavés boueux après une pirouette inélégante. Il tira violemment à deux mains sur les rênes, mais il était trop tard. Par chance, le cheval, mû par son intelligence innée, déporta vivement le cab vers la droite, imposant une forte torsion aux brancards. Les roues ferrées passèrent à quelques centimètres des pieds de Sarah Tanner, escaladèrent le trottoir d'en face, puis en redescendirent bruyamment dans un soubresaut. Le cab finit par s'immobiliser quelque vingt ou trente mètres plus loin.

Le conducteur – homme à la figure burinée du cocher de nuit endurci – offrait un masque d'exaspération et de colère, essoufflé et empourpré.

— Vous êtes folle ? tonna-t-il. On a failli y rester tous les deux, nom d'un chien !

Sarah Tanner jeta un regard nerveux derrière elle puis courut jusqu'au fiacre. Son châle, qui s'était desserré et tombait lâchement sur ses épaules, laissait apparaître sa robe ; elle le ramena autour de son cou.

— Je suis désolée. Je vous en prie, c'est important… conduisez-moi à Gray's Inn Lane.

— Vous conduire à Gray's Inn Lane, ben voyons ! Si vous cherchez un cab, vous avez une drôle de façon de vous y prendre !

— Je suis désolée, répéta-t-elle d'une voix pressante. S'il vous plaît… j'ai besoin de votre aide.

— Arrêtez votre comédie. Je les connais, les filles dans votre genre, robe de luxe ou pas. Allez pas croire le contraire. Gray's Inn Lane, tiens ! La chance vous a pas souri, ce soir ? Eh ben, vous pouvez rentrer à pied.

Le cocher souleva les rênes, prêt à repartir. Mais Sarah Tanner attrapa le côté du véhicule.

— Je vous en supplie, l'implora-t-elle, un homme me suit.

— Tiens donc, comme c'est étonnant ! s'exclama le cocher d'un ton sarcastique.

— Je vous paierai le double. Une demi-couronne. Regardez, je vous jure que j'ai de quoi.

Le cocher l'observa cependant qu'elle plongeait la main dans sa poche et en sortait une pièce d'argent. Il jeta un coup d'œil par-dessus son épaule.

— Je vois personne.

— Je vous en prie.

— Bon, allez-y, dit-il à contrecœur. Montez. Et si vous essayez de m'entourlouper, je vous ferai passer l'envie de recommencer.

Sarah Tanner hocha la tête et grimpa dans le cab, coinçant ses jupons dans la portière accordéon. De son côté, le cocher adressa au cheval des mots d'encouragement combinés à un léger coup de fouet. L'animal, qui jusqu'alors attendait patiemment, partit à un trot cadencé.

La course se révéla fort inconfortable. La route macadamisée qui reliait Oxford Street à Holborn semblait de plus en plus irrégulière et cabossée à mesure qu'on progressait vers l'est. Le trajet dans les rues enténébrées, en revanche, ne prit guère plus de dix minutes. Tout du long, Sarah Tanner garda la figure plaquée contre la vitre du cab. Quand enfin celui-ci fit halte dans Gray's Inn Lane, elle ouvrit d'un geste vif la double portière et descendit.

— Et voilà ! cria le cocher. Une demi-couronne ! Et je plaisante pas !

Mais sa cliente ne lui répondit pas. Elle fut distraite par la vue d'un autre attelage qui s'engageait à son tour dans la ruelle. Le cocher pivota sur lui-même pour suivre son regard.

— C'est votre admirateur, hein ? commenta-t-il d'un air goguenard.

— Je ne sais pas.

— Il nous suit depuis le début, en tout cas.

— Mais bon sang ! Vous auriez pu me prévenir !

— Pas mes oignons. Bon, par ici la monnaie, poursuivit-il en tapotant avec rudesse l'épaule de Sarah Tanner du bout de son fouet.

Mrs. Tanner sortit à contrecœur une pièce d'argent de sa poche et, d'une pichenette, la fit sauter en l'air. Comme le cocher l'attrapait, elle se détourna et s'enfonça dans une étroite venelle dépourvue d'éclairage qui partait en direction de Leather Lane et de Saffron Hill.

Lorsque le cocher se rendit compte qu'il ne tenait entre ses doigts qu'un simple shilling, elle avait déjà disparu dans l'obscurité. Bien que ce fût une récompense correcte pour la course, il se retourna, la mine renfrognée, et se démancha le cou pour regarder le cab qui s'arrêtait derrière le sien.

— Elle est partie par là, l'ami, maugréa-t-il en lui indiquant la direction avec son fouet, avant de cracher sur les pavés, comme pour ponctuer sa phrase. Et j'espère bien que vous allez la choper, cette garce.

Sarah Tanner n'avait aucune intention de se laisser rattraper. Elle fit de nombreux détours dans les ruelles les plus étroites et les plus crasseuses du quartier, comptant ainsi semer tout poursuivant. À deux reprises, elle déchira malencontreusement la soie délicate de sa robe en l'accrochant sur des briques ou des morceaux de fer forgé rouillé qui saillaient çà et là. Par six fois au moins, elle trébucha sur les pavés inégaux, dérapa sur des feuilles de chou pourrissantes – ou d'autres choses plus répugnantes encore – qui jonchaient le sol derrière les vieilles maisons délabrées. Mais au bout d'un moment, elle atteignit enfin Liquorpond Street.

Elle regarda derrière elle et poussa un soupir de soulagement. Personne en vue, et elle se trouvait à quelques mètres seulement de son café, dont on distinguait l'enseigne dans l'obscurité.

Puis une voix lui chuchota doucement à l'oreille :

— On s'est perdue, ma grande ? Ou on en a assez de jouer à cache-cache ?

Bert Jones, le robuste valet – si telle était sa véritable fonction –, se tenait tout près, son uniforme fantaisiste caché sous un lourd pardessus en laine, ses souliers couverts de boue. Il l'attrapa fermement par le bras.

— Comment… ? dit-elle, à peine capable de prononcer un mot.

Le valet sourit.

— Mon père habitait derrière Ely Rents. Un vrai terrier de lapin, ces vieilles ruelles, pas vrai ? Je venais jouer dans le coin, quand j'étais gamin.

Elle se détourna pour faire face à Jones, s'efforçant de ne pas regarder le café.

— T'aurais pas dû revenir, poursuivit-il. Je t'avais prévenue. C'est dommage. Je t'ai toujours bien aimée. T'étais une bonne petite.

— Dans ce cas, laisse-moi tranquille.

Le valet sourit d'un air désolé et secoua la tête.

— Allons dans un endroit tranquille, hein ? Juste toi et moi.

— Elle m'a dit que j'avais vingt-quatre heures.

— Ah bon ? Et tu peux la rembourser, peut-être ?

— Oui, je le jure. Dès demain.

Bert Jones secoua la tête une nouvelle fois.

— Je te crois pas. Et tu sais bien que ça changerait rien, même si je te croyais.

Sarah Tanner se débattit, mais le valet ne lâcha pas prise.

— Allons, ma grande, te mets pas en rogne, poursuivit-il. Restons copains, d'accord ? Je te laisserai pas de marques, rien qui se verra, en tout cas.

— Bert, je t'en supplie.

— J'ai pas toute la nuit. T'as une piaule dans le coin, c'est ça ?

Mrs. Tanner marqua un temps d'arrêt.

— Je loge pas loin de Saffron Hill.

— C'est calme ? C'est ta chambre à toi toute seule ?

— Oui.

— Voilà qui est mieux. Tiens-toi comme il faut, d'accord ? Comme si on était entre amis. Je te suis. Et pas de coup fourré.

À contrecœur, Sarah Tanner s'engagea dans la ruelle.

Sarah Tanner n'avait qu'un seul objectif : retarder le plus longtemps possible le moment où elle devrait endurer les attentions de Bert Jones. Elle espérait même rencontrer quelqu'un qui pourrait lui venir en aide. Mais à cette heure tardive, ils ne croisèrent personne. De toute manière, raisonna-t-elle, quiconque les verrait de loin, quand bien même on s'intéresserait à eux, les prendrait sans doute pour des amants marchant bras dessus bras dessous, à une allure mesurée, comme pour une promenade au clair de lune. Certes, Mr. Jones serrait sa partenaire un peu trop fermement, comme par crainte qu'elle ne s'échappe ; Mrs. Tanner, pour sa part, le fixait d'un regard où on lisait tout sauf l'affection. En outre, il était singulier de prendre un bol d'air en pleine nuit dans Saffron Hill, car de l'avis du médecin de la paroisse, avis qui n'était pas tout à fait infondé, il était plus sage d'éviter l'atmosphère des environs qui, chargée de miasmes, tenait surtout du bol de poison. Quoi qu'il en soit, nul ne perturba leur progression, et Sarah Tanner savait qu'ils ne pourraient marcher indéfiniment.

— On va encore se balader comme ça longtemps ? finit par demander Bert Jones comme ils longeaient les abords du marché de Smithfield.

— Je t'ai dit…

— Me prends pas pour un bleu. Ta piaule, elle existe pas, hein ? Je te l'ai dit, ma cocotte, je connais bien Saffron Hill. J'ai pas besoin qu'on me fasse la visite.

— Je vais crier, répliqua Mrs. Tanner. Hurler de toutes mes forces.

— Raconte pas de sottises. Qui se souciera de toi, par ici ? Allez, viens.

Le valet saisit sa proie par les bras et l'entraîna de force dans une courette étroite devant laquelle ils venaient de passer. C'était une impasse jonchée d'ordures, où il faisait noir comme dans un four.

— Tu as vu Georgie Phelps, ces jours-ci ? demanda-t-elle en dernier recours.

— Phelps ? répéta Jones, suffisamment intrigué pour s'interrompre. Avant-hier, pourquoi ?

— Il paraît qu'il a des ennuis, poursuivit-elle, en fixant Bert Jones droit dans les yeux. Sur quoi il travaillait ?

— On m'a dit qu'il était sur une combine dans un hôtel, à Covent Garden.

— Avec qui ?

Le valet s'esclaffa.

— Comme d'habitude. Une petite boniche qu'a le béguin pour lui, au *Hummums*. Un joli brin de fille, comme toi. Allez, tiens-toi tranquille.

— C'est que Georgie est…

— Je t'ai dit de pas bouger ! Histoire qu'on fasse ça gentiment, d'accord ?

— Mais…

Le valet coupa court aux protestations de Sarah Tanner en se jetant sur elle, la plaquant contre le mur de brique et lui couvrant la bouche de la main.

— Chut ! ordonna-t-il, ses gros doigts calleux la réduisant au silence. Voilà. Sois mignonne, hein ? Moins on en dit et mieux on se porte.

Sur quoi, il serra le poing.

CHAPITRE VI

Le coup sembla provenir de nulle part.

Mais celui-ci n'eut rien de commun avec ce que Sarah Tanner avait anticipé. Au moment même où Bert Jones levait le bras, quelqu'un surgit derrière lui dans l'obscurité et abattit un gourdin sur son crâne, le choc du bois contre l'os produisant un bruit retentissant. Étourdi par cette attaque inattendue, Bert Jones chancela. Il parvint à se tourner vers son agresseur mais reçut aussitôt un deuxième coup, cette fois-ci en plein visage, qui lui fit au front une entaille d'où gicla le sang. Il fallut un troisième coup pour que le valet s'effondre.

L'arme était en fait un barreau d'une vieille roue de charrette, dont l'épave aux allures d'ossements gisait à deux pas de là dans la boue. À la grande surprise de Sarah Tanner, son sauveur n'était autre que celui qu'elle avait quitté environ deux heures plus tôt – Ralph Grundy.

— Je suis trop vieux pour ce genre de sottises, maugréa le serveur, qui jeta le bout de bois et tira sa patronne par le bras. Alors, qu'est-ce que vous attendez ?

Muette, Mrs. Tanner contourna la masse inerte de Bert Jones.

— Vingt dieux ! Voilà que je l'ai tué ! s'exclama le vieil homme en jetant un bref regard à sa victime.

— Il en faudrait plus que ça ! répondit Mrs. Tanner, qui finalement avait retrouvé la parole.

— Pourvu que vous ayez raison, patronne. En tout cas, vaut mieux qu'on décampe, pas vrai ?

Sarah Tanner ne se permit pas de le contredire. Ils repartirent en hâte dans Saffron Hill et prirent la première ruelle qui conduisait à Leather Lane. Ni l'un ni l'autre ne souffla mot : ni Ralph Grundy, qui probablement prenait un certain plaisir à garder pour lui les explications concernant son intervention providentielle, ni Sarah Tanner, qui peinait à concilier la vision qu'elle avait de son serveur avec les circonstances de son sauvetage improbable. Au bout d'un moment, ils arrivèrent devant le café.

— Vous m'offririez un petit verre ? s'enquit Grundy, le souffle court. Je meurs de soif.

Dans l'établissement aux volets fermés, Sarah Tanner était assise face à Ralph Grundy, qui buvait tranquillement un brandy.

— Merci, dit-elle enfin.

— Y a pas de quoi.

Mrs. Tanner secoua la tête.

— Si, il y a de quoi. Mais comment avez-vous… je veux dire…

Ralph Grundy s'empourpra.

— J'ai connu des temps difficiles, patronne. On apprend à se débrouiller, dans ces cas-là… je vous passe les détails. C'est sûr, ce que j'ai fait à cet individu, c'est pas digne d'un gentleman, mais qu'est-ce que vous voulez, j'en suis pas un – je peux pas le nier – et lui non plus, d'après ce que j'ai pu en voir.

— Quelle chance que vous soyez passé par là !

Malgré son ton parfaitement neutre, on lisait sur son visage un air interrogateur, une expression suggérant qu'elle ne croyait pas, à la réflexion, à un simple coup de chance. Ralph Grundy s'en aperçut, rougit une fois de plus, et contempla ses pieds.

— Bon, d'accord, c'était pas non plus le hasard. Je montais la garde.

— Vous montiez la garde ?

— Oui, je surveillais le café. J'ai demandé à la Margie Bladstow de me prêter une de ses chambres, expliqua-t-il en désignant la pension qui se dressait de l'autre côté de Liquorpond Street, et je vous ai vue partir. Et puis revenir, aussi.

Sarah Tanner fronça les sourcils.

— Mais pourquoi ?

Ralph Grundy but une autre gorgée de brandy, puis resta silencieux un instant, comme s'il cherchait ses mots.

— C'était votre camarade de l'autre jour, pas vrai ? Le type qu'on a retrouvé dans Baldwin's Gardens. Phelps, c'est bien comme ça qu'il s'appelle ?

Mrs. Tanner resta silencieuse.

— Enfin bon, poursuivit Ralph Grundy en écartant sa question d'un revers de main, c'est dit. Je l'avais deviné. Et je sais aussi que c'est pas vous qui l'avez suriné, si c'est ce qui vous tracasse. Je suis allé jeter un coup d'œil à son cadavre, avant qu'on l'emmène, c'est un homme qui a fait le coup, ou je m'y connais pas.

— Un monstre, plutôt.

— Par contre, vous avez pas prévenu les cognes. Et en plus, vous paraissiez avoir la frousse de le faire. Alors je me suis dit : « Mon vieux Ralph, c'est quoi, ce manège ? Qu'est-ce qui se passe avec la patronne ? », et j'ai gambergé. Disons que je suis devenu curieux.

— Vous m'avez suivie ?

— Ça, c'était pas dans mes projets. Mais je me doutais qu'il se tramait un machin. Vous étiez renfermée dans vos pensées, et j'ai bien vu qu'une idée vous a tracassée toute la journée. Alors je suis allé voir Margie, qui me devait un service, et j'ai attendu.

Sarah Tanner haussa les sourcils.

— Et qu'avez-vous vu ?

— Ben, j'avais jamais vu une soie aussi délicate, répondit-il en désignant du menton la robe de son employeuse. Pas à Leather Lane, en tout cas. J'ai trouvé ça curieux. Alors j'ai bu quelques verres avec Margie, et j'ai attendu encore. J'allais abandonner quand j'ai vu cette brute s'en prendre à vous, à votre retour. Là, je me suis dit : « Ralph, la petite dame a besoin de ton aide. » Et je crois pas m'être trompé.

— En effet.

— Une autre de vos vieilles connaissances ? demanda Ralph Grundy en scrutant le visage de sa patronne. C'est lui qu'a liquidé votre camarade ?

— Non, je ne crois pas.

— Ah… fit-il, l'air déçu, comme s'il escomptait une explication plus détaillée.

Sarah Tanner le regarda dans les yeux.

— Puis-je me fier à vous, Ralph ?

— À moi ? Je suis un vieil homme, madame. Un vieil homme qu'a connu des jours meilleurs et eu un paquet d'ennuis. Je suis pas un gentleman et j'ai pas de « parole d'honneur », mais ce qu'est sûr, c'est que dans Saffron Hill y a un type en train de reprendre connaissance, plaise à Dieu, avec une grosse bosse sur la caboche, et qu'estime sans doute qu'il s'en est tiré à bon compte. Je peux vous l'assurer.

Mrs. Tanner s'autorisa un sourire.

— Bon, répondit-elle. Je vous dois bien ça. Disons que je n'ai pas toujours eu des fréquentations recommandables…

— Y a pas de honte à ça, commenta le serveur. Pareil pour moi. Vous trouverez personne à Leather Lane qui soit tout propre.

Sarah Tanner secoua la tête et poursuivit sur sa lancée.

— Les joueurs, les escrocs, c'était à la fois mes amis les plus proches et ma famille, autrefois. Georgie… celui qui s'est fait assassiner hier soir, c'était l'un d'entre eux. L'homme de tout à l'heure aussi.

— Une famille unie, hein ?

— Nous avons eu un désaccord à propos d'une histoire d'argent, il y a de ça près d'un an, expliqua Sarah Tanner d'un ton brusque. J'ai coupé les ponts avec eux. Et puis, hier soir, Georgie a surgi dans la boutique, par le plus grand des hasards. Du moins je le crois.

Ralph Grundy hocha la tête.

— Mais vous devez savoir, Ralph, que malgré ce qui lui est arrivé… C'était un filou, un voleur, mais il n'a jamais fait de mal à une mouche.

— Sale affaire, alors.

— Assez, oui. Je sais qui l'a tué, du moins, j'ai vu le visage de son assassin. Et j'ai découvert Georgie, aussi, là où il l'avait laissé. Quand j'ai quitté la boutique pour le rattraper, je l'ai trouvé.

— C'est moche. C'est pas un spectacle pour une femme, ni pour personne, d'ailleurs.

— Je l'ai vu mourir. Il ne méritait pas ça. Personne ne mérite de partir comme ça. Alors, comme une idiote, je me suis dit… j'ai pensé que mes anciens amis pourraient m'aider, qu'ils pourraient s'en charger. Je suis allée leur rendre visite, tout à l'heure.

— Et ça s'est mal terminé ?

— Ça aurait pu être pire, si vous n'aviez pas été là.

Ralph Grundy parut soudain perplexe.

— Dites voir, reprit-il, j'apprécie pas trop les roussins, moi non plus, madame, mais c'est pas à eux qu'il faudrait s'adresser ?

— Ça m'étonnerait.

— Allons, quoi, vous êtes pas recherchée, si ? C'est pas grave à ce point, quand même ? Bref, je pourrais leur parler de ce type que vous avez vu, si vous voulez rester discrète.

— Pas question.

— Pourquoi ?

— C'est un policier qui l'a tué.

Ralph Grundy resta coi.

— Nom d'un chien ! dit-il au bout d'un moment. C'est cuit, alors. Laissez tomber.

— C'est ce que je me suis dit, hier soir, répondit-elle. Juste après l'avoir trouvé, quand je suis revenue au café et que je vous ai vu. C'est ce que mes… mes anciens amis… c'est ce qu'ils m'ont dit aussi.

Les sourcils froncés, Ralph Grundy la scruta.

— Mais vous en avez pas l'intention ?

— J'ai une dette envers Georgie.

— Je croyais que c'était un voyou.

— C'était un ami, un véritable ami, autrefois. La nuit dernière, il se trouvait aussi près de moi que vous l'êtes maintenant, et il agonisait. J'aurais pu l'aider.

— J'en ai pas l'impression, vu son état.

— Je ne sais pas. J'aurais pu lui parler, lui tenir la main, lui offrir un peu de réconfort.

— Qu'allez-vous faire, alors, patronne ?

— Retrouver celui qui l'a tué, répondit-elle, laconique. Peu importe qui c'est, il mérite la corde.

Ralph Grundy eut un sourire ironique.

— Oh là, une minute. Un détective en jupons ? Qu'est-ce qu'ils vont penser de ça, à Scotland Yard ?

— Ils peuvent aller au diable !

CHAPITRE VII

Le lendemain matin, on annonça la nouvelle d'un meurtre.

Dans le *Times*, le *Daily News*, le *Morning Chronicle* et le *Post*, la mort de George Phelps n'eut droit qu'à un maigre paragraphe. Dans la presse à sensation du quartier de St. Giles, en revanche, on y consacra des in-quarto couronne destinés aux vendeurs des rues, qui contenaient des *détails véridiques* et une gravure sur bois – tout sauf véridique – dépeignant le cadavre. Tous les journalistes s'accordaient cependant sur un point : la brutalité de l'acte criminel. Pas un, en revanche, ne connaissait l'identité de la victime. En un mot, « Le crime atroce de Leather Lane » tenait du mystère.

Certains, bien sûr, portent toujours aux meurtres un intérêt particulier. Dans les tavernes et les pubs de Leather Lane et de Saffron Hill, par exemple, on ne parlait guère d'autre chose. Mais pour la majorité des citoyens respectables qui lurent cette nouvelle – que ce fût assis à la table du petit déjeuner ou dans l'omnibus les emmenant à leur travail –, la triste fin de George Phelps ne fut qu'une anecdote insignifiante, une addition sanglante aux annales du crime de la capitale.

Nul doute que Charles Goggs, chef portier de l'hôtel *Hummums*, à Covent Garden, partageait cette vision des choses. Mr. Goggs, homme d'allure naturellement fringante et soignée, âgé d'environ cinquante-cinq ans, était aussi peu enclin à souiller ses gants blancs avec l'encre d'une gazette qu'à écouter les commérages. Il ne prêtait d'ailleurs que peu d'attention aux nouvelles d'une manière générale. Un seul but régissait sa vie : répondre aux demandes des clients du *Hummums* et s'assurer de la sécurité de leurs bagages.

Ce fut Mr. Goggs qui, tard cet après-midi-là, fut le premier à accueillir une certaine cliente lorsqu'elle entra dans l'hôtel.

— Que puis-je pour vous, madame ? demanda-t-il, en toute innocence.

— Mrs. Richards. Vous avez reçu mon télégramme ce matin. Ma chambre doit être prête.

Mr. Goggs avait l'habitude de se tenir dans le hall de l'hôtel, la tête haute, conscient de la dignité que conféraient sa personne et son uniforme à son lieu de travail. Il n'avait en revanche pas l'habitude qu'on s'adresse à lui de manière aussi autoritaire – du moins, pas les femmes – et parut décontenancé.

— Eh bien ? insista la cliente.

Âgée d'une trentaine d'années, elle portait une robe de promenade de soie noire, une mante noire ornée de fourrure et un bonnet tout simple, agrémenté d'un voile qui lui cachait en partie le visage. Le concierge estima aussitôt – puisqu'elle n'était pas accompagnée – qu'il s'agissait d'une préceptrice ou d'une gouvernante en deuil, une femme appartenant à cette catégorie de domestiques de grade supérieur habitués à être obéis.

— Richards, dites-vous, madame ? finit-il par répondre. Je vais me renseigner auprès de notre réceptionniste.

Le portier se retira dans la petite pièce adjacente qui faisait office de réception. Après une brève discussion avec son collègue, il revint dans le hall.

— Je regrette, madame, mais aucun télégramme ne nous est parvenu, annonça Mr. Goggs. Et nous n'avons plus aucune chambre de libre, hélas, ajouta-t-il avec un soupçon de satisfaction.

— Vraiment ! s'exclama Mrs. Richards. Lady DeVere s'est pourtant montrée très précise quant à l'endroit où je devais descendre. Elle m'a dit – en ces termes précis, monsieur – « Au *Hummums*, le plus charmant petit hôtel de Londres ». Alors que faire ?

Mr. Goggs s'adoucit quelque peu. Il appréciait le compliment, selon lui fort mérité. Deux mots en particulier lui firent forte impression.

— Lady DeVere ? répéta-t-il.

— Les DeVere du Hertfordshire. La plus riche famille du comté. Vous connaissez sans doute leur nom. Bref, poursuivit Mrs. Richards en regardant autour d'elle d'un air hautain, un autre établissement fera aussi bien l'affaire.

Mr. Goggs fronça les sourcils. En toute honnêteté, jamais il n'avait entendu parler des DeVere du Hertfordshire ; il n'avait reçu aucun télégramme ; quant à celle qui se trouvait face à lui, elle n'avait à ses yeux rien d'une représentante agréable de la classe des domestiques ou de la gent féminine. Néanmoins, conclut-il, il se voyait dans l'obligation de servir avant tout l'intérêt de l'hôtel. Être recommandé par un membre de la noblesse – dans certains cercles, du moins – vous assurait des revenus, aussi ne pouvait-il risquer que cette Lady DeVere reçoive un écho négatif de l'établissement.

— Un instant, madame, répondit-il. Je vais vérifier.

Il disparut une deuxième fois, puis revint peu après, l'air plus aimable.

— Il semblerait que je me sois trompé. Il nous reste un appartement pour dame au premier étage – lit, salon et cabinet de toilette. Combien de temps comptez-vous rester, madame ? Je crains que cette suite ne soit disponible que pour une nuit.

Mrs. Richards sourit de ce revirement.

— Merci. Ce sera parfait.

Le portier hocha la tête.

— Des bagages, madame ?

— Ils suivront incessamment. J'ai eu des difficultés à les faire expédier, à la gare.

Mr. Goggs hocha de nouveau la tête et adopta un air entendu et compatissant. Il considérait depuis longtemps les humbles bagagistes des gares comme inférieurs en tout point à leurs semblables de l'hôtellerie. Après une courbette polie, il invita Mrs. Richards à passer à la réception, où il lui fit inscrire son nom dans le registre. Elle y apposa une signature élégante, accompagnée d'une adresse dans le comté du Hertfordshire.

Eût-il été plus attentif, Mr. Goggs aurait peut-être remarqué la légère hésitation de Mrs. Richards quand elle prit le stylographe. Il aurait peut-être trouvé ses manières trop théâtrales, même pour une domestique de grade supérieur. Il aurait pu s'interroger davantage sur les prétendues difficultés qui avaient retenu les bagages de sa cliente. Mais bien qu'il fût un excellent portier, Charles Goggs était dépourvu d'imagination.

Par conséquent, il n'imagina pas que Mrs. Richards – malgré tous ses défauts – fût capable de tenir un café, à l'angle de Leather Lane et de Liquorpond Street. L'idée ne lui traversa pas l'esprit une seule seconde.

La suite qu'obtint Sarah Tanner, sous la fausse identité de « Mrs. Richards », se trouvait au premier étage et donnait directement sur Covent Garden, sans doute la raison pour laquelle elle était libre, car sa situation en faisait la chambre la moins désirable de l'établissement. Le *Hummums* était certes un hôtel de qualité, mais le brouhaha qui s'élevait en permanence du marché voisin – les cris des marchands, le vacarme des roues ferrées des chariots sur les pavés – était insupportable. Même l'après-midi, les colonnades et les arcades classiques de la place du marché, vides de tout étal de fruits et légumes, servaient alors à la vente des fleurs. Submergé par une mer de violettes prêtes à être serrées en bouquet, le marché constituait le lieu de rassemblement d'une cohorte infinie de petites vendeuses en guenilles, bien décidées à écouler leur marchandise jusqu'au dernier pétale.

Alors qu'elle contemplait la scène de sa fenêtre, Mrs. Tanner avait l'esprit occupé par l'objet de sa visite clandestine : trouver la jeune femme de l'hôtel que Bert Jones avait mentionnée, la bien-aimée de George Phelps. Connaissant George Phelps depuis longtemps, Sarah Tanner avait conclu qu'il s'agissait de sa complice dans la *combine d'hôtel*, consentante ou non. Le seul problème, songea-t-elle au moment où des coups discrets résonnèrent à la porte de son salon, était qu'elle ne savait par où commencer.

Elle se donna une contenance et se redressa dans son fauteuil.

— Entrez.

C'était une femme de chambre qui apportait un broc de porcelaine. Petite, l'air nerveux, elle ne croisa pas le regard de Sarah Tanner.

— Vous avez demandé de l'eau chaude, madame ?

— Oui, s'il vous plaît. Portez-la dans la chambre.

La servante s'exécuta et revint quelques secondes plus tard. Sarah Tanner l'examina de la tête aux pieds – elle paraissait trop jeune et trop naïve, même pour les goûts de George Phelps.

— Ce sera tout, madame ?

— Un instant. Dites-moi, comment vous appelez-vous ? s'enquit Mrs. Tanner du même ton ferme qu'elle avait employé avec le portier.

— Jane, madame.

— Travaillez-vous ici depuis longtemps, Jane ?

La jeune fille rougit et regarda ses pieds.

— Non, madame, seulement depuis hier.

— Une seule journée ?

— La dernière fille est partie brusquement, madame.

— Ah bon ? fit Mrs. Tanner, une idée se formant dans son esprit. On m'a pourtant dit que c'était un hôtel convenable.

— Oh, ça l'est, madame ! répondit la bonne d'un ton catégorique.

La jeune fille, qui ne devait guère avoir plus de quinze ans – Mrs. Tanner en était convaincue –, parut plus nerveuse encore.

— J'en suis sûre !

— Alors me voilà rassurée, déclara Mrs. Tanner en la regardant d'un air plein de sous-entendus. Quelle est la cause du départ de cette autre fille ?

La jeune fille s'empourpra de nouveau.

— Je saurais pas vous dire, madame.

— Voyez-vous, il paraîtrait que c'était une voleuse, hasarda Sarah Tanner, d'un ton plus doux et confidentiel.

— Je sais pas, madame.

— Vous avez bien dû entendre quelque chose.

— Seulement qu'on l'a renvoyée hier matin, madame. Je vous jure que j'en sais pas plus.

— Je n'en doute pas. Quelle tristesse ! C'est fou qu'une fille puisse mal tourner si facilement.

— Oui, c'est terrible, madame, répondit rapidement la bonne.

— En tout cas, je suis sûre que vous, vous serez un atout pour l'hôtel, Jane. Je le sais rien qu'à vous regarder.

— Merci, madame. Si c'est tout, madame…

— Une dernière chose, ma petite. Je viens d'y penser. Pourriez-vous vous renseigner au rez-de-chaussée et m'obtenir une information ?

— Madame ?

— J'aimerais apprendre le nom de la fille qui est partie hier, et où elle a pu aller.

— Pardon, madame ? fit la servante, surprise par cette requête.

— Figurez-vous, poursuivit Mrs. Tanner, se creusant la cervelle pour trouver une explication, que je connais un asile pour les jeunes femmes seules qui ont perdu leur travail. Peut-être pourraient-ils l'aider, lui procurer des vêtements et de l'argent, ainsi que la guider dans sa conduite. C'est un pasteur qui le dirige, un de mes amis.

— Bien, madame, comme vous voudrez, madame, répondit Jane, visiblement soulagée que la conversation touche à sa fin.

Sarah Tanner sourit.

— J'aimerais que vous m'apportiez du thé dans une demi-heure environ. Revenez donc à ce moment-là.

La femme de chambre acquiesça d'un signe de tête.

Ce fut exactement une demi-heure plus tard, manifestement soucieuse de plaire, que la jeune fille revint munie d'un plateau de thé – et le nom de celle qu'elle remplaçait.

Les cloches de St. Paul, à Covent Garden, sonnaient six heures lorsque Sarah Tanner sortit de sa chambre et descendit au rez-de-chaussée. Son plan était des plus simples : quitter discrètement l'hôtel par la porte principale. Elle avait attendu qu'un laps de temps convenable se soit écoulé depuis son arrivée, et de toute manière, les risques qu'on l'interpelle étaient maigres. Si on la questionnait, elle avait une réponse toute prête : elle allait se renseigner à la gare pour ses bagages.

Ce ne fut qu'arrivée dans la dernière volée de marches qu'elle vit le policier.

Par réflexe, elle se figea. Mais en y regardant de plus près, ce n'était pas le même que l'avant-veille : l'agresseur de George Phelps – son assassin – était plus grand et plus solidement charpenté. Celui qui se trouvait devant elle était un homme de petite taille et âgé d'une quarantaine d'années, rasé de près, qui tenait à la main son chapeau, accompagné d'un gentleman plus vieux, vêtu d'une jaquette élégante et d'un foulard blanc. Tous deux paraissaient discuter avec le portier, qui les conduisait à la réception.

Sarah Tanner resta un instant à les observer. Le policier était-il venu l'arrêter ? Non, c'était impossible.

Prenant son courage à deux mains, elle alla droit à la porte d'entrée, le visage caché sous son voile. Elle ne put toutefois s'empêcher de ralentir le pas, car la voix des hommes lui parvenait clairement.

— Et je vous répète, mon brave, dit l'un d'eux d'un ton indigné, que ma sœur est tout à fait respectable et sensée, dotée d'un jugement sûr et de discernement. Jamais elle n'irait s'aventurer seule dans la ville.

— Certes, répondit le portier, dont Mrs. Tanner reconnut aussitôt la voix, mais il n'en reste pas moins que cette dame a disparu. Hier soir, elle a déclaré partir se promener pour se changer les idées. Nous ne l'avons pas revue depuis – j'ai même vérifié auprès du portier de nuit. Si elle ne revient pas, il faudra aborder la question délicate de sa note. Ainsi que de ses bagages.

— Monsieur l'agent, je vous en conjure, implora le vieil homme, je suis sûr qu'il lui est arrivé quelque chose. Qu'elle soit partie de la sorte est hautement improbable ! Ça ne lui ressemble pas du tout.

— Fort bien, monsieur, répondit le policier. Je suggère que nous allions examiner la chambre de Miss Ferntower, si Mr. Goggs nous le permet.

— Bien sûr, je ne voudrais pas entraver le travail de la police, répondit Goggs. Mais je vous demanderai de rester discrets. La réputation de l'hôtel…

— Au diable la réputation de l'hôtel, monsieur ! s'exclama le vieil homme.

On entendit ensuite un léger bruissement de pas. Sarah Tanner recula précipitamment comme les trois hommes sortaient de la réception. Le plus âgé des visiteurs ouvrit la porte à la volée, le visage écarlate et l'air furieux, puis s'élança d'un pas décidé en direction de l'escalier. Suivit le policier, et enfin Mr. Goggs qui, le front perlé de sueur, se tordait nerveusement les mains.

— Ah ! s'exclama-t-il à la vue de sa cliente. Inutile de vous alarmer, Mrs. Richards.

— Je n'en doute pas, monsieur.

Mr. Goggs sembla sur le point de lui offrir d'autres paroles rassurantes, mais il se ravisa. Il la salua en hâte puis se dépêcha de rattraper le constable et le gentleman, lesquels montaient déjà vers les étages.

— Mr. Ferntower ! Monsieur l'agent ! s'écria le portier. Attendez ! Je vous en prie ! Vous allez déranger nos hôtes !

Mrs. Tanner hésita un instant, tentée de les suivre et, au moins, de satisfaire sa curiosité, mais cllc écouta finalement la voix de la raison et quitta les lieux.

Dehors, elle fit le point. Ses manœuvres avaient été fructueuses : elle avait obtenu de la femme de chambre le nom de celle qu'on avait renvoyée – une certaine « Norah Smallwood ». En outre, il semblait qu'on recherchait une autre femme, laquelle avait disparu du *Hummums* le lendemain de la mort de George Phelps.

Il ne pouvait s'agir d'une coïncidence, elle en était quasi certaine.

Elle se demanda ce que ferait un inspecteur de police en pareille situation, et l'espace d'un instant, l'idée qu'elle manquât des qualités nécessaires pour mener à bien la mission qu'elle s'était imposée l'effleura.

Puis elle se rappela les derniers instants de George Phelps. Ce souvenir raviva la colère qui couvait en elle.

CHAPITRE VIII

Ce même soir, après son bref séjour au *Hummums*, Sarah Tanner ferma son café deux bonnes heures en avance. Certains passants, habitués à voir brûler la flamme vive du bec de gaz au-dessus de la porte, commentèrent son absence. Plusieurs marchands de quatre-saisons, accoutumés à prendre un souper tardif aux *Dining & Coffee Rooms* quand leur bourse le leur permettait, déclarèrent que cette fermeture inhabituelle faisait « sacrément suer ». Un homme, ouvrier boulanger de son métier, qui aimait prendre un repas copieux avant de commencer sa nuit de travail, tambourina même contre les volets. Mais tous se fatiguaient en vain : ils n'obtiendraient ni la venue de la propriétaire ni aucune pitance, car Mrs. Tanner n'était pas chez elle. Elle se trouvait à plus d'un kilomètre de là, dans une rue mal éclairée portant le nom de Lumber Court, dans la paroisse de St. Giles.

Cette rue n'était en fait qu'une venelle, un simple passage entre deux immeubles. Pavée de carrés de pierre fendus, couverte de boue, elle était jonchée d'obstacles – tas de crottin et flaques noires d'eau nauséabonde.

Sarah Tanner avançait la main plaquée sur la bouche et le nez afin d'échapper un tant soit peu à la puanteur des lieux. Son compère, qui ne s'embarrassait pas d'une telle précaution, partit d'une quinte de toux gutturale.

— C'est plus de mon âge, maugréa Ralph Grundy.

— Je ne vous ai pas demandé de venir, répliqua Mrs. Tanner.

— Faut bien quelqu'un pour veiller sur vous, patronne. Une femme s'aventure pas dans le coin de St. Giles la nuit, pas toute seule – pas si elle a un minimum de bon sens, s'entend.

— Je sais ce que je fais, Ralph.

— Peut-être. Et comment vous êtes si sûre que vous allez la trouver, cette satanée fille que vous cherchez ?

— Je ne le suis pas.

— Qu'est-ce qu'on fait ici, alors, à patauger dans cet égout ?

Sarah Tanner soupira.

— C'est là que Georgie se réfugiait en cas de difficulté, quand il se retrouvait dans le pétrin. C'est pas pire qu'ailleurs.

— Pour sûr qu'il y est, dans le pétrin, maintenant, bougonna Ralph Grundy.

Au même moment, ils débouchèrent sur une petite cour, éclairée par une unique flamme de gaz, maigre lueur vacillante qui s'échappait d'un tube cabossé, vraisemblablement installé par un petit malin n'appartenant ni de près ni de loin à la Compagnie du gaz, de l'éclairage et du charbon. Sarah Tanner tira sur la manche de Ralph Grundy pour l'entraîner vers la droite, sous un porche en brique qui menaçait ruine, où semblait-il on ne pouvait passer. Pourtant, il ouvrait sur un passage étroit – large de soixante centimètres à peine – suivi d'un espace dégagé, où des marches descendaient jusqu'à une porte. À l'entrée se tenaient deux jeunes gens, vêtus de costumes miteux, riant d'une plaisanterie qu'ils venaient d'échanger.

— Regarde ce qui arrive, dit l'un à son compère, en voyant approcher Sarah Tanner et Ralph Grundy.

— Joli morceau, renchérit le second.

— Ça, pour sûr ! Alors, qu'est-ce que tu veux, ma poule ?

— Boire un verre, c'est tout.

— C'est un mastroquet privé, ici, ma chérie, répondit le second. Vaut mieux que vous débarrassiez le plancher, toi et le vieux croûton.

— Vous inquiétez pas, rétorqua-t-elle. George Phelps se portera garant pour nous.

— Ah ouais ? Le petit Georgie, hein ? Pourquoi qu'il est pas avec vous, alors ? s'enquit l'autre.

— Il va nous rejoindre, répondit Ralph Grundy.

— Et on préférerait l'attendre à l'intérieur, insista Mrs. Tanner.

— Tiens donc. Comment que vous vous appelez ?

— Sall l'Étoile et Bill le Tigre, répliqua Sarah Tanner d'un ton sarcastique. Et vous ?

Le premier des deux compères eut un sourire narquois et leur adressa une courbette ironique.

— Très bien, *Sall*, entre. Si Georgie se porte garant, ça ira. Vaudrait mieux pour toi, remarque, parce que sinon faudra qu'on s'explique.

Sarah Tanner hocha la tête et se faufila devant le jeune homme pour passer la porte. Ralph Grundy la suivit en jetant un coup d'œil nerveux derrière lui.

À l'intérieur, l'établissement – que ses habitués surnommaient *Le Terrier* – ressemblait à un pub classique. Il n'avait rien d'un bar de luxe, et l'on n'y trouvait ni miroirs ni dorures, rien qui fût chic ou rutilant. Ce n'était qu'un petit pub à l'ancienne, pourvu d'un comptoir et d'une salle où, confortablement installés, quelques clients de même sensibilité pouvaient profiter de l'hospitalité de leur hôte. La peinture des tables en bois blanc était passée et s'écaillait. La salle n'était éclairée que par des lampes à pétrole, réglées au minimum ; une belle flambée crépitait dans la cheminée, et il flottait dans l'air une lourde odeur de tabac et de bière.

Ralph Grundy examina les buveurs, à peine visibles dans la pénombre. La plupart étaient des jeunes gens vêtus de futaine et de velours côtelé bon marché. Les quelques femmes présentes portaient des robes de mauvais coton – semblables à celle que sa patronne avait choisie pour la soirée –, arboraient des anglaises et des franges à la mode, et semblaient disposées à se tenir d'un air langoureux au bras de leur compagnon. En bref, conclut Ralph Grundy, il aurait pu s'agir de n'importe quel pub de bas étage de Londres, à la différence qu'on voyait un peu plus d'or aux doigts des hommes et davantage de fard au visage des demoiselles les plus jeunes – joues roses et lèvres vermeilles.

— Alors le voilà, votre repaire de voleurs, patronne ? commenta Ralph Grundy à voix basse.

— Si vous voulez, répondit Mrs. Tanner en chuchotant, mais tenez votre langue. Trouvons une place où nous asseoir.

Elle jeta un regard autour d'elle, puis se dirigea vers une table calée dans un angle sombre d'où l'on pouvait surveiller la totalité de la salle enfumée, et surtout la porte. Ralph Grundy lui emboîta le pas.

— Et votre plan, c'est quoi, au juste ? demanda-t-il en ôtant sa veste. Mariner ici toute la nuit ?

— On trouvera forcément quelqu'un qui sait quelque chose, même sans connaître la fille, répondit-elle en examinant les lieux. Je reconnais un ou deux clients.

— Eux aussi, ils vous reconnaissent, j'ai l'impression, rétorqua le vieil homme.

Ralph Grundy fixait du regard le barman en tablier blanc qui, alors qu'ils s'installaient, approchait de la table. Âgé d'une vingtaine d'années, plutôt rondouillard, il avait les joues empourprées par la chaleur de la salle. Lorsqu'il arriva à leur hauteur, il dévisagea Sarah Tanner, fournissant un effort pour la remettre.

— On se connaît, pas vrai ? dit le garçon.

— Je suis une amie de Georgie, George Phelps. Ça fait un bail que je suis pas venue.

— Mais oui ! Je le savais ! Bon sang, Sarah, c'est ça ? s'exclama-t-il avec un fort accent. Je t'ai pas vue dans le coin depuis – ça fait combien ? – au moins un an.

— Plus que ça. Et Georgie, il est passé, récemment ?

— Pas depuis une semaine ou deux. Tu le cherches ? Faudra attendre ton tour.

— C'est sûr, marmonna Ralph Grundy.

— Tiens, pourquoi ça ? s'enquit Mrs. Tanner, en foudroyant son compagnon du regard.

— Comme d'habitude. Une jolie môme qu'en pince pour lui l'a attendu tout l'après-midi, au cas où il viendrait.

Sarah Tanner lança un coup d'œil triomphant à Ralph Grundy. Le vieil homme leva les yeux au ciel.

— À quoi elle ressemblait, cette môme ?

Le garçon s'esclaffa.

— Tu connais les goûts de George. Il les prend au berceau. Elle a presque rien bu de costaud, d'ailleurs. Le patron, ça le démangeait de la fiche à la porte.

— Tu crois qu'elle va revenir ?

— Ça m'étonnerait pas. Elles reviennent toujours. Dis-moi, Sarah, pendant tout ce temps, t'étais pas en taule ? George nous a rien raconté.

— Non, rien de ce genre-là.

Le garçon n'insista pas.

— Qu'est-ce que vous prenez, alors ?

— Un gin-punch, répondit Mrs. Tanner.

— Une pinte de bière à quatre pence, ajouta Ralph Grundy.

— À votre service, déclara le garçon en leur adressant un clin d'œil.

Sarah Tanner attendit qu'il se soit éloigné avant de s'adresser à son acolyte.

— Je vous assure que vous n'êtes pas obligé d'attendre avec moi, Ralph. Je m'en sortirai très bien toute seule.

— Si vous le dites, c'est sans doute vrai, patronne, répondit Ralph en contemplant les lieux, mais moi je suis pas sûr de retrouver mon chemin. Du coup je préfère rester avec vous. Pour préserver ma santé.

— Et boire une mousse.

— Oui, ça fera pas de mal.

Il était onze heures et demie lorsque Norah Smallwood se présenta au *Terrier*. Sarah Tanner l'identifia aussitôt, sans l'avoir jamais vue auparavant. D'autres étaient venues et reparties, mais aucune ne paraissait aussi jeune et anxieuse qu'elle. Âgée d'environ seize ans, elle avait de longs cheveux bruns tirés en arrière et à demi cachés sous un bibi à plumes ; un fichu bigarré lui enveloppait les épaules. Elle alla rapidement au comptoir et s'adressa au garçon. Ils discutèrent un instant, puis elle prit un tabouret à une table libre, s'assit le dos contre le mur et se mit à boire lentement un doigt de gin en jetant des coups d'œil nerveux autour d'elle.

Sarah Tanner chuchota quelques mots à Ralph Grundy, puis se leva et traversa la salle.

— Norah, c'est ça ? demanda-t-elle à voix basse.

La fille sursauta, surprise qu'on l'appelle par son prénom.

— Euh… N-n-non.

— Moi, je crois que si. Une amie de Georgie ?

— Georgie ?

— Je m'appelle Sarah. Moi aussi, je suis une de ses amies, une vieille connaissance.

— Ah oui, c'est vrai ?

Sarah Tanner fronça les sourcils. Elle ne savait quoi raconter à Norah Smallwood : la vérité semblait trop cruelle. Elle comprit néanmoins que celle-ci la prenait pour une rivale qui cherchait à gagner les faveurs de George Phelps.

— Ce n'est pas du tout ce que vous croyez. Georgie m'a chargée de vous transmettre un message.

— Et c'est quoi ? s'enquit Norah, avec une désinvolture visiblement feinte.

— Il m'a demandé de vous dire qu'il… eh bien, qu'il tenait à vous, et qu'il s'excusait pour tout.

— Pardon ?

— Écoutez, Norah, je vous en prie, je ne sais comment vous l'annoncer. Georgie me l'a dit avant de mourir. Il voulait que vous le sachiez.

— Avant de mourir ? répéta la jeune fille, abasourdie.

Elle se reprit et secoua la tête d'un air incrédule.

— Qu'est-ce que vous cherchez ? Vous êtes qui, d'abord ?

— On l'a assassiné, il y a deux jours. Un homme l'a poignardé, près de Leather Lane… on en a parlé dans les journaux, mais ils ne connaissent pas l'identité de George, pas encore.

— Vous êtes une sale menteuse ! De quel droit vous venez ici me fiche une frousse pareille ?

— Chut ! Je vous dis la vérité, rétorqua calmement Mrs. Tanner. Je vous le jure. Je suis allée à l'hôtel, où l'on m'a appris que vous étiez partie. Alors je suis venue vous chercher ici. C'est ce que George voulait, sinon je ne serais pas là.

— Laissez-moi tranquille ! s'exclama Norah Smallwood d'un ton furieux. Barrez-vous ! Je raconterai à George ce que vous m'avez dit. Je vous le garantis.

— Quel coup préparait-il, au *Hummums* ?

— De quoi vous vous mêlez ? Barrez-vous, je vous dis ! Sinon je...

Sarah Tanner la saisit par les bras et planta son regard dans le sien.

— Je ne mens pas, Norah, il est mort. Je l'ai vu, et le monstre qui l'a suriné, aussi. Alors vous feriez mieux de m'expliquer ce qui se passe, parce que ça n'a rien d'un jeu. George Phelps vous a peut-être raconté qu'il faisait un métier des plus merveilleux, mais George Phelps, paix à son âme, était un menteur doublé d'un voleur. Alors dites-moi ce que vous savez, ou vous risquez le pire.

— Lâchez-moi ! s'écria Norah Smallwood, assez fort pour que les autres clients se retournent, cependant qu'elle tentait de se libérer. Me touchez pas, je vous dis !

— Je vous le jure, c'est la vérité ! Pourquoi vous mentirais-je ?

— C'était qui, alors ? l'interrogea Norah Smallwood, toujours incrédule. Qui c'est qui l'a tué ?

— Je ne connais pas son nom.

— Vous venez de dire que vous l'avez vu, rétorqua-t-elle. Vous me racontez des salades, non ?

— C'était un roussin.

— Et voilà que vous vous fichez de moi. Mais c'est pas drôle du tout, je vous jure. Vous êtes toquée, c'est ça ?

— Je l'ai vu comme je vous vois.

Norah Smallwood secoua la tête.

Avant qu'elle ait pu ajouter un mot, on entendit un bruit sourd derrière la porte du *Terrier*, qui s'ouvrit violemment. Un homme entra en titubant et tomba à quatre pattes, du sang lui dégoulinant de la bouche. Sarah le reconnut aussitôt : c'était un des deux jeunes gens qui montaient la garde dehors.

— J'en ai pas fini avec toi, mon gars, dit l'homme massif, vêtu d'un uniforme, qui apparut à sa suite dans l'embrasure. T'aurais mieux fait de décamper en même temps que ton copain.

D'un air désinvolte, il envoya un coup de son lourd soulier dans le ventre du jeune homme, qui gémit et s'effondra face à terre.

— Tout ce que je veux, poursuivit le policier, qui enjamba calmement le malheureux comme si de rien n'était, et s'adressant à l'assemblée, c'est qu'on me fasse pas de difficulté. C'est pas trop demander, non ?

Les clients du *Terrier* ne pipèrent mot. À plusieurs tables, certains objets disparurent dans des poches ; des jeux de cartes furent glissés à l'intérieur des manches ; des chaînes de montre en or furent escamotées.

— C'est une raison très simple qui m'amène, mesdames et messieurs : je cherche une jeune femme répondant au nom de Smallwood. Norah de son prénom. Connaissance d'un monsieur – disons plutôt d'un gars – nommé Phelps. J'aimerais trouver cette demoiselle. Je vous écoute.

— C'est lui, chuchota Mrs. Tanner à l'oreille de Norah Smallwood qui, assise à côté d'elle, écarquillait les yeux. Vous me croyez, maintenant ? Mon Dieu, c'est lui !

CHAPITRE IX

Le garçon fut le premier à prendre la parole.

— Moi, je connais un type qui s'appelle, euh, Phillips, déclara le jeune homme avec grand sérieux. Il fait le groom pour les chevaux des rupins, dans le Strand. Vous le trouverez là-bas presque tous les soirs.

Le policier lui lança un regard profondément méprisant.

— Ça, j'en sais rien, déclara un client assis à une table voisine, mais je connais un lascar qui s'appelle Phil, maintenant que j'y pense. Chiffonnier, qu'il est. Il bauge pas loin de l'Adelphi, sous les arcades.

Plusieurs de ses compagnons rirent. Le policier fit une moue agacée et s'avança lentement.

— Viens ici, ordonna-t-il au garçon.

L'air sûr de lui, le jeune homme afficha un sourire narquois, s'essuya les mains sur son tablier et alla au bout du comptoir.

— Approche, fiston, continua le policier. J'aimerais te dire un mot, du genre confidentiel.

Le jeune homme se pencha vers lui. Au même moment, le policier lui assena un coup de la lourde matraque jusqu'alors dissimulée sous son manteau. Avec une rapidité stupéfiante, l'arme atteignit le jeune homme à la mâchoire. Le craquement de l'os résonna dans tout le pub. Le serveur hurla de douleur, mais le policier ne montra aucune pitié. Avant même qu'une goutte de sang ait coulé, il saisit sa victime par le col, lui plaqua la tête sur le comptoir et pressa sa matraque contre sa gorge.

— Écoute-moi bien, fiston, fit le policier. Je suis pas d'humeur à rigoler. Norah Smallwood. C'est le nom de la fille. Tu l'as déjà croisée ?

Le garçon bredouilla d'une voix inaudible.

— J'entends rien, déclara le policier d'un ton amusé. Parle plus fort, que tout le monde t'entende.

Plusieurs clients du *Terrier* remuèrent nerveusement sur leur siège, mais nul ne se leva pour prendre la défense du jeune homme.

— Bande de lâches, bougonna Sarah Tanner.

Elle se tourna vers la jeune fille.

— Sait-il qui vous êtes ? Vous l'avez déjà vu ?

— Non, répondit Norah Smallwood. Mon Dieu, je m'en rappellerais, sinon, vous croyez pas ?

Sarah Tanner reporta son attention sur le policier, qui avait déjà jeté un coup d'œil dans leur direction mais n'avait pas réagi. Le soir du meurtre, il faisait très sombre, dans Baldwin's Gardens. Trop sombre pour qu'il ait pu voir son visage ?

— Arrêtez ! s'exclama Mrs. Tanner en se levant.

Le policier tourna la tête.

— Arrêtez, moi, je sais. Elle était ici hier soir. Je lui ai parlé. Je lui ai même payé un verre.

— Tiens donc ! fit le policier, qui relâcha son emprise sur le garçon en sang.

Ce dernier recula d'un pas chancelant en se tenant la mâchoire et renversa plusieurs verres qui se brisèrent bruyamment par terre.

— Elle travaillait comme boniche d'hôtel ou quelque chose comme ça, poursuivit Sarah Tanner, et elle venait de se faire saquer.

— C'est bien ça, répondit le policier, en s'approchant d'elle avec un sourire pincé. Comment tu t'appelles ?

— Sally.

— Tiens donc, Sally, hein ! Et toi, c'est quoi, ton métier ? Enfin, je crois deviner, va.

— Je me débrouille.

Le policier sourit et leva sa main gantée pour écarter d'une pichenette une mèche qui tombait sur la joue de Sarah Tanner.

— J'en doute pas. C'est qui, la gamine à côté de toi ?

— C'est ma sœur, répondit Mrs. Tanner du tac au tac.

— Hum. Drôlement timide, pas vrai ?

Norah Smallwood détourna la tête et se ratatina sur sa chaise.

— Parce que vous l'avez effrayée, c'est tout. Pas étonnant, vu comme vous vous comportez.

— Y a pas de quoi avoir peur, pas si vous causez. Alors comme ça, t'as discuté avec notre petite Miss Smallwood ? Qu'est-ce qu'elle t'a raconté ?

— Elle cherchait un gars qui s'appelle George. Mais il est pas venu, et moi je sais pas qui c'est, celui-là. Alors je lui ai dit où elle pouvait trouver une chambre correcte.

Le regard du policier s'anima. Sarah Tanner scruta son visage. Il avait les yeux noir charbon, un nez de boxeur, et une moue qui lui donnait un air narquois.

— Et elle est où, cette chambre ?

— Il y a un foyer dans Sardinia Street qui accueille les jeunes femmes. C'est là qu'elle est allée.

— Comme c'est charitable de ta part ! Dis-moi, t'oserais pas mentir à un policier, pas vrai, Sally ?

Sarah Tanner secoua la tête.

— Fichez-lui la paix, dit quelqu'un derrière l'agent.

Mrs. Tanner tourna aussitôt la tête en direction de la voix. C'était le buveur qui plus tôt avait pris la parole. Vêtu d'un gilet de soie et d'une cravate blanche, peut-être d'un ou deux ans son cadet, il était un peu mieux mis, et de façon plus voyante, que nombre de ses camarades.

— Vous m'avez entendu, insista l'inconnu. Vous avez ce que vous vouliez. Laissez-la tranquille.

— Je fais ce que je veux, mon gars, répondit calmement le policier. Et c'est pas toi qui vas m'en empêcher.

L'homme au gilet de soie haussa les épaules. De toute évidence, il ne faisait pas le poids face au constable.

— C'est exact, monsieur l'agent, poursuivit-il. Mais je vous garantis qu'il y en a une douzaine ici que ça démange d'essayer. Tout ce qui les retient, eux – j'en mettrais ma main au feu –, c'est qu'ils se fichent comme d'une guigne de la fille que vous cherchez. Ça et cette belle pèlerine bleue que vous avez sur le dos. Par contre, si vous touchez à la petite Sally, que vous abîmez son joli minois, ils risquent fort de plus se contrôler.

— Une joyeuse bande de preux chevaliers, hein ? Ça se voit !

— Ça dépend des circonstances.

Le policier pouffa.

— Ha ! T'as peut-être raison, gamin. C'est un beau brin de femme. Ça serait dommage de la gâter. Mais écoute-moi bien, *Sally*, dit-il en saisissant brusquement

Sarah Tanner par le menton, si tu m'as menti, on se reverra. Et ta petite sœur et toi vous passerez un sale quart d'heure. Compte là-dessus.

Sarah Tanner se contenta de hocher la tête.

— Parfait, dit le policier en la relâchant.

Il examina la salle un instant, puis eut un bref sourire satisfait et se dirigea vers la porte. Il enjamba une nouvelle fois le corps de sa première victime et, lançant un dernier regard mauvais à la clientèle du *Terrier* – qui semblait signifier « Ne vous avisez pas de me suivre ! » –, il sortit tranquillement et ferma derrière lui.

Après le départ du policier, comme l'agitation et un vacarme de voix envahissaient la salle, Norah Smallwood leva enfin les yeux.

— Il... il a tué George ?

— Oui, répondit Mrs. Tanner en respirant à fond. Et je ne crois pas qu'il vous cherche pour s'assurer que vous allez bien.

Norah Smallwood baissa de nouveau la tête, enfouit son visage dans ses mains et fondit en larmes. Mrs. Tanner n'eut pas le temps de réagir qu'apparut un mouchoir blanc – que tendait le jeune homme au gilet qui avait défié le policier. Norah s'en empara prestement.

— Pas mal, votre petit numéro, dit-il.

— Je vous demande pardon ? répondit Sarah Tanner.

— Ce n'est pas plus votre sœur que la mienne, rétorqua-t-il. Vous avez de la chance que ça lui ait pas traversé l'esprit.

— Je vous prie de m'excuser, mais vous faites erreur.

— Je suis sûr que non. Je vous ai vue entrer, et je sais reconnaître les combines. Me remerciez pas, non plus.

— Vous remercier pour quoi ?

— De vous avoir sauvé la mise.

— Merci, dit Mrs. Tanner, sans grande conviction. Mais je peux me débrouiller toute seule.

Le jeune homme eut un ricanement moqueur.

— J'ai vu ça. Bref, vous feriez mieux de décamper, parce que Sardinia Street c'est pas bien loin.

— On ne compte pas s'attarder.

— Je vous raccompagne, si vous voulez, proposa le jeune homme en souriant. Histoire de vous éviter les ennuis, quoi.

Sarah Tanner baissa la tête : il l'enlaçait presque par la taille.

— J'ai déjà quelqu'un avec moi, rétorqua-t-elle en s'écartant adroitement.

— Sapristi ! Pas le vieux tas d'os qu'est arrivé avec vous ?

— Ça me va très bien.

— Vous me facilitez pas la tâche, pas vrai ? Qu'est-ce qu'il lui veut, l'autre salaud, au fait ?

— Qu'est-ce qu'il lui veut ? répéta Norah Smallwood d'un ton offusqué, derrière son mouchoir mouillé de larmes. Parlez pas de moi comme si j'étais pas là !

— Bon alors, qu'est-ce qu'il cherche ? insista le jeune homme.

Norah leva les yeux et se frotta les paupières.

— Qu'est-ce que j'en sais, moi ! Mêlez-vous donc de vos oignons !

Sarah Tanner secoua la tête d'un air las.

— Norah, venez avec moi. Je vais vous emmener quelque part. Dans un endroit sûr. Vous pourrez passer la nuit avec nous.

— Pourquoi ? demanda la jeune femme d'un ton plaintif.

— C'est ce que George aurait souhaité.

Norah Smallwood parcourut la salle du regard une dernière fois, contemplant les dégâts qu'avait laissés le policier dans son sillage. Enfin, sans cesser de se tamponner les joues, elle acquiesça.

— Hé, vous êtes sûre que vous voulez pas de compagnie ? insista le jeune homme.

— Je suis déjà prise, déclara Mrs. Tanner en désignant Ralph Grundy comme celui-ci s'avançait prudemment pour la rejoindre.

Le jeune homme dévisagea le vieux serveur et secoua la tête, incrédule.

— Comme vous voudrez, maugréa-t-il en se détournant. Faut jamais rendre service à une putain, c'est ce qu'on dit, pas vrai ? J'aurais dû m'en douter.

Sarah Tanner ne réagit pas à l'insulte et, impassible, le regarda retourner à sa place.

— Allez, venez, dit-elle tandis que le jeune homme s'asseyait et que ses camarades éclataient de rire. Nous n'avons pas toute la nuit.

CHAPITRE X

— Tiens, dit Sarah Tanner en posant une grande tasse de café fumant sur la table, voilà qui va te réchauffer.

Norah Smallwood, les yeux bouffis et rougis par les larmes, en but une gorgée. Malgré la chaleur de la salle du café, où elle était assise face à Mrs. Tanner et à Ralph Grundy, elle frissonnait encore.

— George, il m'aimait, vous savez, déclara-t-elle. C'est la vérité. Il disait qu'il voulait pas que je travaille, et qu'il trouverait assez d'argent pour nous payer un petit cottage…

— Je n'en doute pas, l'interrompit Mrs. Tanner. Norah, je t'en prie, écoute. Il existe forcément une raison à ce qui lui est arrivé. J'ignore laquelle, mais il avait peut-être volé quelque chose ou…

— Je vous l'ai déjà dit, rétorqua Norah, il en a pas eu l'occasion. Il comptait visiter certaines chambres, cette nuit-là, pendant que les clients dormaient. Il avait tout prévu, mais il est jamais revenu. Le voyant pas arriver, j'ai tout de suite su qu'y avait un souci – elle marqua une pause pour se tamponner les yeux –, parce qu'il m'avait promis, vous comprenez ? Il avait juré de s'occuper de moi. Et voilà où j'en suis, maintenant. J'ai nulle part où aller et j'ai rien à moi.

Comme soudain accablée par le poids de cette constatation, elle fondit de nouveau en larmes.

— Dites donc, intervint Ralph Grundy, pourquoi ils vous ont fichue à la porte, si votre cher George a rien piqué ?

Norah s'essuya les yeux des deux mains, l'air abattu.

— Des cuillères.

— Des cuillères ?

— Je voulais prouver à Georgie que j'en étais capable. Pour me taquiner, il me répétait tout le temps que j'étais pas faite pour être comme lui. Alors je lui ai juré que je le ferais.

— Vous avez chipé des cuillères ?

— C'était que deux cuillères à thé, sapristi ! se défendit Norah d'un air maussade. La cuisinière s'en prenait toujours à moi, cette vieille bique ! Je pensais pas qu'elle les recompterait. Pas avant que je sois partie.

— Des cuillères ? répéta Mrs. Tanner, déçue.

— Hé ! C'est pas ma faute. Tout ça, j'y suis pour rien !

— Allons, intervint Ralph Grundy, personne vous fait de reproches.

— Réfléchis, Norah. Il doit y avoir un détail, quelque chose que Georgie a fait ou dit. Peut-être un objet qu'il t'a donné ou une anecdote qu'il t'a racontée ? Il y a forcément une raison pour que ce policier s'en prenne à George puis se lance à ta recherche.

— Qu'est-ce que ça peut vous faire, d'abord ?

— Tu l'as vu, tu sais de quoi il est capable. Je vais lui faire payer son crime – j'ignore comment, mais je le jure, pour George. Et pour toi. Mais il faut que tu m'aides.

Norah Smallwood renifla et s'essuya le nez sur sa manche.

— Je suis désolée.

Découragée, Mrs. Tanner se prit la tête dans les mains. Ralph Grundy, lui, essaya une autre approche.

— Et la dame dont vous les avez entendus parler, patronne ? À l'hôtel ?

— Quelle dame ? s'enquit Norah.

— Une femme qui logeait au *Hummums*, une certaine Miss Ferntower, expliqua Sarah Tanner, qui prit la suite de Ralph Grundy. En te cherchant, j'ai entendu quelqu'un dire qu'elle avait disparu. Tu crois qu'il peut y avoir un rapport avec Georgie ?

— Comment je pourrais le savoir ?

— L'as-tu vue, cette Miss Ferntower ?

Norah Smallwood se tut un instant, puis hocha la tête.

— Oui, je me souviens d'elle.

— Eh bien, comment était-elle ? demanda Mrs. Tanner. Jeune, vieille ?

— Elle n'est arrivée que jeudi, mais je l'ai vue plusieurs fois. Elle était âgée – une quarantaine d'années, je suppose.

— À quoi ressemblait-elle ?

— J'en sais rien. Elle était pas moche, remarquez, quand elle retirait son chapeau.

— Son chapeau ?

— Elle portait toujours une voilette, même à l'intérieur. Je croyais que c'était à la mode, mais elle a dû me surprendre en train de la regarder, parce qu'elle m'a dit que c'était à cause de la lumière, d'un problème qu'elle avait aux yeux. Moi, je m'en fichais, c'était pas mes affaires. J'ai pensé, si ça se trouve, elle a la variole ou je sais pas quoi. Mais en fait, non.

— Comment le sais-tu ?

— Je l'ai surprise en train de s'habiller, la tête découverte. Ça l'a fait sursauter ! Moi, j'apportais juste son charbon. Un sacré paquet de nerfs, cette femme. Ça m'étonnerait pas qu'elle se soit enfuie, tiens.

— Tu la reconnaîtrais, si tu la voyais ?

Norah Smallwood opina du chef.

— Je pense que oui.

— Et George ? insista Mrs. Tanner. A-t-il eu affaire à elle ?

— Aucune idée. C'est possible. Je le suivais pas comme son ombre, bon sang !

— Norah, il y a forcément…

Avant que Mrs. Tanner ait pu prononcer un mot de plus, Ralph Grundy l'arrêta d'un geste de la main.

— Patronne, je veux pas vous contrarier, il est deux heures du matin passées, et moi je rajeunis pas. J'ai besoin de ma nuit de sommeil. Ça vous ferait pas de mal de dormir un peu, vous aussi.

L'espace d'un instant, Sarah Tanner parut sur le point de protester, mais après un regard au visage maculé de larmes de Norah Smallwood, elle céda.

— Vous avez sans doute raison, reconnut-elle à contrecœur.

— Pas trop tôt, marmonna Norah. Bon Dieu, on dirait un roussin, à la façon que vous insistez ! J'ai fait de mon mieux, pas vrai ?

Sarah Tanner hocha la tête d'un air las.

— J'ai préparé un lit dans le petit salon de l'étage. Tu peux y coucher, si tu veux. Nous continuerons notre discussion demain matin.

— Merci, dit Norah à voix basse. Pour la chambre, en tout cas.

— De rien, répondit Sarah Tanner en soupirant.

Norah Smallwood ne se fit pas prier et monta munie d'une chandelle. Ralph Grundy se leva à son tour et décrocha son chapeau du portemanteau voisin.

— Quelle soirée agréable, pas vrai ? railla-t-il en tournant la clé dans la serrure.

— Elle ne sait rien, Ralph, se désola Mrs. Tanner à voix basse. Et que vais-je faire d'elle, maintenant ? Je ne peux la cacher là-haut indéfiniment.

— Si ça tenait qu'à moi, patronne, répondit-il, lui aussi à voix basse, je l'enverrais à la grande maison. La paroisse n'a qu'à s'occuper d'elle. Elle y sera en sécurité, au moins. Et si cette vie-là lui plaît pas, ça la regarde.

— Ralph, enfin ! La maison de redressement ? Elle ne mérite quand même pas ça. Je ne valais pas mieux, à son âge.

— Si vous le dites, patronne, je vous contredirai pas. Mais vous croyez qu'elle sera encore là demain matin ? Je ferais l'inventaire de l'argenterie tout de suite, à votre place.

— L'argenterie ? Il n'y a pas de quoi s'inquiéter, de ce côté-là.

Ralph Grundy sourit. Mais alors qu'il ouvrait la porte, son expression se fit soudain grave.

— Je suis navré, patronne. J'aurais d'ailleurs dû m'excuser plus tôt.

— Pourquoi donc ?

— Je ne vous ai été d'aucun secours tout à l'heure, quand cette brute s'en est prise à vous. Pour être honnête, je suis un vieil homme et…

— Chut, fit Sarah Tanner. Je suis contente que vous ne soyez pas intervenu. J'ai vu de quoi il est capable, et c'est mieux comme ça.

Ralph Grundy secoua la tête.

— C'est bien aimable à vous, patronne, mais je sais ce qui est juste ou pas. Je me rends compte que j'ai été lâche, et j'en suis pas fier. Si j'avais pu…

— Allons, taisez-vous, je vous prie. Qui plus est, j'ai relevé le matricule de ce démon…

— Son matricule ? répéta Ralph, surpris. Vous me l'aviez pas dit. Sa pèlerine recouvrait son col, non ?

— En effet, mais j'en ai vu une partie. *K1* quelque chose. Brigade K. Ça veut dire qu'il travaille près de la Tamise, à Rotherhithe ou Greenwich.

— Vous les connaissez par cœur, hein ?

— J'ai eu de bonnes raisons pour les apprendre, à une époque.

— Pourquoi traînait-il dans le coin de Covent Garden, alors ?

— C'est justement ce que j'aimerais savoir, répondit Sarah Tanner. En tout cas, nous savons quel est son secteur. Nous allons pouvoir enquêter.

— Enquêter ! Vous feriez peut-être mieux de pas poser trop de questions, patronne. Vous y avez pas pensé ?

— Vous savez que ma décision est prise, Ralph.

Grundy haussa les épaules.

— Alors, il y a rien à ajouter, n'est-ce pas ? Bonne nuit, madame. Tenez la fille à l'œil.

— Bonne nuit. À demain.

Ralph Grundy hocha la tête et sortit. Mrs. Tanner ferma alors énergiquement la porte et la verrouilla. Elle prit la lampe à pétrole qui trônait seule sur le comptoir et, comme à son habitude, s'en servit pour s'éclairer dans l'escalier. Elle s'arrêta devant le petit salon contigu à sa chambre, dans lequel elle avait installé deux tapis et quelques couvertures pour que Norah Smallwood ait un endroit où passer la nuit.

Sous la porte filtrait encore une faible lueur de chandelle.

Après un instant d'hésitation, elle frappa et entra. Norah Smallwood était assise par terre en tailleur, les épaules enveloppées dans des couvertures.

— Tu as assez chaud ? s'enquit Mrs. Tanner. Tu devrais tâcher de dormir un peu, si tu peux.

— Vous croyez qu'il m'aimait ? répondit Norah en reniflant.

— Je suis sûre que oui.

— Non, vous le pensez pas vraiment… Jc suis pas une imbécile, vous savez. Je me disais que… enfin, je sais pas trop…

Tout d'abord, Sarah Tanner resta silencieuse. Mais comme elle écoutait Norah, elle vit un bout de papier froissé tomber de sa main.

— Qu'est-ce que c'est ?

— Voyez donc par vous-même. Ça prouve que vous avez raison.

Sarah Tanner posa la lampe et se baissa, puis ouvrit le morceau de papier, taché des larmes de la jeune femme.

— « Diana. Pont de Londres. Dimanche, deux heures », lut Mrs. Tanner à haute voix. De quoi s'agit-il ? Je ne comprends pas.

— Voyant qu'il revenait pas, l'autre soir, je suis monté dans sa chambre. Il y avait plus rien dedans, remarquez. Il avait tout vidé. Je me disais qu'il reviendrait me chercher, parce qu'il avait promis, vous voyez ? Et puis j'ai trouvé ça. Ça avait dû tomber de sa poche. C'est une autre fille, pas vrai ? Il prévoyait de la voir demain. En fait, il comptait pas du tout rester avec moi. J'ai essayé de me convaincre du contraire, mais… ça n'a plus d'importance, maintenant.

— Tu as fouillé sa chambre ? Pourquoi ne pas me l'avoir dit ? Tu as vu autre chose ?

— Nom d'un chien ! s'exclama Norah Smallwood. Vous allez arrêter, oui ? Je vous l'ai déjà dit, je sais rien !

Sarah Tanner se réveilla à cinq heures et demie du matin, car, malgré sa grande fatigue, il en fallait beaucoup pour bouleverser sa routine quotidienne. Lorsqu'elle entendit les ronflements de Norah Smallwood dans la pièce voisine, elle fut néanmoins quelque peu soulagée de constater que, contrairement aux prédictions de Ralph Grundy, son hôte n'avait pas pris la poudre d'escampette.

Munie de sa lampe, elle descendit au rez-de-chaussée. Alors qu'elle entrait dans la cuisine, elle s'arrêta puis revint dans la salle de bar. Encore mal réveillée, elle avait vaguement conscience d'une idée à demi formée dans son esprit, d'un souvenir qui paraissait lui échapper de peu.

De quoi s'agissait-il ?

Elle alla vers la partie du comptoir où Ralph Grundy avait soigneusement empilé les journaux qui s'accumulaient dans le café – abandonnés, perdus ou donnés par des clients généreux.

Puis soudain elle se souvint. Les journaux étaient déjà là la veille, alors qu'elle servait en salle.

Elle posa la lampe et prit le dernier numéro du *Times* sur le dessus de la pile. Un jeune employé qui venait prendre son petit déjeuner chez elle l'avait laissé. Elle fit glisser son doigt le long de la première colonne – sur les réclames qui invitaient à embarquer à bord du « VAPEUR *BOMBAY* » et à « ÉMIGRER EN AUSTRALIE » – puis s'arrêta sur celle-ci, en bas de page :

VAPEUR pour MARGATE, à deux heures précises, les mardi, jeudi, samedi et dimanche, sur le quai du Pont de Londres, par le *DIANA*, le plus rapide en trajet direct, sans escale. Diamond Funnel Company. Bureaux au 113 Fenchurch Street et sur le quai.

Sarah Tanner s'autorisa un bref sourire satisfait.

CHAPITRE XI

— Vous pouvez répéter ? demanda Ralph Grundy, perplexe.

C'était le dimanche matin, à Leather Lane, mais rares étaient ceux qui, parmi les clients et commerçants du marché, se rendaient à l'église. Un rai de soleil qui filtrait par le verre crasseux de la fenêtre du café éclairait le visage du vieux serveur.

— J'y ai réfléchi cette nuit. Je lui ai proposé de rester et de travailler ici, pour payer son logis. Nous avons besoin de bras ; vous répétez sans cesse qu'un peu d'aide serait la bienvenue.

— Je vous demande pardon, patronne, mais je pensais pas à...

— Norah peut rester, déclara fermement Sarah Tanner. La discussion est close. Si elle nous cause des soucis, en revanche, ce sera une autre histoire.

— C'est vous la patronne, alors c'est vous qui décidez. Mais je trouve pas que ce soit une bonne idée. Même si elle est régulière avec nous, elle risque de nous attirer des ennuis. Et s'il la retrouve, votre copain d'hier soir ?

— Il ne sait même pas où chercher. Qui plus est, c'est pour elle un bon endroit où se cacher. Ce ne sera pas pire qu'ailleurs.

— Vraiment ? J'y aurais pas pensé, vu comme tout est calme dans le coin, ces derniers temps.

— Ralph, je vous en prie. Écoutez, j'ai fait croire à Mrs. Hinchley que Norah est ma cousine. Je vous serais reconnaissante de ne pas lui donner une version différente.

— Hum. Et elle est où, votre petite cousine, elle qui est censée nous aider ?

— À l'étage, en train de se changer.

— En train de se changer ?

— Je lui prête une robe. Si elle doit travailler ici, il lui faut quelque chose de plus correct que les guenilles qu'elle portait.

Fort contrarié par cette nouvelle donne, Ralph Grundy secoua la tête. Eût-il voulu poursuivre cette conversation, il en aurait été empêché par la voix puissante de Mrs. Hinchley – « Deux œufs au bacon bien chauds ! Deux ! » – qui le rappela à la cuisine.

Mrs. Tanner attendit le retour du serveur puis, le laissant à sa tâche, elle monta rejoindre sa protégée.

Dans la chambre principale, Norah Smallwood était habillée et se contemplait dans le miroir posé sur la commode de son employeuse.

— Te voilà beaucoup plus présentable, la complimenta Mrs. Tanner depuis la porte.

— Faut croire.

— J'espère que tu n'as pas déjà changé d'avis ?

— Non, non, répondit Norah. Je réfléchissais à ce travail, rien d'autre. J'ai nulle part où aller, de toute façon.

— Dans ce cas, il y a des clients qui attendent.

— Quatre shillings par semaine, le gîte et le couvert ?

— Trois shillings et six pence, comme convenu. Ralph pense que tu ne feras pas l'affaire, tu sais.

— Et puis quoi encore ! s'écria Norah, qui afficha aussitôt une expression d'indignation quelque peu exagérée. Qu'est-ce qu'il en sait, lui ?

— Il craint que tu t'enfuies avec la caisse à la première occasion.

— Pour qui il se prend, ce vieux croûton desséché ? Je vais pas…

Sarah Tanner la fit taire d'un geste de la main.

— Norah, il n'en a peut-être pas l'air, mais Ralph n'est pas du genre à se laisser berner. Et moi non plus. Tâche de t'en souvenir.

— Je suis pas une voleuse, se défendit Norah, maussade.

— Je n'ai pas dit ça. Écoute, George Phelps m'avait fait des tas de promesses, il y a quelques années, mais rares sont celles qu'il a tenues. Crois-moi, tu seras mieux ici, pour l'instant en tout cas. Quant à Ralph, si tu ne rechignes pas à la tâche et que tu ne lui cherches pas des poux, ce sera le meilleur moyen de te faire accepter de lui… et de moi.

Norah Smallwood hocha la tête, mais Sarah Tanner fut incapable de savoir si elle était convaincue.

— Et le vapeur, alors, celui du journal ? Je croyais qu'on devait aller au pont ?

— Cet après-midi seulement. Allez, descends, Ralph te présentera à Mrs. Hinchley. Elle te trouvera de quoi t'occuper.

— Travailler dur, ça me fait pas peur, madame, tout le monde vous le dira.

— Parfait. J'y compte bien.

Norah Smallwood quitta la pièce mais, à dire vrai, elle paraissait toujours renfrognée. Mrs. Tanner s'apprêtait à lui emboîter le pas quand un détail attira son attention : le tiroir du haut de sa commode était très légèrement entrouvert, bien que la clé se trouvât toujours dans la serrure, là où elle l'avait laissée la veille au soir.

Elle ouvrit le tiroir et en examina le contenu : une petite liasse de lettres, serrées par un ruban rouge étroit. Lorsqu'elle les retourna, elle remarqua qu'elles étaient attachées de façon maladroite et que le nœud n'était pas de sa main.

Sarah Tanner fronça les sourcils.

Après un instant de réflexion, elle referma le tiroir mais, comme elle allait mettre la clé dans la poche de sa robe, elle hésita.

Elle s'agenouilla et ouvrit le tiroir du dessous.

De prime abord, il semblait ne contenir que des chiffons. Mais dessous se trouvait un objet bien plus précieux : un petit pistolet de poche, à la crosse de noyer foncé et au canon terni. À côté était rangé un coffret en bois, dont elle souleva le couvercle avec précaution. Il contenait une douzaine d'amorces et de balles soigneusement enveloppées dans du coton.

Sarah Tanner les compta une par une jusqu'à ce que, soulagée, elle fût certaine que rien ne manquait.

Norah Smallwood étant occupée à la cuisine, où elle recevait des instructions concernant l'art du nettoyage des poêlons – art que Mrs. Hinchley se faisait un plaisir d'enseigner à sa nouvelle apprentie –, Mrs. Tanner adressa quelques mots à Ralph Grundy et quitta les *Dining & Coffee Rooms*.

Dans Leather Lane, l'animation du marché battait son plein ; sur les trottoirs, aux voitures de quatre-saisons serrées les unes contre les autres venait s'ajouter le grand bazar improvisé des camelots. Un peu partout, on avait étendu des draps d'étoffe usés jusqu'à la trame, sur lesquels on présentait tout ce qui pouvait se vendre pour quelques pennies, des poupées de bois en piteux état jusqu'aux sachets de clous en laiton. Elle se fraya un chemin entre les étals, gênée dans sa progression par les marchands itinérants et les vendeurs de boissons ou de comestibles qui allaient d'un pas traînant, ne cessaient de s'arrêter et repartir de façon anarchique, et dont les cris résonnaient dans tout le marché : « Crevettes roses, un penny la portion ! Pain d'épice bien corsé, aussi brûlant que les flammes de l'enfer ! Délicieux maquereaux ! Caramel mou aux amandes ! » La cacophonie des cris formait un menu des plus écœurants.

Lorsqu'elle arriva enfin à Holborn, elle traversa la large avenue et prit la direction de l'est, suivant le maigre filet de circulation du dimanche matin sur environ quatre cents mètres jusqu'à parvenir à un affluent de la grande artère, une rue portant le nom de Feathers Court. C'était une venelle étroite, sale et noire de suie, serrée entre deux murs si rapprochés que l'atmosphère y était oppressante, où s'entrelaçaient les cordes à linge que les habitants avaient tendues d'une fenêtre à l'autre. Sarah Tanner avait pour destination un bâtiment bien précis : une demeure d'allure ancienne, aux tuiles d'ardoise craquelées et aux fenêtres à guillotine branlantes. Au-dessus de la porte, une enseigne peinte indiquait *Chas. Merryweather & Fils, Libraire et clerc public.*

La porte n'étant pas fermée à clé, elle entra. Une voix d'homme résonna aussitôt dans le vestibule.

— Qui est-ce ?

L'auteur de cette question se trouvait dans la pièce de devant, salon exigu et lugubre pourvu d'un petit foyer fumant, qui sentait l'encre renversée et la cire à cacheter. De part et d'autre de la cheminée, les murs étaient couverts d'étagères faites d'un bois morne et poussiéreux, sur lesquelles s'alignaient des rangées de livres tout aussi mornes et poussiéreux. Le propriétaire des lieux, un homme âgé d'une cinquantaine d'années, chauve, avec des favoris, une légère bedaine et le teint rougeaud, était assis à son secrétaire. Son visage disparaissait à demi derrière une avalanche de papiers et de documents qui, selon toute vraisemblance, avaient dégringolé d'un endroit élevé, arrêté leur course sur le bureau, puis s'étaient répandus sur le sol. Lorsque enfin il reconnut sa visiteuse, il se leva et afficha un large sourire.

— Miss Mills !

— Mr. Merryweather.

— De grâce, ma chère ! Appelez-moi Charles, s'il vous plaît. Non ! Charlie, dit Mr. Merryweather, avant de tirer vivement un mouchoir de sa poche de gilet et d'épousseter d'un geste exagéré un des fauteuils disposés près de l'âtre. Ou Chas, ce sera encore mieux, si vous voulez me faire ce plaisir. Et vous êtes aimable, ma chère. Je le sais ! Grands dieux ! Asseyez-vous donc, mon amie, asseyez-vous !

Sarah Tanner obtempéra, mais elle n'eut pas l'occasion de répondre que son hôte poursuivait déjà.

— En voilà, une occasion ! s'exclama Mr. Merryweather. Un petit porto s'impose, ne croyez-vous pas ? Permettez-moi de vous offrir un verre !

Mrs. Tanner déclina poliment l'offre, mais son hôte, lui, ne se refusa pas ce luxe : il disparut un instant dans la pièce de derrière et revint avec un verre plein.

— Charlie…

— Chère amie, je vous en conjure !

— Chas, j'ai un service à vous demander.

— Un service ? Tout ce que vous voudrez, ma petite. Nom d'une pipe, cela remonte à une éternité, n'est-ce pas ? Je croyais bien ne jamais vous revoir. Enfin, jusqu'à ce que j'aie vent d'un certain événement, hier.

— Hier ?

— Mr. Albert Jones, expliqua Charles Merryweather d'un ton évasif, en sirotant son porto. Une requête d'ordre médical. Un vilain mal de crâne. Il s'est présenté au dispensaire. Tout cela m'a semblé fort singulier.

— Je n'y suis pour rien.

— Ah ? Bref, à votre place, je tâcherais d'éviter notre ami commun. J'ai cru comprendre qu'il vous tenait pour responsable, et je n'ai pas voulu le contredire.

— Charlie, écoutez. Georgie Phelps, il est mort.

La figure de Charles Merryweather s'adoucit quelque peu, et il prit un air de circonstance.

— Vraiment ? J'ai entendu quelque chose à ce sujet, aussi. Pauvre George, c'était un bon gars. Je l'appréciais beaucoup. Oui, beaucoup.

— Je le sais. C'est pour ça que je suis venue vous voir. Écoutez, vous savez sans doute que j'ai un petit contentieux avec… certaines personnes.

Mr. Merryweather agita la main comme pour écarter le sujet.

— En ce cas, m'aiderez-vous – en souvenir de Georgie ?

— Bien sûr, ma chère. Bien sûr, voyons. Pardonnez-moi, mais de quel secours pourrait vous être un humble scribe tel que moi ? Nous sommes le jour du Seigneur, certes, mais je suis fort occupé. S'agit-il d'une question d'argent ? Je pourrais vous rédiger un bel *Aidez-moi, ou je péris !* à un bon prix, qui vous aidera à demander l'aumône. Tenez, je crois qu'il m'en reste un, par ici. Convient pour toutes les situations, vous savez. Veuve dans la détresse dont le mari a succombé à la boisson, mère de quatre enfants en bas âge, tous atteints de la fièvre, à l'article de la mort, *et cetera, et cetera*. Si je puis me permettre, je sais imiter une écriture de femme à la perfection. Mieux que quiconque.

— Non, répondit Sarah Tanner en secouant la tête, je souhaite seulement me renseigner sur une femme – enfin, une famille, peut-être – du nom de Ferntower.

— Ferntower, dites-vous ?

— Il existe un lien avec George, mais j'ignore encore lequel.

Mr. Merryweather sourit, retourna à son bureau et prit un livre sur une des étagères voisines.

— L'annuaire de la Poste, ma chère. Que ne l'avez-vous consulté vous-même ?

— Je n'ai pas la chance d'en posséder un. Mes moyens… ne sont plus les mêmes que par le passé.

— Ah, je comprends. Jetons-y un coup d'œil, alors. Ferntower… pas commun, comme nom – je jurerais presque le connaître. Ah, voilà. Mr. M. H. Ferntower, 42, Hillmarton Park, Holloway. Une adresse fort distinguée.

Sarah Tanner hocha la tête.

— Y a-t-il davantage de détails ?

— La Poste ne s'intéresse à rien d'autre, chère madame. Ceci est suffisant pour le fonctionnement de cette respectable institution. *Moi*, en revanche, je devrais pouvoir vous renseigner. Où ai-je rangé cela ? Sans doute dans un endroit sûr.

Mr. Merryweather examina les étagères derrière son bureau, regarda dans son tiroir, puis par terre. Sarah Tanner suivit avec perplexité ses mouvements gauches.

— Que cherchez-vous ?

— Ma vieille bible, ma chère. Vous vous souvenez peut-être qu'avant de me lancer dans le gros, il y a de cela deux ans, dit Mr. Merryweather en désignant la montagne de papiers qui s'accumulait sur sa table de travail, j'en appelais plus directement à la générosité de mes semblables. Holloway, c'est un quartier que je fréquentais souvent, à l'époque.

— Vous voulez dire quand vous étiez de la cloche ?

— Inutile d'être vulgaire, Sarah. Ah, la voilà. Voyons voir. *Hillmarton Park. 14 décembre 1849.* Maisons neuves, majestueuses, si mes souvenirs sont bons. Presque à la campagne. *N° 40. Veuf. Adams. Pas de famille. Pas d'argent. Donné 2 shillings pour enterrement femme.* Non, ce n'est pas ça. C'est bon, je l'ai. *N° 42. Ferntower. Veuf. Possède sa voiture.* Tiens, je l'ai rayé. Pourquoi donc ? Oh, Seigneur. Oui, c'est là, dans la marge. *SCM*.

— SCM ? répéta Mrs. Tanner.

— Membre de la Société contre la mendicité, ma chère. Un de ces messieurs qui préfèrent distribuer des tickets pour la soupe plutôt que de donner quelques piécettes, comme tout chrétien qui se respecte. Rien pour Charles Merryweather, chez lui. Bref, on rencontre toutes sortes de gens, dans ma profession, il faut s'en accommoder. Cela vous est-il utile, ma chère ? J'en doute fort. Bien entendu, si je retrouve d'autres précisions, je ne manquerai pas de vous prévenir. Laissez-moi donc votre adresse, voulez-vous ?

— C'est inutile, mais je vous remercie, Charlie. C'est très aimable à vous. Je dois m'en aller.

Charles Merryweather prit une autre gorgée de porto.

— Déjà ? Vous ne voulez toujours pas vous laisser tenter ? Restez donc manger un petit quelque chose.

Nous discuterons du bon vieux temps, de nos vieux amis.

Sarah Tanner sourit mais fit non de la tête.

— À bientôt, Charlie. Et merci encore.

Charles Merryweather resta assis, tout à fait immobile, le temps que la porte se referme.

— C'est bon, vous pouvez sortir, dit-il alors.

L'espace d'un instant, il n'obtint pas de réponse. Puis Mr. Stephen Symes, vêtu comme à son habitude d'un costume, sortit de la pièce du fond.

— Je m'étonne que vous ayez réussi à vous contenir, Mr. Symes, déclara Charles Merryweather. Vous qui m'expliquiez justement que vous vouliez vous débarrasser d'elle.

Mr. Symes sourit.

— Chaque chose en son temps, cher monsieur. Chaque chose en son temps. Qui plus est, pourquoi s'intéresse-t-elle à Ferntower ? Voilà qui est fort curieux.

CHAPITRE XII

— Alors moi, j'y ai répondu que je ménageais pas ma peine, loin de là, mais elle voulait pas me croire. Comme après elle a pas pu faire mieux, ça m'a fait rigoler…

— Rigoler, dis-tu ? répéta Sarah Tanner.

— Enfin, presque, répondit Norah Smallwood, qui marchait à côté de sa nouvelle employeuse. J'ai tenu ma langue, bien sûr. Mais elle avait beau frotter de toutes ses forces, elle a pas réussi à mieux nettoyer.

— Contente-toi d'obéir à Mrs. Hinchley, c'est tout ce que je te demande.

— C'est pas ce que j'ai fait, peut-être ? Regardez donc mes mains – à vif, qu'elles sont ! Et ça, c'était que ce matin. Elle me prend pour son esclave, cette bonne femme.

— Allez, tais-toi et presse le pas, nous allons être en retard.

— Je disais pas ça méchamment, déclara Norah Smallwood d'un ton conciliant, cependant qu'elles traversaient King William Street.

— Je n'en doute pas.

— Hé, j'ai fait quelque chose de mal ? demanda la jeune fille, perplexe. Pourquoi vous me parlez pas ?

J'ai fait ce qu'elle m'a dit, pas vrai ? Vous avez qu'à lui demander.

— Non, ce n'est pas pour ça.

— Pourquoi, alors ?

— Ce matin. Tu as lu ma correspondance.

Le rouge monta aux joues de Norah.

— Non, c'est pas vrai !

— Allons, Norah, tu es une fieffée menteuse, rétorqua Sarah Tanner.

Norah Smallwood réfléchit un instant à la situation délicate dans laquelle elle s'était fourrée.

— Je cherchais un peigne, c'est tout.

— Un peigne ?

— J'ai dit que je m'excusais, non ?

— Non, répondit Mrs. Tanner en tirant Norah par le bras, je ne crois pas, justement.

— Eh ben, voilà... je m'excuse, quoi. Je faisais que regarder, madame. J'ai rien volé.

— Et je devrais m'en estimer heureuse ?

— J'ai pensé... j'ai pensé qu'elles seraient peut-être de Georgie.

Sarah Tanner soupira.

— J'aurais pas fouillé, sinon, je vous jure ! se défendit Norah.

— Tu me promets de ne plus approcher de mes affaires ?

— Bien sûr. Ah, voilà le Monument. On est presque arrivées.

— J'insiste, Norah, si tu dois rester sous mon toit...

Mais la voix de Sarah Tanner fut étouffée par le vacarme des roues d'un chariot lourdement chargé qui, se dirigeant vers Fish Street Hill, les dépassa. Elles avaient presque atteint leur destination : les quais sous le Pont de Londres.

La Tamise, pourtant, était à peine visible : sur la berge, les véhicules de commerce – chariots, charrettes, fiacres et cabs – ne pouvaient avancer au-delà du quai pavé et bouchaient la vue. Tous déchargeaient marchandises et passagers, bloquant quasi toujours l'attelage qui les suivait. Des débardeurs bien charpentés proposaient leurs services, avides de gagner quelques pennies en portant des bagages jusqu'au bateau, mais ils ne faisaient qu'ajouter au désordre, car ils assiégeaient pour ainsi dire chaque voyageur, même celui qui avait l'audace de porter ne serait-ce qu'une boîte à chapeau en leur présence.

Sarah Tanner, elle, connaissait le chemin. Elle pressa Norah Smallwood de continuer en direction des quais, en face des grands entrepôts qui s'alignaient au bord du fleuve. Deux navettes qu'on pouvait prendre pour un demi-penny étaient amarrées à l'ombre du pont – parées à accomplir l'aller-retour Pont de Londres-Westminster –, mais le paquebot à destination de Margate, navire de plus fort tonnage adapté à la haute mer, se trouvait un peu plus loin. Impossible au demeurant de manquer le *Diana,* qui se distinguait tout d'abord par sa taille, ses deux cheminées jumelles à damier et le vrombissement guttural de ses machines, mais aussi par la foule massée devant, qui attendait le départ pour dire adieu aux passagers.

— Je comprends toujours pas ce qu'on vient faire ici, patronne, déclara Norah en observant le spectacle.

— Je te l'ai dit, je veux découvrir pourquoi Georgie avait noté cet horaire, et s'il comptait embarquer sur ce bateau.

— Eh bien, dans ce cas, on ferait mieux de se remuer, dit Norah, qui commença sans vergogne à jouer des coudes.

La plupart des badauds lui laissèrent le passage, car sur les quais il n'était pas rare de voir quelqu'un se précipiter à la dernière minute vers la passerelle du paquebot. Et si quelques-uns pestèrent face à la vigueur avec laquelle elle se frayait un chemin, leurs protestations se perdirent dans la multitude. Ce fut en tout cas grâce à sa jeune protégée que Sarah Tanner atteignit le bord de l'embarcadère, où une passerelle de planches à rambarde de fer conduisait au vapeur, dont s'occupait un employé qui portait l'uniforme à carreaux de la Diamond Funnel Company.

— Départ imminent ! cria-t-il. Tous les passagers pour Margate, correspondance pour Anvers et Ostende. Vous prenez ce bateau, madame ? Billet, s'il vous plaît.

— Excusez-moi, je suis venue dire au revoir à un ami… commença Mrs. Tanner.

— Les amis et les proches ne sont plus admis à bord, madame, l'interrompit l'employé. Vous n'avez pas entendu la cloche ?

— Non, je suis navrée, je suis en retard… il faut que je sache s'il est à bord, c'est très important, car je dois lui porter une nouvelle…

Mrs. Tanner réfléchit, mettant à l'épreuve son imagination.

— … sa mère est très malade…

— Comment s'appelle ce monsieur ?

— Phelps.

L'employé sortit une feuille de papier. Après l'avoir examinée un moment, il secoua la tête.

— Pas de passager à ce nom, madame. Vous avez dû vous tromper de bateau.

— Vous voulez dire qu'il n'est pas encore arrivé ?

— Comment ça ? Il n'a jamais figuré sur cette liste, plutôt.

Sarah Tanner cherchait quoi répondre quand une autre idée lui vint.

— Il devait voyager avec une compagne… Miss Ferntower…

L'employé considéra son interlocutrice d'un air sceptique mais consulta tout de même sa liste.

— Non, personne de ce nom, non plus. Si vous voulez bien reculer, à présent, cette fois c'était le dernier signal de cloche.

Désappointée, Sarah Tanner obtempéra et regarda l'employé relever la passerelle.

À bord du vapeur, les ordres du capitaine, répétés en écho au mécanicien par le transmetteur, leur parvinrent malgré le vacarme assourdissant des machines. Puis, crachant des bouffées jumelles de vapeur et de fumée noire, le navire se mit en mouvement, propulsé par les roues à aubes qui faisaient bouillonner les eaux vaseuses.

Abattue, Mrs. Tanner fixa le bateau comme il quittait le quai. Il lui fallut un moment pour s'apercevoir que Norah Smallwood lui tirait sur la manche.

— Regardez, là, sur le pont ! dit la jeune fille d'une voix surexcitée.

— Qu'y a-t-il ?

— Il y a une femme, là, vêtue de noir. Elle porte une mante et un chapeau. Vous la voyez donc pas ?

— Qu'est-ce que tu racontes ?

— C'est elle ! C'est votre Miss Ferntower. Elle a pas disparu, elle est sur ce bateau.

Sarah Tanner scruta le pont, incapable de repérer la femme en question.

— Madame, c'est elle. J'en suis sûre. Elle a pas de voile. Je savais que cette histoire de voile c'était des foutaises.

— Où ça ?

— Crénom ! Elle est partie de l'autre côté, maintenant ! Je raconte pas de salades, je vous jure !

Sarah Tanner soupira.

— Je te crois.

— Vous êtes pas contente ?

— Nous ne sommes pas plus avancées.

— Comment ça ?

— Nous sommes arrivées trop tard. Georgie avait fort probablement prévu de venir ici, mais que mijotait-il ? Devait-il la retrouver ? La suivait-il ? C'est la seule qui pourrait répondre à cette question.

— Mais elle est sur le bateau, protesta Norah Smallwood.

— Qui ne fait escale qu'à Margate. Nous ne pouvons la rattraper, et même si nous prenions le vapeur suivant, elle ne voyage même pas sous son véritable nom, sauf si ce bonhomme m'a menti. Cela signifie qu'elle ne veut pas qu'on la retrouve, Norah. Crois-moi, on ne disparaît pas ainsi sans bonne raison.

— Vous pensez qu'elle va pas revenir ?

Sarah Tanner se contenta de secouer la tête, sans quitter des yeux le navire qui prenait de la vitesse et disparaissait, caché derrière la masse noire d'une barge à charbon qui tournait vers la berge méridionale.

— Oui. J'ai bien peur que Miss Ferntower soit partie pour de bon.

Deux jours plus tard, pourtant, la prédiction de Sarah Tanner se révéla erronée.

Au moment des faits, Mrs. Tanner n'en sut rien ; elle était chez elle, dans son lit, en train de dormir. La preuve de son erreur fut découverte par un sergent et un constable de la Brigade fluviale de la Metropolitan Police, alors qu'ils accomplissaient comme tous les soirs leur patrouille en barque sur la partie de la Tamise nommée Limehouse Reach.

Dans l'obscurité, la lumière de leur lanterne fit apparaître une forme disgracieuse et gonflée qui flottait au milieu du courant.

Quand le sergent sortit le cadavre de l'eau avec sa gaffe, ils constatèrent que leur prise était une femme ; une femme respectable, dont la robe de soie avait naguère été un article ordinaire mais correct – et pas le linceul trempé qui maintenait à flot son corps sans vie.

Lorsqu'ils inspectèrent ses vêtements – car cet examen, aussi outrageant fût-il, leur était imposé par les commandements qu'apprenait tout officier de la marine –, ils découvrirent son nom, inscrit sur l'étiquette discrète cousue à l'intérieur de son jupon, destinée à la seule attention de sa blanchisseuse.

Ferntower.

CHAPITRE XIII

Installé dans un box des *Dining & Coffee Rooms*, Ralph Grundy remua son thé et tapota bruyamment sa cuillère contre le bord de la tasse en faïence. Devant lui se trouvait un bol vide où restaient quelques traces de flocons d'avoine, et une assiette où deux œufs pochés avaient laissé de pâles traînées jaunâtres. C'était l'habitude de Ralph Grundy que de prendre un petit déjeuner copieux et gratis sur son lieu de travail, avantage fort plaisant que lui valait son métier. Sarah Tanner avait remarqué que la cuisine de Mrs. Hinchley avait pour effet de mettre Ralph Grundy de bonne humeur, même les matins les plus mornes. Aussi ne manqua-t-elle pas de s'apercevoir que, ce jour-là, le serveur s'attardait devant son thé et paraissait plus abattu que ragaillardi. Sarah Tanner décida donc de quitter sa place derrière le comptoir, l'établissement étant vide de clients, et s'assit en face de son employé.

— Les œufs n'étaient pas gâtés, j'espère ?

Ralph Grundy secoua la tête.

— Gaffe à ce que Mrs. H. vous entende jamais parler comme ça, patronne. Vous vous retrouveriez sans cuisinière. Il en faudrait pas plus. Vous vous rappelez celui qui s'en était plaint, un jour ? Vu comme elle l'a envoyé paître, on aurait cru qu'elle les avait pondus elle-même, ses œufs.

— Qu'y a-t-il, alors ? demanda Mrs. Tanner, un sourire aux lèvres.

Ralph Grundy se contenta de hausser les épaules. Sarah Tanner ne souffla mot elle non plus, observant un silence délibéré qui poussa son employé à remuer nerveusement sur son siège.

— Où qu'elle est, alors ? finit par s'enquérir Ralph Grundy.

— Norah ? C'est ça qui vous chagrine ?

— Ça me chagrinerait pas, patronne, si au bout d'une semaine elle partait pas déjà se promener quand ça lui chante.

— Je l'ai envoyée chez le boucher, nous sommes à court de bacon.

Ralph Grundy eut un autre mouvement d'épaules.

— D'après Mrs. Hinchley, elle s'en sort bien, à la cuisine, reprit Mrs. Tanner.

— Hum. Y a des filles qui seraient deux fois plus costaudes et qui travailleraient deux fois plus vite, maugréa Ralph. C'est pas ça qui manque. Et elles attireraient pas les types.

— Les types ?

— Vous les avez pas vus ? Ils viennent traînailler ici sans rien commander. C'est pas bon pour les affaires.

— Je n'ai rien remarqué de tout ça.

— Eh ben, c'est peut-être que vous faites pas attention, patronne. Y a déjà deux des petits gars du marché qui en pincent pour elle, vous pouvez me croire.

— Elle ne peut pas les en empêcher, Ralph.

— Pfff ! fit Ralph Grundy, comme pour insinuer que Norah Smallwood, selon lui, le pouvait tout à fait. Et votre cher Mr. Phelps, hein ? Elle a pas traîné pour l'oublier, hein ?

— Elle est jeune, répondit Sarah Tanner, mais je doute fort qu'il n'occupe plus ses pensées.

— Elle va nous causer des soucis, patronne. Les filles dans son genre, je les connais. Elles attirent les problèmes comme les aimants attirent les clous. Renvoyez-la où vous l'avez récupérée, elle a pas besoin de votre aide. Elle se débrouillera toute seule.

— À vous entendre, Ralph, on pourrait croire que vous êtes jaloux. Je vous l'ai déjà expliqué, si elle accomplit sa part de travail, elle peut rester.

Ralph Grundy eut un petit rire moqueur, puis but une grosse gorgée de thé.

— Faites ce qui vous semble le mieux, patronne. Et si un vieux type comme moi vous est plus utile…

— Ce « vieux type », comme vous dites, me serait d'une aide précieuse, le coupa Sarah Tanner d'un ton posé, s'il ne boudait pas comme un enfant gâté chaque fois qu'on ne fait pas selon son idée.

Ralph Grundy, peu habitué à subir une rebuffade aussi franche de la part de son employeuse, se tut brusquement. Mais au bout d'un moment, un début de sourire ironique se dessina sur ses lèvres.

— Moi, je « boude » ! s'exclama-t-il.

— Ralph…

— Non, retirez pas ce que vous avez dit, patronne, déclara Ralph Grundy en pouffant. Les vieux types comme moi, ça leur fait sans doute pas de mal d'entendre des paroles un peu dures de temps en temps. Ça les remet à leur place. J'ai dit ce que j'avais sur le cœur. Et si on n'est pas d'accord sur un sujet – que je remettrai plus sur le tapis –, eh bien, le sujet est clos.

— Merci, Ralph.

— N'empêche, si vous comptez continuer à jouer les détectives, poursuivit Ralph à voix basse, m'est avis qu'il vous faut toujours le plus d'aide possible.

— J'aimerais que ce soit aussi simple.

— C'est pas le cas ?

— Je n'en sais rien. Que suggérez-vous ? Que je devrais aller au poste de police de Greenwich expliquer au commissaire qu'un de ses hommes est un assassin ?

— Ce serait la vérité.

Sarah Tanner secoua la tête.

— Vous connaissez le genre d'individus que je fréquentais autrefois, la vie que je menais. Qu'en penserait un juge ? Quel crédit accorderait-il à Norah ? Il n'existe aucune preuve, rien pour confirmer mes dires – rien du tout.

— Et si vous vous adressiez à ce monsieur de l'hôtel ? suggéra Ralph Grundy. Ferntower, c'est ça ?

— Et lui dire que j'ai vu sa sœur prendre le bateau pour Margate ? Qu'elle fuit quelqu'un ou quelque chose ? Qu'elle était liée d'une façon ou d'une autre avec un homme qui a trouvé la mort dans Leather Lane ?

— C'est pourtant la vérité, non ?

— Hélas, Ralph, la vérité ne suffira pas !

— Et si le roussin de l'autre soir cherche à la retrouver, elle aussi ?

— Je n'en sais rien. Pourquoi une femme respectable comme elle prendrait-elle la fuite ? Pourquoi n'irait-elle pas demander de l'aide à son frère ?

— Si ça se trouve, elle est pas si respectable que ça.

Sarah Tanner se massa le front du bout des doigts.

— Je n'en ai aucune idée.

Ralph Grundy, qui regardait derrière Sarah Tanner, se tut.

— Que se passe-t-il ? demanda-t-elle.

— Moi, je ne dis rien, patronne. Je me tais.

Sarah Tanner se retourna.

Norah Smallwood était devant la vitrine du café, un panier d'osier fatigué au bras. En face d'elle se tenait un jeune homme, garçon au visage émacié travaillant au marché, vêtu de velours côtelé vert et d'un foulard à pois savamment noué autour du cou, qui tenait la main de Norah et affichait un sourire ravi. Ils restèrent ainsi un instant, puis le jeune homme, qui n'avait guère plus de quinze ou seize ans, prononça quelques mots et partit.

— Qui était-ce ? demanda Mrs. Tanner quand Norah Smallwood entra.

— Personne, répondit Norah.

— C'est Harry, le fils de Joe Drummond, du marché, déclara Ralph Grundy, qui se leva, débarrassa son assiette et son bol, puis partit à la cuisine.

— Hé là ! s'exclama Norah Smallwood. Qui vous a demandé l'heure, à vous ?

Mais le serveur avait déjà quitté la salle.

— Prends garde à ne pas discuter avec n'importe qui, c'est tout, lui conseilla Sarah Tanner.

— C'est lui qui m'a adressé la parole, j'y peux rien. En plus, je lui ai dit que j'étais votre cousine et tout le reste, comme vous m'avez expliqué.

— C'est bien.

— Il m'a demandé si je voulais sortir, demain soir.

— Norah, au cas où tu l'aurais oublié, tu as du travail, ici.

— J'ai pas dit que j'irais avec lui. J'ai juste dit que j'allais demander.

— Eh bien, la réponse est non.

— Même si je vous dis un secret ?

— Ne joue pas à ce petit jeu avec moi, Norah, je t'en prie. J'ai d'autres chats à fouetter.

Norah Smallwood émit un bruit désapprobateur et fourragea dans son panier de commissions, d'où elle sortit une feuille de journal, tachée et grossièrement pliée.

— J'avais l'intention de vous le dire, de toute façon. Tenez, regardez donc ça. Le journal d'hier. Ils allaient emballer le bacon dedans, et j'ai entendu quelqu'un en discuter.

Sarah Tanner lut l'article imprimé en petits caractères serrés.

> Le cadavre d'une femme portant des vêtements de qualité a été repêché hier dans la Tamise, tard dans la nuit, dans la boucle de Limehouse Reach, entre Cuckold's Point et les Queen's Stairs. La police a révélé qu'il s'agit de Miss Emma Ferntower, dont le frère avait signalé la disparition ce samedi. On a trouvé sur elle une lettre adressée à ce dernier. L'hypothèse la plus plausible voudrait que cette dame, dans un moment de confusion mentale, ait choisi de mettre fin à ses jours. On ne connaît pour l'heure aucune raison à cet acte inconsidéré. Une enquête judiciaire aura lieu le jeudi 8 à l'*Acorn Inn*, dans Trinity Street.

— Manquait plus que ça, dit Mrs. Tanner.

— Je sais, répondit Norah Smallwood. Et c'est aujourd'hui, pas vrai ?

CHAPITRE XIV

À dix heures ce même matin, un cab longeait les hauts murs des Commercial Docks. Ce cab était une vieille voiture à quatre roues, de la catégorie des « grognards », et qui portait bien son nom, ses roues se plaignant bruyamment à chaque bosse de la chaussée pavée. Le cocher s'arrêta à un carrefour. Malgré le ciel d'un bleu presque pur, les grands murs gris, culminant à dix mètres de part et d'autre de la rue, jetaient une ombre omniprésente qui en contrebas semblait tout baigner d'une semi-obscurité permanente.

Le cocher toussa et se pencha pour s'adresser à un petit groupe d'hommes, en grande conversation au coin de la rue. Malgré leur air résigné – il s'agissait sans doute d'ouvriers journaliers qui à l'aube n'avaient pas attiré l'attention du contremaître à l'embauche –, ils répondirent de façon aimable et lui indiquèrent le bout de la rue. Le cocher regarda au loin, comme s'il s'interrogeait encore sur la façon dont il allait pouvoir continuer. Au bout d'un moment, il remonta le col de son manteau et reprit sa route.

— On s'est perdus, déclara Ralph Grundy en jetant un coup d'œil aux débardeurs comme le cab s'éloignait. Quatre pence le kilomètre, et on s'est perdus.

— Qu'importe le prix de la course, vous m'aviez dit connaître les quais, non ? rétorqua Sarah Tanner.

— Je les connaissais, il y a vingt ans, bougonna le vieil homme. Ceux de St. Katherine, surtout.

— Ça, c'est sur l'autre rive. Vous m'aviez pourtant juré que…

— Vous aurez peut-être quand même besoin de mon aide, l'interrompit Ralph Grundy. En plus, y a pas de mal à ça. Mrs. H. gardera un œil sur votre petite protégée et l'empêchera de s'attirer des ennuis.

— Et vous, vous gardez un œil sur moi, c'est ça ?

Ralph Grundy haussa les épaules.

— Y a pas de mal à ça non plus.

Sarah Tanner considéra le vieil homme avec l'air de vouloir poursuivre ses reproches, mais quelque chose dans le visage du serveur la fit changer d'avis, et presque sourire de son comportement chevaleresque.

— Que faisiez-vous à St. Katherine ?

— Pas grand-chose, répondit-il d'un ton évasif. Ça remonte à loin.

— Ralph, où travailliez-vous ?

— À la police des quais.

— La police ?

— J'étais pas un vrai roussin, patronne. C'était pour la compagnie. Je surveillais les portes – je vérifiais les poches et les laissez-passer. C'est tout, patronne. C'était pas grand-chose.

— N'empêche, vous étiez policier, répliqua Sarah Tanner d'un ton amusé.

Au même moment, le cab s'arrêta de nouveau.

— J'ai l'impression qu'on est arrivés, hein ? dit Ralph Grundy en jetant un coup d'œil au-dehors. Pas trop tôt.

Sarah Tanner et lui descendirent de voiture puis payèrent la course au cocher. Nul doute qu'ils se trouvaient au bon endroit, car l'*Acorn Inn* était une imposante taverne de trois étages, bâtie dos à la Tamise – elle recevait même des marchandises sur son quai privé – et dont la façade donnait sur une des portes principales des Commercial Docks.

À l'intérieur, la décoration du pub visait à évoquer la mer : deux boussoles fixées à chacun des murs, et plusieurs exemplaires de la *Gazette de la marine marchande*, abandonnés négligemment sur les tables. Mais avant que Sarah Tanner ait pu prononcer un mot, le garçon, jetant un regard rapide à ces visages inconnus, leur indiqua l'escalier avec une résignation lasse.

— L'enquête du « couronneur », c'est en haut. Vous êtes en retard, d'ailleurs.

L'enquête du coroner concernant la mort de Miss Emma Ferntower avait en fait débuté une bonne heure plus tôt. Le coroner s'était arrêté au rez-de-chaussée pour accepter un petit verre de porto offert par la maison, puis était monté au premier étage dans la salle de réception. L'huissier avait déjà tout installé : douze sièges pour les jurés, une douzaine d'autres pour les témoins, et pour son maître un fauteuil confortable et une table, sur laquelle on avait posé un porte-plume, du papier et la bible nécessaire aux prestations de serment. Seul manquait un encrier, qu'on avait oublié. Pour y remédier, on avait réquisitionné un verre à vin et on l'avait rempli d'une encre noire qui offrait un contraste saisissant avec la teinte rubis du porto du coroner.

Celui-ci avait demandé le silence dans la salle à neuf heures précises. Le représentant de la Couronne avait ensuite appelé les douze jurés, puis les avait envoyés examiner le cadavre de la défunte, exposé dans une dépendance près de la berge, chambre mortuaire improvisée d'ordinaire réservée à la conservation par le froid de la bière brune en bouteilles. Les lieux étaient assez étroits, et l'intérêt des jurés assez grand, pour que la procédure s'éternise. Ainsi, même si Sarah Tanner et Ralph Grundy étaient arrivés avec une pleine heure de retard, l'enquête judiciaire était loin d'être terminée. La salle était en outre pleine à craquer – aux jurés et aux témoins s'ajoutaient tout un public de curieux simplement venus voir le coroner travailler et qui, pour bénéficier de ce rare privilège, n'avaient pas rechigné à s'agglutiner dans le fond.

Sarah Tanner jeta un bref coup d'œil à ceux qui l'entouraient : il s'agissait pour la plupart de femmes, épouses et filles d'ouvriers des quais, qui échangeaient des regards entendus à chaque parole du coroner, sans doute coutumières des tragédies des bords de la Tamise. Les hommes, quant à eux, paraissaient moins enthousiastes. Quelques-uns portaient le tricot de laine caractéristique des marins ; d'autres étaient vêtus plus pauvrement, à la façon des journaliers qui avaient renseigné le cocher. De tous se dégageait l'odeur caractéristique de cette partie de Londres : les effluves de créosote et de térébenthine propres aux quais en bois. Tous semblaient être surtout venus pour s'offrir une distraction gratuite. Certains avaient même apporté des provisions. L'homme à côté d'elle – un barbu au visage à moitié caché par le col de sa veste – sortit un petit paquet de sa poche, le déballa et entreprit de manger la tourte à la viande qu'il contenait.

Les dépositions des témoins avaient déjà commencé.

— C'est comme ça qu'on l'a découverte, Votre Excellence, il y a deux jours de ça, déclara le policier qui se tenait face aux jurés, en se référant à son carnet. L'agent Whyte et moi, on était de patrouille de nuit sur le Reach. On a repéré quelque chose qui flottait au milieu du fleuve, ce qui n'a rien d'exceptionnel, et quand on l'a gaffé, on s'est rendu compte que c'était le cadavre d'une femme de condition respectable.

— Vous l'avez jugée respectable en observant ses vêtements ?

— Oui, Votre Excellence. Et ses chaussures. Une belle paire de souliers en cuir de qualité.

— Poursuivez, je vous prie.

— Ensuite, monsieur, on a repêché le corps. On a découvert son nom sur ses habits, et la lettre.

Le coroner hocha la tête.

— Simpkins, dit-il à l'attention de son huissier, veuillez lire cette lettre à messieurs les jurés.

L'huissier se leva et toussa comme s'il s'apprêtait à déclamer un discours solennel.

— « Mon très cher Michael, j'ai été très retardée. Notre capitaine était un parfait imbécile. Je vais prendre une chambre au *Brunswick*, car je préfère voyager de jour. Attends-moi dans la matinée. Ta sœur, Emma. »

— C'est tout ?

L'huissier fit une courbette.

— Bien. Poursuivez, monsieur l'agent.

— Vous savez tout, Votre Excellence. On a demandé qu'on garde le corps ici, puisque c'était l'établissement respectable le plus proche. Bien sûr, je connaissais le nom de cette dame, car j'avais vu l'avis de recherche sur des ordres de mission au commissariat.

— Vous voulez dire que vous connaissiez son nom parce que Mr. Ferntower avait signalé la disparition de sa sœur ?

— C'est exact, Votre Excellence.

— Monsieur l'agent, le Dr Matthews a expliqué que d'après lui le corps est resté dans l'eau plusieurs jours. Est-ce probable ?

— Eh bien, dans la plupart des cas, Votre Excellence, la marée les repousse au-delà du Reach en un jour ou deux. Mais si le corps s'accroche à quelque chose ou s'il est recouvert, ça arrive parfois.

— Et qu'en est-il des traces de coups découvertes sur cette malheureuse ? Les blessures à la tête et sur la partie supérieur du corps ?

— Oh, je vous raconte pas comme ils peuvent ressortir esquintés ! répondit le policier. Je vous demande pardon, Votre Excellence.

Un sanglot s'éleva distinctement au premier rang de la salle. Dans le public, deux femmes maugréèrent un « Quelle horreur ! ». Sarah Tanner tendit le cou pour mieux voir car elles lui bouchaient la vue. Elle ne parvint qu'à distinguer le profil de Mr. Ferntower, qu'elle reconnut après l'avoir vu au *Hummums*, et deux femmes assises à ses côtés, qui portaient le deuil.

— Merci, monsieur l'agent, ce sera tout. À présent, déclara le coroner avant de prendre une petite gorgée de porto, je souhaiterais entendre Mr. Michael Ferntower, le frère de la défunte.

Mr. Ferntower prit place sur le siège que venait de quitter le jeune policier. C'était un homme qui approchait des soixante ans, à la figure sévère et anguleuse et à la belle chevelure argentée. Avant qu'on commence à l'interroger, Sarah Tanner fut distraite par l'homme assis à côté d'elle, qui cessa de manger, fourra bruyamment les restes de la tourte dans sa poche de veste et s'essuya la bouche avec un mouchoir d'aspect grisâtre et gras.

— Mon cher monsieur, déclara le coroner, il va sans dire que la cour vous présente ses condoléances…

Mr. Ferntower accueillit ces paroles d'un hochement de tête.

— … et nous comprenons que les circonstances présentes vous sont fort pénibles. Néanmoins, je suis dans l'obligation de vous poser la question : un événement a-t-il pu fragiliser votre sœur de sorte que…

— Fragiliser, monsieur ? l'interrompit Mr. Ferntower.

— Affecter sa capacité de jugement, par exemple, suggéra le coroner.

— Non, aucun, répondit Mr. Ferntower d'un ton catégorique.

— Je vois. Pourriez-vous, en ce cas, nous expliquer ce qui a pu la pousser à quitter soudainement l'hôtel *Brunswick*, à Blackwall, comme nous venons de l'entendre, pour le *Hummums*, à Covent Garden ?

— Je ne dispose que du témoignage du directeur, monsieur, rétorqua Mr. Ferntower d'un ton assez hautain.

— Lequel, poursuivit le coroner en compulsant rapidement ses notes, a déclaré que Miss Ferntower a occupé sa chambre trois heures, au cours desquelles elle a reçu la visite de son neveu. Puis elle est partie sans fournir d'explication.

— Je n'en sais pas plus, répondit Mr. Ferntower.

— Le neveu de Miss Ferntower… votre fils… J'ai cru comprendre, d'après le rapport de police, que vous n'êtes pas en bons termes avec lui ?

L'espace d'un instant, Mr. Ferntower parut troublé.

— Je doute que cette question concerne cette cour.

— Hum. Et vous ne pouvez expliquer pourquoi Miss Ferntower n'a pu poster la lettre qu'on a retrouvée sur elle, ni pourquoi elle a changé d'hôtel pour aller s'installer au *Hummums* ?

— Non.

— Ni pourquoi elle ne s'est pas présentée à votre demeure le lendemain matin ?

— Je ne peux que répéter, monsieur, ce que j'ai déjà déclaré à la police. Ma sœur était une personne sensée, qui n'était pas encline aux lubies ou aux actes irréfléchis.

— Très bien. Vous n'avez rien à ajouter ?

— Seulement, monsieur, qu'à mon sens ma sœur n'avait aucune intention de se donner la mort. Pour être honnête, je soupçonne qu'il s'agit d'un crime.

— Qui en serait l'auteur, cher monsieur ?

Mr. Ferntower marqua une pause. L'expression de son visage laissait deviner un grand malaise. Il baissa la tête et fixa le sol.

— Je préfère ne rien dire.

Le coroner haussa les sourcils.

— Si vous « préférez ne rien dire », monsieur, que doivent en penser les jurés ?

— Ce que bon leur semble. Je ne m'étendrai pas davantage sur le sujet.

Le coroner se renfrogna. Manifestement, il avait le sentiment que Mr. Michael Ferntower, en alternant accusation et réticence, se payait sa tête. Et il comptait mettre fin à cette impression au plus vite.

— Soit, dit le coroner. Soit. Je crois que cela clôt notre série de témoignages. Veuillez regagner votre place, Mr. Ferntower. Je demanderai à présent à l'assemblée de se retirer pendant que le jury délibère.

Sarah Tanner échangea un regard perplexe avec Ralph Grundy, mais sans qu'elle ait eu le temps de se pousser, l'homme qui se tenait près d'elle les bouscula brusquement et descendit l'escalier quatre à quatre.

Sarah Tanner était assise à une table du bar de l'*Acorn Inn*. Les témoins convoqués à l'enquête judiciaire s'étaient retirés dans un salon privé, mais le reste de l'assemblée avait, dans sa grande majorité, rejoint la salle de bar. Les conjectures concernant le verdict des jurés allaient bon train, mais d'après ce qu'elle entendait çà et là, Mrs. Tanner conclut que nul ne connaissait l'affaire beaucoup mieux qu'elle. Ralph Grundy, lui, semblait avoir disparu. Après avoir promis d'aller chercher un gin bitter, il ne revint que dix minutes plus tard, les mains vides.

— Me regardez pas de cet air mauvais, patronne. Vous allez me remercier, je vous promets.

— Je vous ai donné un shilling.

— Et jamais shilling a été mieux employé, rétorqua Ralph en prenant place. Vous voulez que je vous raconte ?

Sarah Tanner hocha la tête, résignée.

— Au comptoir, j'ai discuté avec un jeune gars, et figurez-vous que c'est le cocher de votre Mr. Ferntower.

— Continuez.

— Y a un autre type, là-bas, qu'avait du tabac, vous voyez, alors je lui dis : « L'ami, j'aimerais bien un peu de ça. » Et puis j'ai dit au cocher : « Vous, ça se voit que vous aimez le bon tabac, et… »

— Alors vous lui avez offert du tabac, conclut Mrs. Tanner, coupant son compère au milieu de sa phrase. Relatez-moi plutôt ce qu'il vous a dit.

— Fichtre ! Laissez-moi donc le temps ! C'est ce que j'essayais de faire, non ?

— Je vous écoute, alors, répliqua Sarah Tanner, impatiente.

Ralph Grundy fronça les sourcils mais poursuivit tout de même.

— Le cocher sait ce qu'entendait son maître en déclarant qu'il préférait « ne rien dire ». Votre Mr. Ferntower, il croit que c'est son fils qui l'a tuée.

— Son fils ? Le neveu de cette femme ?

Ralph Grundy hocha la tête d'un air grave.

— Il y a quelques mois, le jeune John Ferntower a commencé à filer un mauvais coton – il s'est mis à jouer, à signer des mandats-poste au nom de son père, les âneries habituelles –, et son père l'a chassé sans lui laisser un seul penny.

— Je ne comprends toujours pas. Quel est le rapport ?

— Apparemment, c'est elle – sa tante – qui l'entretenait, depuis. Le jeunot jurait qu'il la rembourserait. Ferntower est persuadé qu'elle s'est pas suicidée, et il pense que c'est le gars qui l'a assassinée, mais il arrive pas à le reconnaître, il veut pas croire ça de son propre fils. C'est l'avis des domestiques, en tout cas.

Sarah Tanner se fit silencieuse un instant, puis secoua la tête.

— Impossible, déclara-t-elle enfin.

— Hé, patronne, je fais que répéter ce qu'on m'a raconté.

— Si Miss Ferntower avait peur de son neveu, pourquoi n'est-elle pas allée directement chez son frère ? Pourquoi se cachait-elle ? Pourquoi changer d'hôtel ? Pourquoi embarquer à bord du paquebot pour Margate ? Et comment Georgie s'est-il retrouvé impliqué ?

— Là, vous me posez une colle, patronne.

— Et le fils, où est-il passé, maintenant ? demanda-t-elle, réfléchissant à voix haute. Lui avez-vous posé la question ?

— Bien sûr. Personne le sait. Le vieux l'a fichu à la porte et lui a coupé les vivres. Depuis, on l'a pas revu. Gageons qu'il vit d'expédients et qu'il a pas le premier sou. Voilà... ils reviennent...

Ralph Grundy indiqua l'escalier d'un signe de tête lorsque l'huissier se présenta dans la salle et toussa.

— Mesdames et messieurs, les jurés ont délibéré.

— Le président du jury peut-il se lever et rendre le verdict, s'il vous plaît ?

Le président s'exécuta ; c'était un homme de petite taille, d'allure nerveuse, qui sembla se ratatiner à vue d'œil à mesure que l'attention se concentrait sur lui. Sarah Tanner parcourut la salle du regard. Mr. Ferntower offrait un visage impassible ; la plus jeune des femmes assises à côté de lui portait un mouchoir à sa figure, mais la plus âgée restait plus posée.

— Nous, les jurés... commença le président d'une voix chevrotante.

— Plus fort, mon ami, grommela le coroner.

— Nous, les jurés, sommes parvenus à la conclusion que Miss Ferntower a été retrouvée noyée, mais quant à savoir si elle s'est donné la mort dans un moment d'aliénation mentale ou si elle a été victime d'un accident ou d'autre chose, nous estimons que rien ne permet de le prouver.

— Un verdict ouvert, très bien, conclut le coroner. « Retrouvée noyée. » Je remercie les témoins pour leur patience.

Sarah Tanner se tourna vers Ralph Grundy, mais pour la deuxième fois de la journée, un homme la bouscula – le même barbu qui se tenait à côté d'elle un peu plus tôt – et partit d'un pas vif vers l'escalier. Cette fois-ci, cependant, il croisa son regard – ils se dévisagèrent un instant.

Elle s'écarta, mais alors qu'elle tournait la tête vers le tribunal improvisé pour observer les témoins une dernière fois, un détail la frappa. Elle pivota et suivit l'homme des yeux alors qu'il descendait les marches et disparaissait.

C'était le mouchoir, qui dépassait toujours à moitié de sa poche, celui avec lequel il s'était essuyé la bouche : un carré de tissu crasseux, mais un mouchoir de soie, brodé d'un monogramme de fil noir de qualité.

— Qu'y a-t-il ? s'enquit Ralph Grundy, lorsque Mrs. Tanner l'attrapa par le bras et l'entraîna vers la sortie, à travers la foule qui quittait les lieux.

— Son mouchoir.

— Pardon, patronne ?

— Son mouchoir ! « J.F. » Vous ne l'avez pas vu ? Et puis il y a quelque chose dans ses yeux, j'en mettrais ma main au feu. Il a le même regard que son père.

— Je ne vous suis toujours pas, protesta Ralph Grundy comme Sarah Tanner le pressait de la suivre.

— Cet homme, là… c'était lui, le neveu, le fils de Ferntower.

— Vous déduisez ça à cause d'un mouchoir ? Vous en êtes certaine, patronne ? demanda le serveur, sceptique. Qui sait où il a pu le trouver, ce tire-jus ?

— C'est pour ça qu'il ne s'est pas attardé. Il voulait éviter qu'on le reconnaisse. Je suis prête à le parier. Dépêchez-vous, on peut encore le rattraper !

CHAPITRE XV

— Je n'ai plus mes jambes de jeune homme ! protesta Ralph Grundy comme Sarah Tanner dévalait l'escalier, s'attirant les foudres de plusieurs femmes qui lui bloquaient le passage.

— En ce cas ne courez pas ! déclara Mrs. Tanner par-dessus son épaule, en fonçant dans le pub.

Elle arrêta pourtant sa course : aucun signe du barbu. La salle semblait aussi vide qu'à leur arrivée. Elle jeta un coup d'œil en direction du serveur : celui-ci feuilletait un journal et semblait avoir à peine remarqué son entrée soudaine. Elle repartit en courant et gagna la rue. Deux débardeurs se tenaient près des grandes grilles en fer des quais ; un autre, près de la porte de la taverne, tirait des bouffées sur une longue pipe.

— Avez-vous vu quelqu'un passer, à l'instant ? s'enquit-elle en se tournant vers le fumeur de pipe. Pauvrement vêtu… à peu près votre taille… il avait une barbe et une veste marron.

L'homme se contenta de secouer la tête. Près de la grille, les deux autres échangèrent un regard narquois.

— T'as perdu quelque chose, ma biche ? cria l'un d'eux.

— On dirait bien que t'as pas eu de bol, ma poule ! ajouta le second, hilare. Viens voir par ici, on va t'arranger ça !

Sarah Tanner secoua la tête mais ne leur répondit pas.

Légèrement essoufflé, Ralph Grundy tapota l'épaule de son employeuse.

— Vous l'avez pas rattrapé, alors ? demanda-t-il.

— Manifestement non.

— Il a pas pu aller bien loin.

— Non, répondit-elle, quelque peu agacée.

— Il a dû partir par l'autre chemin, suggéra Ralph, en observant la rue à gauche et à droite.

— Il n'y a pas d'« autre chemin ».

— Eh ben, c'est vous qui le dites, patronne. Ça dépend si vous comptez le fleuve ou pas.

Sarah Tanner marmonna des propos inaudibles et fit volte-face pour regagner la taverne, mais la foule disparate qui sortait de l'enquête judiciaire gêna une nouvelle fois sa progression – une des femmes se plaignant ouvertement que certaines étaient « rudement sans gêne » –, de sorte qu'il lui fallut plusieurs minutes pour se frayer un passage jusqu'à l'autre bout du pub et gagner la cour murée de l'établissement, qui donnait sur la Tamise. La cour était presque aussi vide que la rue de devant. Deux jeunes gens tenaient un conciliabule avec un troisième, que Ralph Grundy reconnut – il s'agissait du vendeur de tabac clandestin qu'il avait rencontré au comptoir. Mrs. Tanner poursuivit d'un pas vif vers le ponton du quai privé de l'*Acorn*, où elle ne trouva qu'une barque solitaire amarrée près des marches en bois du débarcadère. À son bord se trouvait un batelier, homme âgé d'une cinquantaine d'années, au physique musculeux et à la peau cuivrée, vêtu d'un caban bleu, qui à son approche leva vers elle un regard interrogateur.

— Vous sortez de l'enquête judiciaire ?

Sarah Tanner acquiesça.

— C'est bien ce que je pensais, répondit le batelier d'un air grave. C'est une bonne journée pour les affaires, aujourd'hui. C'est six pence la traversée, un shilling et six pence pour aller jusqu'au Pont.

Elle contempla la vaste étendue du fleuve. Aucun signe de celui qu'elle poursuivait.

— Avez-vous vu passer un homme… un barbu, vêtu d'un manteau miteux, qui lui aussi sortait de l'enquête judiciaire ?

Le marinier réfléchit un instant, puis hocha la tête.

— Ouais, je crois bien. Vous l'avez manqué. Tom Stone l'a emmené au Pont.

— Vous pourriez le rattraper, pour deux shillings ?

— Je pourrai pas rattraper Tom Stone, mam'zelle. Même si j'étais un vapeur, que j'avais une salle des machines à la place du cœur et des roues à aubes à la place des bras. Tom est un sacré bon rameur, et je suis deux fois plus vieux que lui. Enfin, pour deux shillings, je peux donner un coup de collier, et avec un peu de chance, on devrait le voir assez vite, le Tom, quand on arrivera.

— Bon, ça ira, déclara Mrs. Tanner, résignée, en montant dans la barque.

Ralph Grundy resta en retrait, au bord de l'eau, à observer avec une nervosité visible le canot badigeonné de goudron et son propriétaire.

— Allons, Ralph, dépêchez-vous, le pressa Mrs. Tanner en s'installant sur la couverture qu'on mettait à disposition pour le confort des passagers.

— J'aime pas trop l'eau, patronne.

Le batelier s'esclaffa :

— Vous bilez pas, personne est jamais passé par-dessus bord, avec moi.

Ralph Grundy rit à son tour, sans grande conviction. Finalement, il rejoignit son employeuse avec précaution.

— Je croyais que vous aviez été un homme de la Tamise, Ralph, commenta Mrs. Tanner tandis que le batelier se mettait à ramer, propulsant la petite embarcation loin de la sécurité du quai.

— J'ai jamais dit ça, maugréa Ralph en se cramponnant au rebord. J'ai dit que j'avais travaillé sur les quais.

— C'est presque pareil. Vous ne m'avez pas raconté pourquoi vous avez abandonné, en revanche.

— Ça remonte à loin. Je vous répète, l'eau, j'aime pas trop ça, patronne.

— Je croyais que vous étiez chargé de surveiller les grilles des entrepôts.

Ralph Grundy se fit silencieux un instant, comme perdu dans ses pensées.

— Eh bien, il y a eu l'histoire des deux livres de sucre, répondit-il d'un air contrit.

— Du sucre ?

— Une livre dans chaque jambe de pantalon, le coup classique. Ils nous contrôlaient jamais, vous comprenez ? C'est ce que je croyais, en tout cas.

Comme le canot s'engageait dans le courant, Sarah Tanner considéra son camarade d'un air perplexe.

— Alors c'est peut-être vous que je devrais tenir à l'œil pour la caisse, et pas Norah.

Intrigué, le batelier leva brièvement les yeux vers eux, puis revint à ses rames, la barque filant sur les remous des eaux boueuses à chacun de ses coups d'aviron puissants.

— Vous moquez pas, patronne. J'ai retenu la leçon. On m'a envoyé en taule pour six mois, aux travaux forcés.

Elle regarda de nouveau Ralph Grundy : son expression avait quelque chose de sévère, comme si ces souvenirs lui étaient particulièrement douloureux. Avec douceur, elle posa la main sur la sienne.

— Ne vous inquiétez pas, Ralph. J'ai entendu bien pire.

— Pour sûr, mais si ça se trouve vous entendrez encore pire sur mon compte, rétorqua Ralph. Et à ce moment-là, qu'est-ce que vous en penserez, hein ?

— Vous ne me décevrez pas, Ralph. Je le sais.

Ralph Grundy prit une profonde inspiration, comme s'il recouvrait sa maîtrise de soi.

— Je suis bien content, patronne.

— Mais vous me semblez un peu pâlichon.

Le serveur regarda au loin, dans la grande courbe du fleuve ; au même instant, un vapeur les dépassa par le côté nord et créa de gros remous, qui firent rouler la petite barque. Il s'agrippa et déglutit avec difficulté.

— Ça ira, patronne.

La barque atteignit enfin sa destination, un petit débarcadère pourvu de quelques marches, serré entre les docks où mouillaient les vapeurs imposants qui jouxtaient le Pont de Londres et les quais de Billingsgate Market, où l'arôme iodé particulier de l'activité du marché – les poissons qui le soir même nourriraient la capitale – imprégnait encore lourdement l'atmosphère. Cependant que Ralph Grundy s'empressait de mettre pied à terre, Sarah Tanner paya le marinier.

— Alors, vous le voyez ? lui demanda-t-elle. Il est ici… Stone, c'est ça ?

Le batelier examina le quai, où étaient amarrés plusieurs autres petits canots semblables au sien. La plupart étaient vides – soit que leur propriétaire buvait un verre non loin de là, soit qu'il cherchait des clients près des quais des paquebots – mais un jeune homme solidement charpenté, vêtu d'un ciré, se tenait appuyé contre un des poteaux en bois de l'embarcadère. Il paraissait préoccupé et contemplait un morceau de papier qu'il tenait à la main.

— Tenez, le voilà, mam'zelle, en chair et en os, même s'il a pas l'air dans son assiette, vous trouvez pas ? Hé ! Tom Stone ! Réveille-toi ! Qu'est-ce qui t'arrive, mon vieux ?

— Y a un gars qui vient de me gruger d'un shilling, c'est tout, maugréa le jeune homme.

— En voilà deux qui voudraient te toucher un mot.

— À quel sujet ?

— L'homme dont vous parlez, dit Sarah Tanner. Vous veniez de le prendre à l'*Acorn Inn* ?

— Exact, répondit Tom Stone en s'approchant, d'un ton quelque peu soupçonneux. C'est bien lui. C'est un copain à vous ?

— Non, pas vraiment. Vous a-t-il dit quelque chose… savez-vous où il se rendait ?

Le jeune homme eut un sourire entendu.

— Ah, il vous a entourloupés aussi, hein ? J'aurais dû me méfier, il avait l'air louche. Non, il m'a rien raconté en particulier, ni où il allait ni quoi que ce soit, d'ailleurs. Et puis il lui manquait un shilling. J'aurais dû le traîner chez le juge par la peau du cou, mais j'ai eu pitié de lui, vous comprenez ? Je me suis dit, vu comment qu'il s'exprime, c'est peut-être un gentleman qui traverse une mauvaise passe.

— T'es trop bonne poire, Tom, déclara son collègue.

— T'as sans doute raison, répondit Stone, qui regarda de nouveau son papier. Je parie que ça vaut rien non plus, ça.

— Qu'est-ce que c'est ? s'enquit Sarah Tanner.

— Un reçu du mont-de-piété... il m'a juré que ça valait trois shillings, alors comme un imbécile, je l'ai pris et je l'ai laissé partir. Je serais encore plus idiot si je le croyais, pas vrai ?

— Il vous a remis un bon de prêt sur gages ?

— Pour un gilet. Il m'a assuré qu'il valait deux shillings de plus si j'allais le récupérer. Je parie que c'est faux, et j'aurais jamais dû le prendre en pitié. Je me suis bien fait avoir.

Sarah Tanner plongea la main dans la poche de sa robe.

— Je vous en donne six pence.

Tom Stone réfléchit un instant à son offre.

— Vendu, dit-il enfin, soudain ragaillardi.

— On rentre pas en cab, alors, patronne ? demanda Ralph Grundy quelques minutes plus tard, alors qu'il suivait son employeuse le long du fleuve.

— Je ne roule pas sur l'or, Ralph.

— Comme vous voudrez, dit le vieil homme. Vous en avez eu pour votre argent ?

— Voyez vous-même, répondit Sarah Tanner en lui tendant le papier.

Il le déplia et lut :

— « Reeves, Little White Lion Street, 29 mars 1852. Un gilet. Un shilling, numéro 653. » Pas de doute, c'est bien un prêteur sur gages. Encore dans le quartier de St. Giles, vous avez vu ? Les Seven Dials.

Vous êtes sûre que c'est l'homme que vous cherchez ?

— J'en mettrais ma tête à couper, Ralph. C'était le portrait craché de son père.

— Les Seven Dials, c'est pas un endroit pour un gentleman, s'il vit là-bas,

— Mais une cachette idéale pour un meurtrier, dit Mrs. Tanner d'un air songeur. Lui, le monstre qui a assassiné Georgie, Miss Ferntower, tout est lié, j'en suis convaincue. Le seul problème, c'est que pour l'instant je n'arrive pas à savoir de quelle façon.

— Donc c'est le neveu qui l'a tuée, à votre avis ? Et puis quoi… votre copain Phelps, il le savait, alors on s'est débarrassé de lui ?

— C'est justement ce que j'ai l'intention de découvrir.

CHAPITRE XVI

La boutique Reeves de prêt sur gages se trouvait en effet dans le quartier de St. Giles, à huit cents mètres à peine du *Terrier*. Elle était sise dans Little White Lion Street, rue qui constituait un des points mineurs de la boussole que dessinaient les Seven Dials, célèbre carrefour de sept voies au cœur même de la paroisse mal famée du même nom. Étroite et pentue, cette ruelle se composait d'un assemblage hétéroclite de petites échoppes et d'immeubles d'habitation bâtis en hâte, édifices penchés au-dessus de la chaussée tels des vieillards arthritiques. La ruelle étriquée s'en trouvait singulièrement privée de lumière. Aussi Sarah Tanner et son comparse durent-ils chercher, revenir sur leurs pas, et demander leur chemin à divers endroits, avant de trouver une petite enseigne suspendue au-dessus d'un linteau fissuré, pourvue des trois globes qui selon la tradition signalaient les prêteurs sur gages. Sur la porte, on avait peint au pochoir en lettres rouges sur fond noir l'inscription *Avance d'argent, articles en tout genre*.

L'intérieur de la boutique se révéla aussi sombre que la rue ; la grande majorité des biens exposés étaient des vêtements – pour la plupart sales au col et élimés aux poignets –, disposés en grande abondance sur des étagères et des porte-cintres. Au fond se trouvait le comptoir, mais aucun compartiment cloisonné où les clients auraient pu se présenter en toute discrétion ; les habitants des Seven Dials ne s'encombraient peut-être pas de tels états d'âme. Il n'y avait qu'une table, quelques registres, une balance et des poids, et Mr. Reeves lui-même : un homme frêle d'aspect poussiéreux, vêtu d'un costume gris, dont l'apparence ne détonnait pas avec son établissement envahi de toiles d'araignées et imprégné d'une odeur de renfermé.

— Qu'est-ce que vous avez ? demanda Mr. Reeves d'une voix nasillarde, sans s'encombrer de civilités.

Il s'exprimait d'un air assez méprisant, comme pour indiquer que, quel que soit l'article, il ne comptait pas en donner cher.

— Je n'ai rien, déclara Sarah Tanner. Je cherche à retrouver celui qui a déposé ceci chez vous.

Mrs. Tanner lui tendit le bon. Le prêteur sur gages le regarda un instant, comme pour savoir s'il devait poursuivre ou non cette conversation, puis le lui prit des doigts.

— Tiens donc !

— Le connaissez-vous ? poursuivit-elle. L'homme qui vous l'a laissé ?

Mr. Reeves étudia le bon puis ouvrit le registre posé à côté de lui et fit glisser son doigt le long des inscriptions abrégées qui décrivaient en détail chaque transaction.

— Hum, fit-il. En quoi ça vous intéresse ?

— Il faut que je lui parle.

— Qu'est-ce qui me prouve que vous ne l'avez pas volé, ma petite dame ? demanda le prêteur sur gages en brandissant le reçu.

— Figurez-vous que je l'ai acheté.

— Pourquoi vouloir parler au bonhomme à qui vous l'avez acheté ?

Sarah Tanner poussa un soupir.

— Je l'ai obtenu par quelqu'un d'autre. Savez-vous où le trouver ?

— C'est possible, ma petite dame. Moyennant finances.

— Gardez le bon, répondit Mrs. Tanner. À condition que vous me disiez où trouver l'homme qui a laissé ce gilet en dépôt.

Le prêteur sur gages sourit et fourra le papier dans sa poche de veste.

— J'apprécie les femmes qui ont le sens des affaires. Je le connais, cet homme, chère madame, bien assez à mon goût, en tout cas. Il a déclaré s'appeler Smith, même si je suis prêt à parier que c'est un mensonge. Il prétend habiter dans les Shepherd's Buildings, ce qui est faux, car je me suis renseigné. N'empêche que je le connais, parce qu'on ne voit pas passer beaucoup de gentlemen dans les Dials, même ceux dans son genre.

— Des gentlemen ? De quel genre vous parlez ? demanda Ralph Grundy.

— De ceux qui gardent les mêmes habits pendant deux semaines, ou qui parlent comme un livre mais sont incapables de trouver assez d'argent pour se payer une chambre. Il a connu des jours meilleurs, celui-là, et je n'ai pas l'impression que ça aille en s'arrangeant. Je lui ai pris une demi-douzaine d'articles, ces deux dernières semaines. C'est malheureux de voir mal tourner un jeune gars comme lui, pas vrai ?

Un sourire facétieux tempérait l'air compatissant du prêteur sur gages.

— Savez-vous où il vit ou pas ? insista Sarah Tanner.

— Quand vous avez une idée en tête, vous… Non, je n'en sais rien.

— Je croyais que nous avions conclu un marché ? rétorqua Mrs. Tanner d'un ton las.

— Je vous ai dit que je le connaissais. Je ne sais pas où il loge, en tout cas ça ne doit pas être dans un endroit très chic. Mais je sais où il va dépenser son argent, quand il en trouve.

— Où ça ?

— C'est un joueur. Il aime à s'en vanter – quand il gagne, du moins. Mais il est du genre qui ne sait pas s'arrêter. À mon avis, c'est comme ça qu'il a tout perdu. D'après ce que j'ai cru comprendre, il va toujours assister aux combats du *Turnspit*.

— Je connais l'endroit, répondit Sarah Tanner, à mon grand regret.

— Eh bien, c'est là-bas que vous le trouverez, chère madame. Tenez, il y a une rencontre, ce soir, si ça vous chante.

Le prêteur sur gages sortit discrètement un morceau de papier, légèrement plus grand que ses bons de dépôt, de sa poche de gilet, et le glissa vers elle sur le comptoir.

— J'apprécie les femmes qui ont le sens des affaires, ma petite dame. Dites-leur que vous venez de la part de Reeves.

— Merci, répondit Mrs. Tanner en examinant le prospectus.

RATS À GOGO !

> Ce jeudi 8 avril, la Fantaisie Canine vient vous régaler en s'invitant dans l'établissement de Billy Bilcher,
>
> Le *TURNSPIT*, dans TOWER COURT, à ST. GILES.
>
> Rats lâchés dans l'arène à huit heures et demie tapantes.

En avant-propos au spectacle précité, Mr. Roxton mesurera Batailleur, son meilleur pinson, au célèbre oiseau de Beetle Black, avec une mise d'une livre par concurrent. Cages découvertes à huit heures. Des tas de rats à voir, ainsi que des mulots pour les enfants et les timides. Après le sport, concert musical, avec

LE GRAND BILLY EN PERSONNE AU PIANO.

— Ça m'a l'air d'un chouette programme, commenta Ralph Grundy d'un ton caustique en lisant pardessus l'épaule de Sarah Tanner.

— Pas pour les rats, répondit-elle comme elle se détournait pour quitter la boutique.

La nuit tombait, quelques heures après leur visite chez le prêteur sur gages, quand Mrs. Tanner descendit de sa chambre aux *Dining & Coffee Rooms*. Au rez-de-chaussée, l'air était chargé de fumée de pipe et de l'odeur âcre des saucisses brûlées – ou, par égard pour Mrs. Hinchley, bien cuites. Sur chaque table se consumait une chandelle, et la lampe à pétrole de l'établissement projetait sa lueur chaleureuse et tamisée sur le visage morne par nature de Ralph Grundy, qui passait un coup de chiffon sur le comptoir.

Alors qu'elle passait entre les boxes, un des clients, petit marchand répondant au nom d'Harry Drummond, assis seul, leva la tête et croisa le regard de Sarah Tanner.

— Bonsoir, m'dame.

Elle sourit en reconnaissant le jeune homme, en fait à peine plus âgé qu'un garçon, qui n'était autre que celui contre lequel Ralph Grundy avait pesté le matin même.

— Bonsoir. Harry, c'est bien ça, le fils de Joe Drummond ? Tu vas bien ?

— Merci, m'dame. On se débrouille.

— J'espère que tu prendras bien soin de ma cousine, tout à l'heure.

— On va drôlement s'amuser, m'dame, vous pouvez compter sur moi.

— Tu m'en vois ravie. Elle ne va pas tarder à descendre.

Le garçon hocha la tête, et l'assura qu'il lui était *très obligé*. Sarah Tanner passa ensuite derrière le comptoir et décrocha son châle de sa patère.

— Vous sortez, patronne ? dit Ralph Grundy. Où c'est que vous allez ?

— Vous ne devinez pas, Ralph ? répondit Sarah Tanner en s'enveloppant les épaules.

— Je vous rejoins tout de suite, patronne. Attendez-moi deux secondes.

— Non, Ralph. Restez ici. J'ai besoin de quelqu'un pour s'occuper du café.

— Ça me plaît pas de laisser une certaine personne livrée à elle-même, à moi non plus. Je suis content que vous y ayez pensé aussi, mais je crois que vous avez pas trop d'autre choix, sur ce coup-là.

— Non, Ralph, vous n'avez pas compris, répliqua Sarah Tanner d'une voix posée. Vous restez ici. Je ne crains rien. Qui plus est, poursuivit-elle en montrant Harry Drummond d'un signe de tête, j'ai changé d'avis. J'ai donné à Norah la permission de sortir, alors il me faut quelqu'un ici. Je ne peux pas fermer le café pour un oui ou pour un non, c'est mauvais pour les affaires.

— Alors cette fille peut aller et venir comme ça lui plaît ? s'indigna Ralph Grundy. Ça fait pas une semaine qu'elle est ici ! Même pas une semaine ! Et moi, un pauvre vieux qui s'échine toute la journée et qui réclame jamais rien…

— Cessez, Ralph, je vous en prie. Rappelez-vous notre accord. Et puis si vous voulez une soirée de libre, il vous suffit de me le demander. Vous le savez très bien.

— C'est pour vous que je m'inquiète, patronne. Parfois je me demande ce qui vous passe par la tête.

— Croyez-moi, Ralph, mieux vaut que vous ne le sachiez pas.

— Enfin, St. Giles la nuit, c'est pas un endroit sûr pour une femme ! Ça l'est même pas pour un homme, pardi ! Aucune rue n'est sûre et encore moins une satanée arrière-cour de Tower Court !

— Allons, Ralph, je vous l'ai déjà expliqué, je sais me débrouiller. Si je veux y aller seule, c'est que j'ai mes raisons. Contentez-vous de garder la boutique pour moi, d'accord ?

Ralph Grundy se tut. Prenant son silence maussade pour un acquiescement, elle lui tourna alors le dos et quitta le café.

Dans la rue, elle attendit d'être hors de portée de vue de son établissement et plongea la main avec précaution dans la poche de sa robe, où elle caressa nerveusement la crosse en bois de son pistolet.

CHAPITRE XVII

Aucun panneau n'indiquait Tower Court, car les habitants miséreux de St. Giles connaissaient fort bien l'endroit, et le reste de la population, dans l'ensemble, se portait à merveille d'en ignorer l'existence. Certes, quelques personnes étrangères au quartier se présentaient de temps à autre pour chercher le *Turnspit*, mais elles venaient en général sur invitation des *initiés*, des *amateurs du genre*, tous joueurs invétérés. Le pub, malgré la misère noire qui régnait aux alentours, était un établissement fort apprécié d'une certaine catégorie de messieurs chics, jeunes gens de bonne famille pour qui une soirée au '*Spit*, comme ils se plaisaient à l'appeler, tenait du rite initiatique. C'était peut-être en leur honneur que le '*Spit* avait tout de même une petite pancarte, clouée à son étroite porte en bois, sur laquelle figurait un dessin rudimentaire représentant un pauvre cabot entravé, mascotte éponyme de la maison[1].

1. *Turnspit* signifie littéralement « tourne-broche ». Le turnspit est une race de chien aujourd'hui disparue. Dans l'Angleterre du XIXe siècle, on s'en servait dans les cuisines où, tels des hamsters, ils couraient dans des roues qui actionnaient les broches des fourneaux. *(N.d.T.)*

Sarah Tanner jeta un coup d'œil au malheureux animal cependant qu'elle poussait timidement la porte.

À l'intérieur, elle retrouva l'odeur de tabac et de sciure imbibée de bière qui imprégnait la plupart des débits de boissons des Seven Dials. Jadis, Sarah Tanner avait fréquenté cet endroit, que George Phelps élisait parfois comme repaire. Rien ne semblait y avoir changé, à l'exception peut-être de la couche de poussière plus épaisse qui s'était déposée sur les bouteilles derrière le comptoir. La salle de bar ne comptait que deux buveurs solitaires, mais dans le fond, on entendait déjà l'assemblée bruyante des joueurs. Connaissant les lieux, elle passa une porte menant à la piste de jeu de quilles boueuse qui occupait l'arrière-cour. Là, elle longea la bande étroite avec précaution en direction d'un édifice en bois, séparé du reste, qui ressemblait à une ancienne écurie. À chacun de ses pas, le brouhaha de voix masculines s'intensifiait et les aboiements plaintifs de plusieurs chiens gagnaient en force ; malgré le vacarme, on percevait le pépiement aigu d'un pinson.

Sarah Tanner présenta son prospectus au garçon de pub qui se tenait près de la porte de l'écurie. De là, elle vit que le premier duel de la soirée avait commencé : le fameux Batailleur, perché dans une cage d'osier, se mesurait à un concurrent pourvu de bien moins de coffre, que son maître avait enveloppé dans un mouchoir de soie bariolé et tenait fermement entre ses mains. Mais parmi les parieurs aux habits miteux – essentiellement des hommes, même si une poignée de femmes se mêlait à eux –, on n'accordait apparemment que peu d'intérêt à cette rencontre. Les puissants poumons du Batailleur allaient vraisemblablement lui assurer la victoire, et comme la rencontre suivait son cours, peu d'argent semblait changer de mains. De toute évidence, on était surtout là pour une discipline tout à fait différente.

— Tu viens voir le combat, ma chérie ? demanda le garçon, plutôt bel homme, aux cheveux bruns plaqués en arrière et à la mâchoire carrée.

— Une bonne bagarre, ça me botte, répondit Mrs. Tanner, en prenant soin d'éviter son regard scrutateur.

— Ah ouais ? fit l'autre, à peine intrigué. Ça m'étonne pas, tiens.

Sarah Tanner observa les lieux : celui qu'elle avait vu à l'enquête judiciaire ne semblait pas être là. Quelques spectateurs poussèrent des bravos, auxquels plusieurs chiens mêlèrent leurs aboiements. On venait de déclarer Batailleur vainqueur.

— C'est pas marrant, ça, murmura le jeune homme. Attends voir qu'ils apportent le panier de rats. Billy B. lésine jamais sur les moyens, faut le reconnaître. Dis, tu viendrais avec moi faire le tour de la cour, histoire de se balader ?

— Pour visiter ?

— Peut-être. Je pourrais te montrer quelques trucs.

— Sans façon.

Le jeune homme fut stupéfié par cette rebuffade, mais quel que fut le juron qu'il proféra, ce fut trop tard, car Mrs. Tanner s'était déjà frayé un chemin parmi les parieurs. Toujours aucun signe de celui qu'elle cherchait. Elle tenta sa chance auprès d'un vieil homme qui se tenait près du mur, sous une des douze lampes à paraffine suspendues aux chevrons.

— Excusez-moi, je cherche un ami. Il s'appelle Smith, vous le connaissez ? Il a une barbe, il est brun et fait à peu près cette taille. Il vient souvent ici.

— Smith ! Un ami, tu dis ? s'exclama le vieil homme, hilare. Combien qu'il te doit ? Il t'a grugée d'une passe, c'est ça ?

— En quelque sorte, répondit Sarah Tanner, dont la voix fut soudain étouffée par de grands cris qui s'élevèrent du public.

— J'ai pas de temps à te consacrer, ma poulette. Je suis trop vieux pour les galipettes. Laisse-moi passer, va... j'ai parié deux shillings qu'Old Charlie allait en choper deux douzaines, et j'ai pas l'intention de louper le spectacle.

Le vieil homme disparut avant que Sarah Tanner ait eu le temps de prononcer un mot de plus. Billy Bilcher, le propriétaire du '*Spit*, venait d'arriver. Corpulent, roux, pourvu de favoris fournis et d'une voix puissante qui portait dans toute la salle, il exerçait un véritable magnétisme sur ses clients, qu'il attira vers un enclos circulaire sis dans un angle de l'édifice, fait de planches assemblées à la verticale, semblable à un tonneau géant scié en deux et encastré dans le sol.

— Bonsoir, mesdames – hourras ironiques dans l'assemblée – et messieurs. Ce soir, et pour la soirée seulement, la réglementation des jeux, elle est suspendue – autres vivats –, alors je vous promets qu'on va s'amuser. Allez, approchez, n'ayez pas peur – ils mordent pas !

Encore de gros éclats de rire dans le public, dont les membres se pressèrent vers la piste. Bilcher, dans le même temps, releva d'un geste théâtral le drap qui couvrait jusqu'alors une grande boîte posée à côté de lui. C'était une caisse en bois, pourvue d'un couvercle conçu avec soin et monté sur gonds. Malgré les interstices entre les lames, on ne voyait quasi rien de son contenu, mais il y avait peu de doute sur la question. À l'intérieur, les rats pressentaient le sort qui les guettait. De temps à autre, les spectateurs du premier rang distinguaient la lueur fugace des petits yeux noirs impénétrables des rongeurs comme ils s'agitaient à la recherche d'une sécurité illusoire. En revanche, tous entendaient le grattement incessant de leurs griffes contre les planches.

— Venez, Mr. Cripps ! s'exclama Billy Bilcher. Montrez-nous donc votre mâtin, voulez-vous ?

Un homme, qui portait un chapeau bas de forme, satiné et cabossé, s'avança et éleva le chien au-dessus de sa tête. Ce n'était pas un mâtin, mais un bull-terrier couvert de cicatrices, qui se débattait en grognant pour se libérer, les yeux rivés sur la caisse qui ne se trouvait qu'à quelques pas de là.

— Combien, Mr. Cripps ? s'enquit le propriétaire des lieux, du ton le plus blasé, comme s'il prenait une commande d'huîtres ou de glaces à un penny.

— Une douzaine, répondit le maître du chien.

— Vous en êtes sûr, monsieur ? Elles mordent, ces bestioles-là. Chez Bilcher, on leur arrache pas les dents si on nous le demande pas.

— Sûr et certain.

Billy Bilcher eut un sourire carnassier et, avec une dextérité perverse, souleva le couvercle de la cage et plongea la main à l'intérieur. En un clin d'œil, les rats furent jetés sur la piste. Seul l'un d'entre eux fut assez vif pour mordre Bilcher au poignet, ce qui lui valut de se faire fracasser le crâne contre les planches de l'enclos. Le bull-terrier sentit l'odeur du sang et aboya à pleins poumons.

— Lâchez-le, Mr. Cripps. Lâchez-le !

On déposa le chien dans l'arène. Il resta un instant immobile, dardant des regards dans tous les sens, comme s'il ne savait par où commencer. Puis il s'élança.

Le terrier se montra à la hauteur ; dans le public, on l'encourageait à grands cris. Mais Sarah Tanner n'assista pas au massacre. Les touffes de poils ensanglantées et les poursuites dans la sciure qui se colorait de rouge étaient loin de la fasciner. Ce fut autre chose qui attira son attention ; elle s'écarta des spectateurs et se retira dans la pénombre.

C'était celui qu'elle était venue trouver.

CHAPITRE XVIII

Il se faufila en silence dans l'écurie, vêtu du même pardessus miteux qu'à l'enquête judiciaire. L'air compassé, il se mouvait avec nervosité, à la différence de la plupart des hommes présents, lesquels affectaient une bonhomie fanfaronne et une humeur joyeuse sans nul doute alimentée par une forte consommation de porter et d'ale. À la grande surprise de Mrs. Tanner, l'homme ne resta pas en retrait, même au moment où le chien de Mr. Cripps achevait sa dernière victime, accompagné par un tonnerre d'applaudissements. Au contraire, il se présenta à celui qui, debout près de l'enclos, tenait entre ses mains la cage d'osier abritant le champion Batailleur, et ils échangèrent quelques paroles. Puis, après qu'ils eurent conclu un accord – ne distinguant rien d'autre que leur visage, Mrs. Tanner ne put en savoir davantage –, il alla s'entretenir avec Mr. Bilcher en personne.

Sarah Tanner se fraya un chemin parmi les spectateurs pour observer leur conciliabule. Bien qu'elle ne connût guère Billy Bilcher et ne pût entendre leur conversation, couverte par les bavardages animés de ses voisins, elle ne lui parut pas des plus amicales. Le teint rougeaud de Bilcher se fit écarlate et, comme pour ponctuer ses phrases, ses doigts boudinés pointaient vers Smith d'une façon menaçante. Le nouveau venu, quant à lui, paraissait conciliant, implorant, et on lisait sur son visage mal soigné un air de profond désespoir. Enfin, on parvint à une décision ; après une poignée de main, le propriétaire du *Turnspit* reporta son attention sur le combat.

— Quel spectacle ! s'exclama Bilcher en jetant un bref regard au bull-terrier couvert de sang, que son maître retirait de l'arène avec soin. Une douzaine, je l'aurais jamais cru, Mr. Cripps, jamais ! À présent, pour cet entracte, nous accueillons un nouvel arrivant. Un adversaire pour le Batailleur de Mr. Roxton ! Un bel oiseau des champs que nous apporte notre ami Smith !

Certaine d'avoir entendu certains spectateurs ricaner lorsqu'on prononça ce nom, Sarah Tanner fronça les sourcils. Elle se demanda si ses comparses joueurs partageaient la piètre opinion qu'avait de Mr. Smith le prêteur sur gages.

— Un magnifique spécimen, qui n'a encore jamais concouru, et qui va donner tout ce qu'il a ! Je l'ai entendu moi-même ce matin, et j'ai cru qu'il s'agissait d'un petit ange à plumes. Allez, soyez donc pas timides. Je vous le donne à dix contre un. Tentez votre chance contre le Batailleur ! Montrez-le-nous, Smith, montrez-le-nous donc !

Mr. Smith obtempéra et plongea la main dans sa poche de veste, en sortit un mouchoir, duquel dépassait la tête d'un pinson à couronne grise. Que ce fût incité par son maître ou de façon spontanée, l'oiseau poussa un trille sonore, auquel le Batailleur en cage répondit aussitôt.

— En voilà un oiseau de concours ! s'exclama Bilcher. Personne veut lui donner sa chance ?

On devina un mouvement sur le devant de l'assemblée ; deux ou trois individus approchèrent du maître de cérémonie, d'autres échangèrent des regards narquois. Des pièces de monnaie circulèrent.

— Eh bien, approchez, Smith, amenez-le ici ! ordonna Bilcher. Du nerf ! Qu'on voie ce qu'il a dans le ventre !

Smith obéit, mais Sarah Tanner observa chez lui la même posture nerveuse, une hésitation empreinte de timidité. Comme il s'avançait, Mr. Smith trébucha sur l'ourlet de son pardessus qui, trop grand, traînait par terre. Le mouchoir qu'il tenait devant lui dans le creux de ses mains tomba. Pendant un instant, Mrs. Tanner crut que le volatile s'envolerait pour se réfugier dans les chevrons de l'écurie, mais il avait les ailes coupées. Enveloppé dans le tissu, il chuta sur la piste recouverte de sciure, sous la truffe d'un bouledogue gris aux bajoues flasques, fureteur, qui attendait d'entrer à son tour dans l'arène. Avant même que le maître du chien ou celui du pinson ait pu réagir, une vague de rire déferla dans l'assemblée prise de boisson, car le malheureux oiseau avait été déchiré en deux, et l'air de désespoir qu'afficha alors Smith eut quelque chose de comique.

— C'est quoi la cote, maintenant, Billy ? cria un plaisantin.

Face à une telle infortune, la figure de Smith resta figée en un masque d'incrédulité. Ce fut pourtant l'expression du visage de Billy Bilcher qui frappa le plus Sarah Tanner – le propriétaire du *Turnspit*, loin de rire, lançait à Smith un regard d'une méchanceté à peine dissimulée. Smith, après avoir enfin repris ses esprits, fit volte-face et s'enfuit en courant, poursuivi par les railleries des parieurs.

Mrs. Tanner était décidée à faire son possible pour le suivre, mais alors qu'elle se frayait un chemin dans l'assemblée, un homme la devançait déjà : elle reconnut la masse imposante de Billy Bilcher.

— Ça y est, il est cuit, marmonna un parieur à côté d'elle. Il va lui faire la peau, le Billy.

Sarah Tanner, au bout du compte, s'accommoda fort bien de la réaction de Bilcher, lequel, massif et corpulent, avait la respiration laborieuse. Ainsi, cependant qu'il sortait du *'Spit* en courant et s'enfonçait dans les venelles étroites et les allées enténébrées de St. Giles, la lourdeur de ses pas et le bruit chuintant qui s'échappait de sa poitrine auraient permis à un aveugle de le suivre à la trace. À vrai dire, elle doutait que Bilcher fût en mesure de rattraper le fuyard, certaine que son embonpoint l'en empêcherait. Pourtant, au détour d'un coin de rue, non loin de la boutique du prêteur sur gages de Little White Lion Street, elle distingua Bilcher, à quelque cinquante mètres, qui se tenait au-dessus d'un Smith recroquevillé. Ce dernier, qui apparemment avait glissé sur les pavés boueux, se tenait la jambe. Son poursuivant l'attrapa par le bras et, malgré ses protestations, le traîna dans la ruelle voisine.

Discrètement, Sarah Tanner s'approcha assez pour entendre leur échange.

— Comme on se retrouve ! déclara Bilcher d'une voix basse et menaçante.

Oublié, son personnage fanfaron de patron de pub.

— Je trouverai l'argent, Bilcher, mon ami, dit Smith d'une façon pitoyable. Je vous le jure, vous avez ma parole d'honneur.

Sarah Tanner tendit l'oreille. Comme l'avait suggéré le prêteur sur gages, il s'exprimait à la façon d'un gentleman, d'une voix qui détonnait avec sa condition.

— Votre parole, monsieur, répliqua Bilcher, vaut pas un clou. Vous me l'aviez déjà donnée pour cet oiseau. Bon sang, il vous suffisait de pas le lâcher ! Personne avait misé sur lui, et Roxton se serait arrangé pour que le Batailleur la mette en sourdine. Vous auriez pu rafler le pactole. Et puis c'était un champion, ce piaf. Ça m'a coûté deux shillings pour l'emprunter.

— Mais c'était un accident, Bilcher, mon ami, se lamenta Smith.

— Eh ben ça aussi, rétorqua Bilcher, dont la réponse fut ponctuée par un coup sourd et un grognement de douleur.

Le bruit, devina Sarah Tanner, d'un soulier heurtant Smith dans le ventre. Involontairement, elle ferma les yeux tandis que lui revenaient en mémoire les derniers instants de George Phelps.

— Nom d'un chien, s'exclama Bilcher, j'ai jamais vu un type aussi lamentable ! Allez au diable ! Faudrait vous montrer aux gamins, que ça leur serve de leçon.

Encore un bruit étouffé, suivi d'un autre cri de douleur.

— C'est vrai, quoi, poursuivit le patron de pub, qui s'emballait, que vaut un gars qu'est pas capable de payer ses dettes ?

Nouveau coup, nouveau grognement.

— Moi je dis…

Bilcher s'interrompit, distrait par le bruit des pas de Sarah Tanner qui se posta à l'entrée de la ruelle mal éclairée.

— C'est qui ? dit Bilcher, qui se retourna et plissa les yeux pour mieux voir. C'est ta bonne femme, hein ? Tu pourras le récupérer quand j'en aurai fini avec lui, ma chérie.

Bilcher sourit et recula la jambe comme pour frapper encore, mais la réaction de Sarah Tanner l'arrêta net.

— Je pense que ça suffit comme ça.

— Je suis navré, ma poule, déclara Bilcher en lui lançant un regard menaçant, mais à moins que t'en veuilles aussi, tu ferais mieux de filer avant que je me fâche pour de bon.

— Laissez-le, dit-elle fermement.

— Et pourquoi donc ?

— Parce que, sinon, je pourrais tirer.

Sans trembler, Sarah Tanner leva son arme devant elle ; dans l'obscurité, le canon du petit pistolet était tout juste visible.

— Tirer ? répéta Bilcher, incrédule. T'es qui, toi, nom d'une pipe ?

— Je vous préviens, il est chargé et amorcé.

— Espèce de cinglée ! T'oserais pas.

Sarah Tanner fit un pas en avant et se trouva à trois mètres du patron de pub.

— Je peux m'approcher encore, si vous préférez. Mais il paraît que je suis une fine gâchette.

Bilcher resta silencieux et scruta le pistolet. Il finit par reculer, lentement, derrière le corps prostré de Smith.

— Il en vaut pas la peine, chérie, peu importe ce qu'il t'a raconté.

— J'en jugerai par moi-même.

Le patron du *Turnspit*, le visage empreint d'un mélange d'étonnement et de peur, battit davantage en retraite.

— Allez tous les deux au diable ! cria-t-il lorsqu'il fut sûr d'être assez loin.

Mr. Smith, étendu sur les pavés boueux, se retourna et fut pris d'une violente quinte de toux. Tout en s'essuyant la bouche sur sa manche, il regarda son tortionnaire disparaître dans la nuit puis considéra d'un air interdit sa bienfaitrice inattendue.

— Qui que vous soyez, merci mille fois, dit-il en se mettant à genoux. Je crois que vous m'avez sauvé la vie.

— Rien n'est moins sûr, répliqua Mrs. Tanner, en levant de nouveau son pistolet.

CHAPITRE XIX

— Seigneur Dieu ! s'exclama Smith, abasourdi. Maintenant c'est moi que vous comptez abattre ?

— Ça dépend, répondit Sarah Tanner avec prudence, tandis que Smith se relevait. Je vous suggère de rester à bonne distance.

— À bonne distance ? Je vous jure, dit Smith en la scrutant comme pour jauger ses intentions, je croyais qu'on ne trouvait des femmes assassins que dans les feuilletons à sensation. Je ferais peut-être mieux de suivre l'exemple de mon ami et de décamper.

— Et moi je ferais peut-être mieux de presser la détente.

Smith sourit, mal à l'aise.

— Vous savez vous montrer convaincante.

— Comment vous appelez-vous ?

— Smith. John Smith.

— Ce n'est pas plutôt Ferntower ?

Smith marqua une pause, comme s'il venait de comprendre quelque chose.

— Ça me revient, maintenant ! Vous étiez là, ce matin, à cette enquête judiciaire de malheur. Je me souviens de vous. Vous étiez dans le fond. Bon sang ! Que me voulez-vous ? Comment m'avez-vous retrouvé ?

— Reconnaissez-vous être John Ferntower ?

— Pourquoi ? C'est une raison suffisante pour me faire sauter la cervelle ?

— Non. Pas en soi.

— En ce cas, s'il le faut, je l'avoue volontiers. Ou plutôt, disons que je suis la pauvre ombre de ce qu'il a été. Et vous, qui êtes-vous, au juste ?

Mrs. Tanner ignora sa question.

— Vous avez eu de la chance, pour le verdict, déclara-t-elle.

— Comment cela ?

— On dit que vous seriez l'assassin de votre tante.

— De ma tante ? C'est pour ça que vous me poursuivez ? Pardonnez-moi, je suis un peu désorienté. La connaissiez-vous ? Je n'ai pas l'impression que vous apparteniez à son milieu.

Malgré son ton doucement moqueur, on percevait aussi dans sa voix un soupçon de nervosité, et il gardait les yeux rivés sur le pistolet.

— Je ne l'ai jamais rencontrée, mais je voudrais savoir pourquoi vous l'avez tuée… ou pourquoi vous avez chargé quelqu'un de le faire.

La stupéfaction se peignit sur le visage de Ferntower.

— Je ne prétendrai pas que nous étions en bons termes, mais imaginer que je l'aie tuée – je l'aurais noyée, je l'aurais jetée à l'eau ? –, enfin voyons, c'est ridicule !

— Pas plus ridicule qu'un homme de bonne famille qui traîne ses guêtres dans les Dials, qui met en gage tous ses biens et fréquente des crapules telles que Bilcher.

— Ces déboires ne regardent que moi, répondit Ferntower, visiblement froissé par les remarques de Sarah Tanner, avant de se taire un instant. En tout cas, ça ne fait pas de moi un assassin. J'avoue que je m'attendais à attirer l'attention de la police. J'ai tenu des propos déplaisants à mon père, même s'il méritait de les entendre. En revanche, je ne m'attendais pas à ça.

— Votre père croit que c'est vous qui l'avez tuée.

— Mon père est un vieil imbécile. Toutefois, si vous persistez à croire ces idioties, voulez-vous la preuve que c'est faux ?

— Si vous pouvez me la fournir, répondit Sarah Tanner, dubitative.

Ferntower secoua la tête d'un air las mais fourragea dans une poche de sa veste et en sortit un papier froissé.

— Tenez, dit-il en le lui tendant. Mon triste sort. J'espère que vous êtes satisfaite.

— Qu'est-ce que c'est ?

— Mon avis de libération de la prison de Clerkenwell. J'y ai séjourné aux bons soins de Sa Majesté, depuis vendredi dernier jusqu'à hier matin, en fait.

— Vous étiez à la maison d'arrêt ? Mais vous avez vu votre tante la veille de sa disparition. Ç'a été dit lors de l'enquête judiciaire.

— Je ne le nie pas, même si ça ne m'a valu que des ennuis. Ce soir-là, il y a eu une rixe devant chez moi. Je n'étais pas impliqué, mais la police ne s'encombre pas toujours de scrupules. Je suis passé devant le juge le lendemain. Voyez par vous-même.

— Vous savez bien que je n'y verrai rien, dans ce noir.

— En ce cas, allez le lire ailleurs. Je n'ai hélas pas d'allumettes sur moi, poursuivit-il avec une pointe de sarcasme dans la voix. Je vous prie de m'excuser.

Sarah Tanner fronça les sourcils.

— Alors, vous avez chargé quelqu'un de la tuer. Elle et George Phelps.

Ferntower se massa le flanc et grimaça de douleur.

— Je suis navré, mais qui que vous soyez, vous vous abusez.

— Georgie a tout découvert, n'est-ce pas ? Vous avez dû le réduire au silence ?

— Ma chère, je n'ai jamais ne serait-ce qu'entendu ce nom. Pardonnez-moi, mais en quoi l'identité de l'assassin de ma tante vous concerne-t-elle ?

— Vous reconnaissez qu'on l'a assassinée, alors ?

— Bien sûr. Le coroner n'est qu'un guignol. Et je connais le coupable.

Sarah Tanner fut prise d'un doute. Elle ne savait que penser de John Ferntower, et ses aveux n'étaient pas tout à fait ceux qu'elle escomptait.

— Qui est-ce ? s'enquit-elle au bout d'un moment, d'un ton trop pressant, ce qui sembla redonner confiance en lui à son prisonnier.

— Payez-moi un verre et je vous le dirai peut-être.

— J'ai toujours un pistolet pointé sur vous, Mr. Ferntower.

— Si vous aviez eu l'intention de me tirer dessus, vous l'auriez déjà fait.

Sarah Tanner voulut le contredire, mais les mots lui manquèrent lorsque John Ferntower s'avança doucement et la frôla pour regagner la rue. Il se tourna vers elle.

— Je connais une bonne taverne juste à côté d'ici, dit-il, avant de tousser, tout en grimaçant et en se tenant le ventre. Bon Dieu, quelle brute ! Il n'empêche, je me dois de vous remercier, même si vous aviez l'intention de m'abattre. Peut-être pourriez-vous ranger cela, à présent ?

Après un instant d'hésitation, Sarah Tanner baissa son arme.

— D'accord. Pour le moment, dit-elle. Je vous suis.

À l'intérieur de la taverne, l'atmosphère était moite ; les becs de gaz décoratifs rutilants suspendus au plafond, peints en argent et or, offraient un contraste frappant avec les vêtements des clients, en futaine élimée et coton de mauvaise qualité. Ils se tenaient serrés en petits groupes – il n'y avait aucun siège ni rien qui puisse les empêcher de noyer ensemble leur chagrin –, aussi fallut-il quelques minutes à Sarah Tanner et à John Ferntower pour atteindre le comptoir, commander un verre, puis trouver un endroit où discuter. Tout en sirotant son gin-punch, Mrs. Tanner examina attentivement les traits de son interlocuteur. Sous la barbe broussailleuse et le col sale retourné il y avait un jeune homme, de surcroît séduisant.

— Je vais vous raconter une histoire, Miss…

— Richards.

— Sérieusement ? Eh bien, Miss Richards, je vais vous parler d'un homme. D'un pauvre hère.

— Je ne tiens pas à connaître votre vie.

— Voulez-vous connaître celle de ma tante ?

— Plutôt, oui.

— En ce cas, Miss Richards, je vous prie de m'écouter. Par où commencer ? Bien, imaginez, voulez-vous, un jeune homme qui arrive dans notre grande métropole, un blanc-bec, mais qui possède le sens des affaires. Cet homme – nous l'appellerons Ferntower, c'est un nom qui sonne bien –, ce Ferntower, il n'a rien d'un imbécile. Il est observateur, et il voit le monde tel qu'il est vraiment.

John Ferntower s'interrompit et prit une gorgée de la bière blonde East India que lui avait payée Sarah Tanner.

— Allons, Miss Richards, je vous en prie, participez… posez-moi la question.

— « Tel qu'il est vraiment » ?

— Les livres sterling, les shillings et les pence, Miss Richards. L'argent, bien sûr. Il contemple notre grande et belle ville, et acquiert une certitude : chaque homme, chaque femme, chaque enfant, tous autant qu'ils sont, ne représentent que des livres, des shillings et des pence. L'argent a des propriétés magiques, voyez-vous, Miss Richards. On peut le transformer en ce que l'on veut, et grâce à lui, il n'y a rien ni personne qu'on ne puisse acheter. L'argent, c'est la clé de tout.

— Si vous le dites.

— Pardonnez-moi. Je ne dis rien de tel. Mais le jeune Ferntower, lui, il s'en aperçoit, et il sait comment il va en profiter. Il se met donc à travailler dur, et apprend un métier – marchand de nouveautés, en l'occurrence – qui se révèle lucratif. Si lucratif qu'il installe son magasin dans Regent Street.

John Ferntower but une autre gorgée de bière.

— Ses locaux s'agrandissent. Et il s'enrichit – les pennies se transforment en livres. Il se marie, et ça aussi il le fait comme il faut. L'argent épouse l'argent, il en est toujours ainsi. Un enfant naît. Le pauvre est promis à un grand avenir.

— Attendez, c'est de votre père que vous me parlez ? L'enfant, c'est vous ?

— Si vous voulez. Donc, dès son plus jeune âge, son père lui inculque ses valeurs : il ne doit se soucier que des espèces sonnantes et trébuchantes. Et quand sa maman meurt… c'est bien triste, mais le plus important, ça reste l'argent. Ça ne touche en rien aux affaires, à part la transaction avec le croque-mort, bien sûr.

— Votre père est-il un tel monstre ?

— Un monstre ? Aux yeux des autres, non. D'ailleurs, il donne beaucoup aux œuvres de bienfaisance. Vous l'ignoriez ? Il est donateur d'honneur pour une douzaine d'entre elles, mais il ne s'agit que d'un calcul froid de sa part – il y voit un à-valoir dans les livres de comptes du Seigneur. Son cœur n'est fait que de cuivre et de laiton, ni plus ni moins.

— Oui, je comprends comme la fortune de votre père a dû vous rendre la vie difficile.

— Vous vous gaussez, Miss Richards. Mais c'est ce misérable qui m'a façonné tel que je suis. On m'a élevé et éduqué – remarquablement éduqué, certes – pour me former au commerce. D'autres auraient eu le loisir de s'intéresser aux choses raffinées – l'art, la beauté, l'amour…

Il prit une inspiration, comme si une pensée désagréable lui revenait soudain.

— … mais on m'a destiné au négoce, exclusivement au négoce. Il aurait pu faire de moi un gentleman, mais à la place, je suis devenu comptable.

— Je croyais que vous deviez me parler de votre tante, commenta Sarah Tanner.

— C'est exact. Une âme pieuse, une femme qui ne dérogeait jamais à ses principes. Elle n'a toujours eu que mépris à mon égard.

— Pourquoi ?

— Elle savait que je ne nourrissais pas les ambitions de mon père. Elle était de celles qui vous percent à jour en un regard.

— C'est tout ?

— Allons, vous avez interrompu mon récit. À vingt et un ans, ce jeune homme plein d'avenir en a soupé des affaires. Cela fait six ans qu'il travaille pour son père, comme un vulgaire apprenti. Il s'en va chercher d'autres sources de plaisir, de celles qu'affectionnent les jeunes gens. Il rencontre des parieurs, s'amuse pour la première fois de sa misérable vie, et cultive le goût du jeu. Hélas, après une série de coups de malchance, il contracte des dettes. Il se voit obligé de signer des mandats au nom de son père. Sa tante, paix à son âme, découvre ses manœuvres. Dieu sait comment, mais elle les découvre.

— Et votre tante vous a dénoncé à votre père, qui vous a coupé les vivres. Je le sais déjà. Mais vous m'avez dit savoir qui l'a assassinée, me semble-t-il.

Ferntower soupira.

— Miss Richards, vous manquez de patience. Vous avez gâché ma petite histoire.

— Je n'ai pas toute la nuit, rétorqua Mrs. Tanner.

— C'est vrai ? Alors je vais vous expliquer simplement. Ma tante ne s'est pas contentée de parler de mes imprudences à mon père, elle lui a aussi indiqué comment y remédier. Concernant les questions de moralité, c'était elle sa pierre de touche ; en fait, il se référait à elle pour tout ce qui ne concernait pas le commerce. Cela lui évitait sans doute de devoir réfléchir par lui-même. Et c'est pour cette raison qu'elle est morte. Elle aurait empêché tout cela en un rien de temps.

— Tout cela quoi ?

— Les fiançailles, voyons. C'était son intention. Pour preuve, elle a regagné l'Angleterre dès qu'elle a appris la nouvelle.

— Les fiançailles ? répéta Sarah Tanner, perdue.

— Ah, à ce que je vois, vous ne connaissez pas aussi bien les affaires de ma famille que vous le prétendez. Mon père a une pupille, Miss Richards, qui se prénomme Elizabeth – une lointaine cousine, qui l'année dernière seulement s'est retrouvée orpheline de père et de mère. C'est la jeune fille la plus charmante qui soit. Vous l'avez peut-être aperçue à l'enquête judiciaire. Bref, quand je suis allé voir ma tante ce soir-là, pour l'implorer de se montrer clémente…

— De vous donner de l'argent ? suggéra Sarah Tanner.

Ferntower se rembrunit.

— Quand je lui ai rendu visite, elle m'a tout raconté. Il y a peu, ma cousine Elizabeth s'est fiancée à un certain Cedric Hawkes. L'affaire est précipitée, car les noces doivent avoir lieu le mois prochain.

— Et en quoi voulez-vous que ça me concerne ?

— En rien. Mis à part que Cedric Hawkes est le plus gros joueur, le pire escroc, malfrat et coquin de tout Londres. Il offre une figure de gentleman plausible, remarquez – il se fait passer pour un courtier à la Bourse. Mon père est trop aveuglé par l'or pour s'en rendre compte. Rien n'arrêtera cet homme… si quelqu'un a tué ma pauvre tante, c'est forcément Mr. Hawkes. J'en ai la certitude.

John Ferntower se tut et vida son verre.

— Pauvre Elizabeth, reprit-il au bout d'un moment. Elle n'a pas idée de ce qui l'attend.

Sarah Tanner fronça les sourcils.

— Admettons que ce soit vrai. Comment savez-vous ce que mijote ce Hawkes ?

— Comment je le sais ? C'est moi qui les ai présentés.

CHAPITRE XX

— Je sais que je ne suis plus digne de sa condition, poursuivit Ferntower, mais fut un temps, je pensais qu'Elizabeth et moi pourrions... bref, cette époque est révolue. Aujourd'hui, je ne saurais que la ruiner.

— Dites-moi, j'ai vu une autre femme à l'enquête judiciaire, en compagnie de votre cousine et de votre père. Qui était-ce ?

— Ah, ce doit être la redoutable Miss Payne. La gouvernante de ma cousine. En voilà une autre qui a une opinion tranchée me concernant.

— Ah oui ? Vous semblez avoir une grande facilité à vous faire des ennemis, Mr. Ferntower.

— J'ai commis des erreurs, Miss Richards. Nul n'est parfait. Mais comparé à Cedric Hawkes, je vous assure que je suis un saint.

— Dites-m'en davantage sur ce Hawkes, alors. Comment avez-vous fait sa connaissance ?

— Hawkes ? Dans une maison de jeu de Haymarket. Nous avons fait quelques parties de baccara. Nous avons sympathisé, et je lui ai même prêté de l'argent. Bien sûr, à l'époque, déclara Ferntower en plongeant un regard mélancolique dans le fond de son verre, j'avais de l'argent à prêter.

— Et tout naturellement, vous l'avez présenté à vos proches ? commenta Sarah Tanner, dubitative.

— Il passait pour un gentleman respectable, Miss Richards. Plus que respectable, d'ailleurs. Et puis je trouvais amusant de le mettre en présence de mon père et de l'écouter parler de ses affaires commerciales alors que je l'avais vu perdre vingt guinées à la roulette la veille au soir.

— Un homme qui a le goût du jeu, aussi excessif soit-il, n'en devient pas pour autant criminel.

— Non, ce serait pourtant commode, n'est-ce pas ? Mais que penseriez-vous d'un homme qui change d'adresse tous les mois, qui laisse ses créanciers le bec dans l'eau et se lance dans de nouvelles entreprises chaque fois sous une identité différente ?

— Un escroc, sans doute. Mais pas forcément un assassin.

— Et pourtant vous me croiriez volontiers capable de commettre un meurtre ?

— Je ne sais que croire, Mr. *Smith.*

— Écoutez. Un soir, peu avant que je tombe moi-même en disgrâce, j'ai pris un fiacre avec Mr. Hawkes. Le cab nous conduisait de Regent Street à la City, où il avait ses appartements. Il y a eu un désaccord au sujet du prix de la course. L'affaire de quelques pennies, mais le cocher s'est adressé à lui avec rudesse. Hawkes en a ri, puis a demandé au cocher de nous emmener un peu plus loin, prétextant avoir oublié qu'il devait rendre visite à un ami. Il a attendu que nous empruntions une ruelle peu passante, un cul-de-sac près des Minories, et a ordonné au cocher de s'arrêter. Il l'a alors empoigné pour le faire descendre de son siège, lui a pris son fouet et l'a rossé avec, jusqu'à en perdre haleine.

— Même la cruauté n'est pas une garantie que…

— Attendez. Vous m'avez demandé mon opinion, Miss Richards. Autant que vous l'entendiez. Le cocher avait soixante-dix ans bien sonnés, mais Hawkes n'a montré aucune pitié. Il l'a tant frappé qu'il a rompu la poignée du fouet en deux. Et ça ne l'a pas empêché de continuer. Si je ne l'avais pas retenu… eh bien, en toute franchise, j'ignore aujourd'hui encore si ce vieux bonhomme a survécu.

— Vous auriez pu prévenir la police.

— Vous n'avez pas vu le visage de Hawkes. On n'y lisait aucune émotion, aucune colère, seulement de la concentration. Il était… comment vous le décrire… méthodique. Jamais je n'ai vu quelqu'un posséder une telle maîtrise de soi. À côté de lui, ce cher Bilcher est une chiffe molle. Je n'ai pas eu le courage. Je devais penser à sauver ma peau.

Sarah Tanner fixa Ferntower d'un regard scrutateur.

— Qu'est-ce qui me prouve qu'il existe vraiment, ce Hawkes ?

Ferntower haussa les épaules.

— Je ne puis vous présenter sa carte, si telle est votre question. Et je ne peux le faire sortir de mon chapeau.

— Où puis-je le trouver ?

— Je n'en ai aucune idée. Mais je souhaite bien du bonheur au jeune couple. Bonne chance à tous les deux.

— Et votre cousine ? dit Mrs. Tanner d'un air pensif. Fera-t-il un bon mari pour elle ?

— Une chose est sûre, c'est qu'elle fera une excellente femme pour lui. C'est une héritière, Miss Richards. À sa majorité, elle vaudra dix mille livres de rente par an. C'est pour cela que mon père l'a prise sous son aile. Et cela conviendra tout à fait à mon ami Hawkes. Voilà, c'est là que vous le trouverez, je pense. Il ne quittera pas Elizabeth d'une semelle, croyez-moi.

Sarah Tanner observait attentivement John Ferntower. Il s'exprimait délibérément avec une ironie d'homme las du monde. Pourtant, on devinait autre chose sous son air amusé, son ton détaché et blasé, en particulier lorsqu'il évoquait sa cousine – sa voix se chargeait alors d'une certaine mélancolie. Elle eut presque de la peine pour lui.

— Admettons que vous disiez vrai, reprit-elle après un instant de réflexion. Si je voulais qu'on me présente à votre père et à votre cousine, comment devrais-je m'y prendre ?

— Qu'on vous présente à eux ? Je crains, Miss Richards, que vous ayez tiré les mauvaises conclusions de ma situation malheureuse et de mon vêtement misérable. Je doute fort que…

— Je vous en prie, le coupa-t-elle. Je vous assure que je peux m'habiller d'une façon plus adéquate à leur rang.

— Quelle singulière personne vous faites, Miss Richards ! rétorqua Ferntower, quelque peu surpris. Très singulière.

— Expliquez-moi seulement comment m'y prendre.

— La seule façon de s'attirer les bonnes grâces de mon père, Miss Richards, c'est d'avoir de l'argent. Avez-vous de l'argent ?

— C'est possible.

Ferntower eut un rire moqueur.

— Si vous le dites. Eh bien, à votre place, je ferais une donation à l'une de ses œuvres. Mon père se plaît à jouer les philanthropes. Il en finance toute une collection, ce vieil hypocrite. Un hospice, un dispensaire, et même une maison de correction. Amusant, n'est-ce pas ? Je suis convaincu qu'il regrette de ne pas m'y avoir envoyé.

— Il aurait peut-être dû, en effet.

— Et peut-être devriez-vous me tirer de ce calvaire, Miss Richards. Il est encore temps.

— Pas ce soir, en tout cas.

— Ah bon ? fit Ferntower, avec un sourire sarcastique. C'est déjà ça. En avons-nous terminé de cet interrogatoire ?

— Non, répondit Sarah Tanner, qui réfléchissait. Comment dois-je procéder pour faire un don de façon que votre père l'apprenne ?

— Comptez-vous vraiment aller au bout de votre idée ? Je ne parlais pas sérieusement.

— Moi, si, Mr. Ferntower. J'ai l'intention de vérifier la véracité de votre récit.

Il était près de minuit lorsque Sarah Tanner regagna les *Dining & Coffee Rooms*. À cause du voile de brouillard qui recouvrait le quartier, elle dut se déplacer avec précaution sur les pavés inégaux de Leather Lane, à la lumière chiche des becs de gaz. À son retour, elle trouva Ralph Grundy en train de mettre à la porte un jeune homme alangui, dont l'haleine empestait le brandy bon marché et qui semblait résolu à passer la nuit dans un box du café qu'il avait pris pour son lit. À eux deux, ils le soulevèrent, le reconduisirent dans la rue et l'orientèrent vers le *Bottle of Hay*, ce pub étant le seul établissement qu'il semblait connaître dans le quartier.

Une fois le café débarrassé de ce dernier client, Ralph Grundy traîna les volets jusqu'à la devanture, et Sarah Tanner l'aida à les hisser à leur emplacement.

— Content de vous revoir, patronne, déclara Ralph Grundy, comme ils posaient le dernier panneau sur le rebord de la fenêtre.

— Où vouliez-vous que j'aille ?

— Je me réjouis que vous soyez revenue en un seul morceau, c'est tout.

— Je vous demande pardon, Ralph. Je ne voulais pas vous envoyer paître.

— Je prends pas la mouche, patronne. C'est pas dans ma nature. Alors, vous l'avez trouvé, votre Mr. Smith ?

— Figurez-vous que oui.

— Et c'est bien lui, le fils ?

— Oui, j'avais vu juste. Il m'a raconté qu'un certain Hawkes aurait des vues sur sa cousine. Ce serait un scélérat patenté. Ferntower pense que c'est ce Hawkes qui a assassiné sa tante, pour l'empêcher de s'opposer au mariage.

— C'est commode, pas vrai ? Et vous, vous en pensez quoi ? Vous croyez qu'il dit la vérité ?

— Je l'ignore. Il est… eh bien, vous avez vu dans quel état il est.

— Et ce Hawkes, alors ? Ça pourrait être le policier de l'autre jour ? C'est peut-être comme ça qu'il s'appelle.

— Non, j'en doute. Hawkes est un gentleman, ou du moins il se fait passer pour l'un d'eux. Je ne crois pas que notre homme en soit capable.

— Et si ce Hawkes chargeait quelqu'un d'autre du sale boulot ?

— En admettant qu'il existe, je…

Sarah Tanner s'interrompit, car lorsqu'elle se pencha pour fixer le cadenas sur le dernier volet, quelque chose tomba de sa robe et produisit un bruit métallique contre les pavés. Le pistolet, que la chute n'avait pas endommagé, se retrouva à ses pieds. D'un mouvement hâtif, elle le ramassa et le rangea dans sa poche. Cela n'empêcha pas Ralph Grundy de voir l'arme, et son front se creusa de rides de contrariété.

— Vous devriez pas vous promener avec ça, patronne. Et s'il part tout seul ?

— Je ne l'ai pas amorcé, je vous en donne ma parole.

— Mais il est chargé ?

— Ne vous en faites pas.

— Il suffit d'une étincelle, maugréa le vieil homme. Et que comptiez-vous faire avec cette pétoire, au juste ?

— Comme vous l'avez dit vous-même, les Dials, ce n'est pas sûr.

— Bon, si c'est que ça, déclara Ralph Grundy en dévisageant son employeuse.

Sarah Tanner se détourna et ouvrit la porte du café.

— Mieux vaut fermer à clé, dit-elle en faisant un pas à l'intérieur.

— Vous oubliez rien ?

— Quoi donc ?

— Votre chère petite cousine, Norah, dit Ralph Grundy d'un ton maussade.

— Elle n'est pas encore rentrée ?

— Non, patronne, répondit-il, avec un air qui en disait long. Toujours pas.

Harry Drummond avait longuement réfléchi pour savoir où il emmènerait sa compagne ce soir-là. Il avait fini par se décider pour l'Académie de danse Evans, à l'angle de Saffron Hill et de Charles Street, non loin de Leather Lane. Sise au-dessus du *Green Man*, l'Académie ne consistait guère qu'en une vaste salle de réception, que l'on consacrait deux fois par semaine aux ravissements des arts de la danse. Certes, on pouvait estimer qu'on y dispensait peu d'enseignements, mais on y remuait néanmoins beaucoup, sur des danses de la catégorie des *sauteries* – gigues, quadrilles et, de temps à autre, pour varier les plaisirs, une polka –, emmenées essentiellement par les efforts d'un infatigable violoniste et les battements vigoureux de plusieurs dizaines de souliers ferrés. Comme l'avait suggéré le père d'Harry, c'était l'endroit idéal pour une *bonne gambille, ou je m'y connais pas*.

Quant à Norah Smallwood, elle semblait prendre du bon temps. À mesure qu'on avançait dans la soirée, et que, chez tous, la consommation de bière augmentait en proportion, Harry Drummond se sentait l'âme de plus en plus séductrice et nourrissait des désirs pour la plupart incompatibles avec l'image de gentleman-né qu'il avait de lui-même. Après être rapidement descendu dans la salle de bar du *Green Man* pour s'approvisionner en boissons, il revint peu après onze heures.

À sa grande surprise, Norah Smallwood avait disparu.

Cette dernière, toutefois, n'était pas partie très loin. Elle se tenait sur le seuil d'une échoppe voisine pour s'abriter du froid de la nuit, en compagnie d'un monsieur d'un tout autre genre.

— Il a dit ça ? s'exclama Norah Smallwood, courroucée.

— Je vous jure que c'est vrai. Faut pas être malin pour abandonner une beauté comme vous, de toute façon. Vous serez bien mieux avec moi, ma jolie. Allez, approchez donc.

— Et pourquoi ?

— Un beau brin de fille comme vous… vous le savez bien. C'est quoi votre petit nom, déjà ?

— Norah. Et je vais pas avec le premier venu.

— Joli prénom, en tout cas.

— Et vous, c'est comment ?

— Moi ? Albert.

— Eh ben, enchantée, alors, Albert.

— Moi de même, répondit Bert Jones.

CHAPITRE XXI

— Vous l'avez vu ? demanda Ralph Grundy, qui se faufila le long du comptoir et désigna la vitrine d'un signe de tête.

C'était l'heure du déjeuner, le lendemain de la rencontre entre Sarah Tanner et John Ferntower, et le café était bondé ; il restait peu de place à Ralph Grundy pour manœuvrer.

— Qui ça ?

— Il va revenir. Ouvrez l'œil.

Mrs. Tanner se tenait derrière la grande cafetière des *Dining & Coffee Rooms*. Trois marchands de quatre-saisons, de leur côté, attendaient qu'on les serve. Le robinet de cuivre était devenu brûlant, malheureuse anomalie hélas fréquente. Elle jura comme elle enveloppait le métal d'un chiffon et remplissait les tasses de chacun d'entre eux.

Ralph Grundy émit un bruit réprobateur.

— Le brûleur a encore glissé, commenta-t-il.

— Non, c'est vrai ? fit-elle, sarcastique.

— Je parlais tout seul. Laissez, je m'en occupe.

Alors que les clients payaient leur café, Ralph Grundy se pencha, prit un couteau à pain et tisonna le charbon du brûleur. Sarah Tanner, elle, suivit finalement le conseil de son serveur et jeta un coup d'œil en direction de la vitrine.

— Qui dois-je repérer, au juste ?

— Il ne devrait plus tarder, maintenant, répondit le vieil homme avec un sourire narquois. Ah, le voilà !

L'objet de l'étrange prédiction de Ralph Grundy n'était autre qu'Harry Drummond. Le jeune homme faisait les cent pas au carrefour de Liquorpond Street et de Leather Lane depuis une bonne demi-heure, passant devant le café d'un pas nonchalant à cinq minutes d'intervalle, les pouces crochetés dans les poches de son gilet. Ses déambulations avaient cependant quelque chose de trop calculé. En outre, on lisait la tristesse sur son visage et les brefs regards désespérés qu'il lançait par la vitre détonnaient avec son allure décontractée. Lorsqu'il croisa par hasard le regard de Sarah Tanner, il détourna la tête et repartit d'une démarche hâtive.

— Il rôde par ici depuis ce matin, expliqua Ralph Grundy, avec une pointe d'exagération. Vous avez vu dans quel état il est ? Alors que Son Altesse, elle…

— Si vous voulez parler de Norah…

— Oui, c'est ça. L'air contente comme tout, qui lui accorde même pas un regard. Je voudrais bien qu'on m'explique ce qui se passe.

— Elle a dû rencontrer un autre jeune homme, hier soir.

— Oui, maugréa le serveur. Vous avez sans doute raison. Elle en a vite fait son deuil, de votre copain Phelps.

— Ralph, par pitié, vous n'allez pas recommencer ! J'ai d'autres chats à fouetter. Je ne suis pas sa mère, à cette petite. Qu'elle fasse comme ça lui chante ! Et puis c'est mieux qu'elle oublie George Phelps. Bon, on a du monde qui attend d'être servi.

— Si vous me racontiez ce que vous mijotez, dit-il en baissant d'un ton, peut-être que j'aurais autre chose à penser.

— Ce que je mijote ? Qui vous dit que je mijote quelque chose ?

— Je suis pas si idiot qu'il y paraît, patronne. Si vous voulez pas de mon aide, là, c'est une autre histoire. Je vous ai vu lire les journaux toute la matinée. Et vous en avez même mis un de côté.

— Vous seriez parfait à Scotland Yard, Ralph.

— Alors ?

À contrecœur, Sarah Tanner sortit l'exemplaire du *Times* de la veille qu'elle avait rangé derrière le comptoir. Elle glissa le doigt le long de la première colonne de réclames et montra un avis à Ralph Grundy.

> VENTE DE CHARITÉ AU BÉNÉFICE DES
> ÉCOLES DES PETITS PAUVRES DE FINSBURY
>
> Une vente de charité se tiendra à l'hôtel *Radley*, Bridge Street, quartier de Blackfriars, le lundi 12 avril, afin de contribuer au fonds de fonctionnement des écoles mentionnées ci-avant. Sous le patronage de Mme la duchesse de Beaufort. Billets à retirer auprès du Secrétaire, au 10, Waterloo Place.

— C'est une des bonnes œuvres de Mr. Ferntower, expliqua Mrs. Tanner. Il est fort probable qu'il y assistera. Du moins c'est ce que m'a dit son fils.

— Vous comptez y aller, c'est ça ?

— Je pense, oui. La mort de sa sœur est liée à ce qui est arrivé à Georgie, j'en suis convaincue.

— Il va vous falloir un billet, patronne. Comment vous allez en obtenir un ? Je suis pas trop au courant de ces choses-là, mais s'il y a que des ducs et des duchesses… je veux dire, vous êtes capable de parler comme il faut, mais…

— Ils ne délivrent pas de billet à n'importe qui, je le sais.

— Comment vous allez faire, alors ?

— Je vais devoir rendre visite à un vieil ami, je le crains.

— Nom de Dieu ! Ça a pas marché la dernière fois, patronne, vous avez oublié ?

— C'est un ami d'un genre différent, déclara Sarah Tanner avec un sourire pincé. Très différent. Dites-moi, Ralph, avez-vous déjà conduit un fiacre ?

— Un fiacre ?

— Alors ? Dites-moi la vérité, si vous voulez m'aider.

— Eh bien, j'ai travaillé comme second postillon, autrefois. Faut croire que je me débrouille pas mal avec les chevaux.

— Mieux qu'avec les barques ?

— J'espère bien, patronne. Qu'est-ce que vous avez en tête, au juste ?

— Je vous l'expliquerai plus tard. Occupez-vous donc du café. Je sors.

— Où vous allez ?

— Ça ne vous regarde pas.

Ralph Grundy bougonna des paroles inaudibles.

— Où c'est qu'elle va ? s'enquit Norah Smallwood comme elle sortait de la cuisine.

— Ça vous regarde pas.

Le trajet de Sarah Tanner la conduisit dans Fleet Street, puis vers l'ouest le long du Strand. Ralph Grundy, toutefois, n'aurait probablement pas deviné sa destination : il s'agissait en fait d'un banc de St. James's Park, face au grand étang d'agrément, d'où l'on voyait au loin les hautes grilles en fer de la résidence de la reine.

Le temps, en cette journée de printemps, était très doux, et il n'aurait pas été déplaisant de s'arrêter un instant pour se reposer. Mais Sarah Tanner semblait davantage dans l'expectative que portée sur la détente, et ceux qui passaient devant elle – s'ils lui témoignaient quelque intérêt – la prenaient sans doute pour une domestique qui profitait d'un après-midi de liberté, congé licite ou clandestin, et attendait un rendez-vous galant avec un employé subalterne ou un soldat de la garde royale en repos. C'était sans nul doute l'opinion de quelques bonnes d'enfants, qui lançaient des regards entendus dans sa direction cependant qu'elles éloignaient du bord de l'eau les petits dont elles avaient la charge. Même le policier de service, qui fit deux fois le tour du plan d'eau pour y réfléchir, tira la même conclusion. Il se devait de tenir à l'œil les indigents, qui risquaient d'importuner les messieurs respectables, mais il lui parut évident que l'objet de sa surveillance attendait quelqu'un en particulier.

L'intéressé arriva à deux heures dix ; c'était un jeune homme âgé de vingt-deux ans, marchant d'un pas tranquille sur le chemin de gravier qui longeait l'étang. Incontestablement séduisant, il avait des traits juvéniles et l'air assez distrait, rêveur. Nul doute qu'il s'agissait d'un gentleman. La soie de son chapeau, son col cassé à la mode, la chaînette de sa montre en or et le lustre noir des souliers cirés, tout chez lui était irréprochable jusque dans les moindres détails. Si bien que le policier, depuis l'autre côté du plan d'eau, douta de son jugement, car il lui semblait peu probable qu'une telle personne puisse entretenir une relation – convenable ou non – avec cette femme à peine présentable. Pourtant, à sa grande surprise, ce fut le jeune homme qui engagea la conversation. Le policier observa un instant ce couple mal assorti. Quelle qu'en soit la signification, conclut-il en reprenant sa ronde, cela ne concernait pas la police.

— Doux Jésus ! s'exclama le jeune homme en voyant Sarah Tanner se lever.

— Mr. DeSalle.

— Que faites-vous ici ?

— Je vous attendais. Et si nous nous promenions ? suggéra Sarah Tanner d'un ton posé.

Arthur DeSalle regarda de part et d'autre de la berge avec précaution.

— Vous n'êtes pas obligé de me donner le bras, poursuivit-elle.

Arthur DeSalle parut fort décontenancé.

— Je doute fort que…

— Dois-je faire un scandale ?

— Sarah, je vous en prie ! s'exclama DeSalle d'une voix étouffée. Qu'est-ce que ça signifie ?

— Vous êtes un homme d'habitudes. Je sais que vous passez toujours par ici après votre déjeuner au club. Mon intention n'était pas de vous surprendre. J'aurais sans doute pu me rendre au Reform…

— Surtout pas !

— En ce cas, marchons un peu ensemble. Nul n'y trouvera à redire. Ou dois-je vous suivre jusque chez vous ?

— Sarah, croyez-moi, je ne sais que dire.

— Ou encore, poursuivit-elle en jetant un regard au policier, que l'on voyait toujours de l'autre côté de l'étang, vous pourriez me faire arrêter.

Arthur DeSalle hésita un instant, puis emboîta le pas à Sarah Tanner comme elle partait tranquillement. Après quelques secondes, il lui offrit son bras.

— Sarah, dit le jeune homme, qui recouvrait enfin ses esprits, je vous en conjure, ne vous jouez pas ainsi de moi. Six mois ont passé. J'avais fini par tirer un trait sur vous.

— Sept, rectifia-t-elle.

— D'accord, sept. Quand nous nous sommes quittés, vous m'avez très clairement expliqué quels étaient vos sentiments à mon égard. Vous avez juré que je ne vous reverrais jamais. Jamais je n'ai osé imaginer que vous reviendriez sur votre...

Sarah Tanner secoua ostensiblement la têtc pour l'interrompre.

— Non, il ne s'agit pas de ça.

— Non ?

— Je suis venue vous demander un service, Arthur, rien de plus.

— Un service ?

— Au nom de notre amitié.

DeSalle s'immobilisa et libéra son bras. Un air d'agacement peiné se peignit sur son visage.

— « Notre amitié » ? Pardieu ! À quoi jouez-vous ? Vous m'envoyez paître, vous disparaissez comme par enchantement – bon sang, j'ai passé des semaines à vous chercher –, et voilà que vous surgissez tel un diable pour me demander un « service » ?

— Une faveur, alors, en souvenir du bon vieux temps.

— Je vous ai déjà tout offert, Sarah, rétorqua DeSalle dans un murmure rauque, et si mes souvenirs sont bons, vous m'avez rejeté. Mince, pourquoi m'avoir fait ça ? Vous saviez que je vous adorais. Vous auriez pu avoir un foyer, une rente...

— Et vous, vous auriez pu prendre une maîtresse dans Jermyn Street, comme tout jeune gentleman qui se respecte. Jermyn Street ne me convenait pas, à moi.

— J'aurais pris soin de vous.

— Non, en ces termes, je ne pouvais accepter. Prenez mon bras, voyons, on nous regarde.

À contrecœur, Arthur DeSalle s'exécuta.

— Où diable vous êtes-vous enfuie, alors ? s'enquit-il après un moment de silence. Où vivez-vous ?

— J'avais mis de l'argent de côté. J'ai repris un café, vers Holborn. Tout à fait respectable.

— Un café ? Seigneur Dieu !

— Est-ce si surprenant ?

— Je croyais que vous m'aviez laissé pour…

— Un autre homme ? Non.

Arthur DeSalle se fit de nouveau silencieux.

— Ce doit être pour bientôt, le mariage, dit Mrs. Tanner.

DeSalle s'arrêta de marcher encore une fois. Ils se trouvaient non loin du plan d'eau, à l'ombre d'un des vieux chênes qui bordaient les chemins.

— Juillet.

— Tâchez donc de vous montrer plus enthousiaste, ajouta-t-elle.

Arthur DeSalle garda la même mine renfrognée.

— Sarah, il me serait possible de m'arranger. Qu'il n'y ait ni gêne ni malentendu entre nous. Vous savez que je vous vénère – quant à Arabella, je vous le jure, son seul souci est d'être présente à Londres pour la Saison. Je ne compte guère.

Sarah Tanner sc contenta de secouer la tête.

— Je ne reviendrai pas sur ma décision, Arthur. Je suis navrée… ce n'est pas la raison de ma venue.

— Pourquoi, alors ? C'est de l'argent que vous voulez ?

— Non, non plus.

— Allez-y, je vous écoute.
— J'ai besoin d'une lettre de recommandation.
Arthur DeSalle rit à gorge déployée.
— Ça alors ! Que voulez-vous que je dise de votre moralité ?
— Laissez-moi me charger de ma moralité. Il me faut une lettre pour le secrétaire des Écoles des petits pauvres de Finsbury, au nom de Mrs. Sarah Richards.
— Et cette Mrs. Richards, je la connais ? demanda Arthur DeSalle d'un ton facétieux. Ce qui est certain, c'est que je ne connais pas le secrétaire des Écoles des petits pauvres de Finsbury.
— Mrs. Richards est une de vos cousines éloignées, qui réside dans le Hertfordshire, et vous l'accueillez chez vous le temps de son séjour à Londres. Elle est veuve et dispose d'une fortune considérable, qu'elle a l'intention d'employer à aider les indigents de la métropole. Quant au secrétaire, votre nom devrait amplement suffire.
— Et d'après vous, pourquoi cautionnerais-je une telle supercherie ?
— Arthur, je vous donne ma parole qu'il ne s'agit pas d'un mauvais tour…
— Sarah, je vous en conjure, ne me prenez pas pour un imbécile.
— Une fois n'est pas coutume, j'essaie de réparer une injustice. Je vous le jure.
— Fort bien, expliquez-vous.
— Nous gagnerions du temps si je n'avais pas à le faire.
Arthur DeSalle secoua la tête.
— Sarah, vous présumez beaucoup au nom de notre prétendue amitié. Même si je vous crois, ce serait très imprudent, dans ma situation… avec le mariage qui approche…

Sarah Tanner détourna le regard.

— J'ai toujours les lettres, vous savez, annonça-t-elle en chuchotant presque.

— Mon Dieu ! Avez-vous l'intention de me faire chanter ?

— Non, mais si vous m'aidez, juste cette fois, je vous promets de les brûler.

Arthur DeSalle hésita. Il saisit Sarah Tanner par le bras.

— Vous savez, Sarah, j'ai cru à une époque que vous m'aimiez. J'en aurais mis ma tête à couper.

Sarah Tanner s'empourpra et retira doucement sa main.

— Et moi je vous ai prêté les mêmes sentiments. Alors, le ferez-vous ? Pour une amie de longue date ?

Arthur DeSalle soupira.

— C'est d'accord. Quelle est l'adresse ?

CHAPITRE XXII

Quelque trois jours après son échange dans le parc avec Arthur DeSalle, Sarah Tanner se rendit dans les environs du pont de Blackfriars. À deux pas de la Tamise se dressait l'hôtel *Radley* – un vaste établissement raffiné –, et ce fut devant celui-ci qu'elle descendit de la voiture qu'on lui avait prêtée, vêtue de façon adéquate pour l'occasion.

Les dames patronnesses des Écoles des petits pauvres de Finsbury avaient apporté un grand soin à la décoration de la salle de bal. La perspective de la vente, à laquelle la duchesse de Beaufort en personne viendrait peut-être assister, avait poussé ces femmes méritantes à atteindre des sommets d'ingéniosité, et elles avaient organisé un spectacle à teneur patriotique – *Albion* étant le thème retenu – qui allait sans doute dépasser les plus hautes attentes de tous les participants. On avait suspendu au plafond plusieurs majestueux étendards de l'Union, tendu des guirlandes de fleurs blanches et rouges dans tous les recoins des lambris, et une toile de fond intitulée *Trafalgar* – œuvre d'un des paysagistes les plus éminents de Drury Lane – occupait tout un pan de mur. Par ailleurs, ce tableau n'était pas tout à fait inanimé, car deux jeunes bénéficiaires de l'institution – un garçon et une fille de treize ans –, enrôlés de force pour incarner saint Georges et Britannia, étaient postés devant la scène de bataille navale, la figure empourprée par le rayonnement des lampes à gaz voisines et, fort probablement, une certaine gêne.

Lorsque Sarah Tanner entra, elle ne put s'empêcher de s'interroger sur la nécessité d'une telle mise en scène. L'homme qui l'accompagnait, après l'avoir accueillie à la porte – le secrétaire des Écoles des petits pauvres de Finsbury, un Mr. Tebbins –, remarqua l'expression de son visage, même s'il ne sut interpréter ses sentiments.

— Splendide, n'est-ce pas, Mrs. Richards ? demanda cet individu au physique sec et nerveux, âgé d'une cinquantaine d'années, qui avait la manie de se tordre nerveusement les mains. Quel travail formidable nos dames patronnesses ont accompli là !

Sarah Tanner examina la salle. Bien qu'elle n'ait jamais eu l'occasion de se rendre à une vente de charité, elle en comprenait le principe. Les sympathisantes des Écoles – épouses et mères en temps normal très distinguées – se tenaient derrière des tables montées sur tréteaux, cependant que d'autres âmes charitables flânaient de l'une à l'autre, proposant des prix pour les « charmants petits riens » que les *marchandes** de bonne famille, vendeuses d'un jour, avaient apportés.

— Que vend-on ? s'enquit-elle.

— Oh, vraiment de tout, Mrs. Richards ! répondit Mr. Tebbins avec une remarquable emphase, en la conduisant vers la première table, où plusieurs invitées faisaient leur choix parmi une demi-douzaine de paires de mules. Achetez tout ce qui vous plaira. Tous les bénéfices sont reversés aux Écoles… une belle cause.

— Et ça ? demanda Sarah Tanner, en prenant sur la table un papier bristol, sur lequel était imprimée une main à l'index tendu.

— Je l'ignore, madame. Attendez que je me renseigne, dit Tebbins, avant d'interrompre la conversation de la responsable de la table, qui se tenait à proximité. Ah, il s'agit d'un mode d'emploi gratuit sur l'utilisation du télégraphe électrique.

— Tout à fait remarquable.

— Puis-je vous demander, Mrs. Richards, poursuivit Mr. Tebbins alors qu'ils reprenaient leur flânerie, si ça n'est pas indiscret, comment vous avez découvert l'existence de nos Écoles ? Je me disais que peut-être c'était par l'avis que nous avons fait publier dans le *Christian Mercury* le mois dernier. Si je vous pose la question, c'est que nous l'avons passé sur ma recommandation, aussi serais-je ravi que ce soit le cas.

— Oui, c'est exact, répondit-elle. C'est dans ce journal. Cela a touché chez moi une corde sensible. J'en ai parlé à mon cher ami, Mr. DeSalle – il a une vaste connaissance du monde, voyez-vous –, et il m'a indiqué que si j'envisageais de verser une contribution annuelle, je pouvais venir à Londres voir par moi-même de quoi il retournait. C'est très aimable à vous de m'avoir invitée.

— Je vous en prie, madame. D'ailleurs…

Mr. Tebbins continua sur sa lancée, mais l'attention de Sarah Tanner fut soudain détournée. Parmi un groupe de personnes qui se tenaient devant la table voisine, elle reconnut celui qu'elle cherchait depuis son arrivée : Michael Ferntower, apparemment occupé à acheter quelque ouvrage de dentelle aux mérites contestables. Cependant que le secrétaire vantait d'un ton plein de sous-entendus la générosité des souscripteurs à l'année, Sarah Tanner s'approcha de la table qui l'intéressait.

— Et pouvez-vous m'expliquer, dit-elle de façon que Mr. Ferntower puisse surprendre leur conversation, quelles sont les conditions requises pour devenir donateur d'honneur ? Mr. DeSalle m'a demandé de me renseigner pour lui. Je crois que j'ai piqué son intérêt sur le sujet.

— Il faut verser cinquante livres par an, madame, et, bien sûr, cela vous confère le privilège de nommer un petit pauvre méritant qui intégrera nos Écoles.

Sarah Tanner hocha la tête, certaine que Mr. Ferntower l'avait entendue.

— Je suppose que la plupart des messieurs ici présents sont membres, n'est-ce pas ?

— En effet, madame, dit Tebbins qui, impressionné par sa propre vivacité d'esprit, profita de l'occasion en or qui s'offrait à lui. Si vous le permettez, madame, je souhaiterais vous présenter à l'un de nos plus importants bienfaiteurs. Monsieur – Mr. Ferntower –, veuillez m'excuser… poursuivit-il en captant le regard de Ferntower, voici Mrs. Richards. Elle a lu notre avis dans le *Mercury*. Elle m'interrogeait justement au sujet des donateurs d'honneur.

Mr. Ferntower, qui fit mine de n'avoir rien entendu de leur échange, la salua. Sarah Tanner lui adressa un signe de tête poli en examinant son visage. On ne pouvait nier qu'il avait un air rude et une bouche sévère, encadrée par des favoris impeccablement taillés, rudesse accentuée par l'austérité de son habit de deuil. Elle se demanda néanmoins s'il était vraiment tel que son fils l'avait décrit.

— J'ai l'honneur de siéger au conseil, je l'avoue, déclara Mr. Ferntower, en pliant la dentelle qu'il tenait à la main, avant de la fourrer dans sa poche de veste.

— Mrs. Richards, reprit le secrétaire, envisage de souscrire un don annuel. Elle est venue exprès de province. Oh ! Un instant, je vous prie ! Mrs. Richards, voulez-vous m'excuser ?

— Qu'y a-t-il, monsieur ? dit Sarah Tanner en suivant le regard du secrétaire, dirigé vers une autre partie de la salle, où un valet faisait discrètement signe à Mr. Tebbins.

— Je crois que l'on me demande dehors – c'est peut-être la duchesse ! Mr. Ferntower saura vous en dire davantage sur nos Écoles, s'il veut bien se donner la peine…

Mr. Ferntower hocha la tête, et le secrétaire partit d'un pas décidé.

— De quelle région venez-vous, madame ? s'enquit Mr. Ferntower, engageant maladroitement la conversation.

— Du Hertfordshire.

— Il faut vous féliciter pour votre générosité, madame, reprit-il après un bref instant d'hésitation.

— Êtes-vous donateur depuis longtemps, Mr. Ferntower ?

— Depuis tant de temps que ma mémoire me fait défaut, répondit-il, plus enthousiaste à présent qu'on abordait le sujet de sa propre générosité. Toutefois, je considère que c'est mon devoir de chrétien.

— C'est fort louable. Si je ne m'abuse, les écoles accueillent garçons et filles, c'est exact ?

— De cinq à quinze ans, madame. On les choisit parmi les jeunes enfants de la plus basse extraction. On leur donne une bonne instruction générale, puis les filles apprennent les arts du foyer, et les garçons sont formés pour servir dans la marine marchande.

Il y a un navire-école pour les plus âgés, amarré au large de Greenwich Reach... c'est une merveilleuse institution.

— Tout cela me paraît passionnant. J'aimerais la voir.

— Vraiment, madame ? Eh bien, nul doute que je pourrais arranger cela. Vous la faire visiter, peut-être.

— J'en serais ravie.

— Ah ! s'exclama Mr. Ferntower, distrait par une demoiselle qui approchait, accompagnée d'une femme de l'âge de Sarah Tanner. Voici ma pupille. Permettez-moi de vous présenter. Miss Elizabeth Fulbrook, et sa gouvernante, Miss Payne.

Mrs. Tanner les observa. Toutes deux portaient le deuil ; c'étaient les femmes qu'elle avait aperçues lors de l'enquête judiciaire. La pupille de Mr. Ferntower était une jolie fille aux joues roses et aux cheveux bruns qui tombaient en anglaises, d'allure discrète, qui ne devait guère avoir plus de dix-huit ans. Il n'était pas difficile d'imaginer, songea-t-elle, John Ferntower amoureux d'une telle fille – du moins, avant sa dégringolade dans les bas-fonds de St. Giles. Miss Payne, quant à elle, était une personne mince, effacée, assez commune, aux cheveux tirés fermement en arrière et maintenus par plusieurs imposantes épingles.

— J'étais en train de dire à Mrs. Richards, reprit Mr. Ferntower, que nous pourrions l'emmener visiter les Écoles. Peut-être souhaiteriez-vous nous accompagner, Elizabeth ?

Miss Fulbrook acquiesça sagement. Sarah Tanner jeta un bref regard à la main de la jeune femme, et y vit un anneau en or.

— Je constate que vous êtes fiancée, Miss Fulbrook.

Elizabeth Fulbrook rougit.

— Oui, merci.

— À un jeune homme séduisant, j'espère.

Miss Fulbrook s'empourpra de plus belle. Son protecteur, en revanche, rit.

— Vous ne devriez pas taquiner ma pupille, Mrs. Richards. Quoi qu'il en soit, vous allez pouvoir en juger par vous-même. Quand on parle du loup ! Le voilà… Hawkes ! Par ici, monsieur !

Sarah Tanner, assurée que le récit de Ferntower se vérifiait dans une certaine mesure, se retourna pour regarder Cedric Hawkes. Forte de la description que lui en avait donnée Ferntower, elle se cuirassa pour ne montrer aucun signe de nervosité. Mais on perçut chez elle un discret désarroi – un hoquet de surprise – lorsqu'elle se trouva face à un visage qui lui était terriblement familier, une connaissance qu'elle avait récemment revue dans la pénombre d'une salle de Regent Street.

Mr. Stephen Symes.

CHAPITRE XXIII

La stupéfaction de Sarah Tanner, malgré sa brièveté, fut impossible à dissimuler.

— Tout va bien, Mrs. Richards ? s'enquit Mr. Ferntower.

— Je vous prie de m'excuser, monsieur. La tête m'a tourné un instant, n'ayez aucune crainte. C'est déjà passé.

— En êtes-vous sûre, madame ?

— Tout à fait.

— En ce cas, je vous présente le fiancé de ma pupille. Mr. Hawkes, Mrs. Richards, une nouvelle donatrice pour les Écoles. Nous étions justement en train de parler de vous.

Stephen Symes s'inclina poliment.

— Je crains de vous avoir fait sursauter, madame, déclara Symes d'un ton sec.

— Non, pas du tout, répondit Mrs. Tanner, recouvrant sa maîtrise de soi.

— Quoi qu'il en soit, vous me voyez enchanté de faire votre connaissance, madame.

— Merci. Je me dois de vous féliciter, monsieur, pour vos fiançailles.

Symes lui adressa un nouveau salut. Sarah Tanner, cependant qu'elle mentionnait ce sujet, examina brièvement la future mariée. Elle ne perçut nul changement dans l'attitude timide et distante d'Elizabeth Fulbrook ; d'ailleurs, la question de ses noces à venir parut même accentuer son embarras, et elle n'eut pas même un regard pour son fiancé. Quelle que soit la raison à cette union, Sarah Tanner eut la certitude qu'il ne s'agissait pas d'amour.

— Dites-moi, Mrs. Richards, reprit Symes, pourquoi avez-vous choisi les Écoles plus qu'une autre cause ? En ce qui me concerne, j'ai été convaincu de leur mérite par l'ardente éloquence de Mr. Ferntower. Et vous, qu'est-ce qui vous a incitée à venir ? Je suis curieux de le savoir.

— J'ai vu un avis dans le journal, monsieur. Cela m'a beaucoup touchée.

— Je n'en doute pas, poursuivit Symes d'un air entendu. Il s'agit d'une formidable entreprise. Figurez-vous que j'ai moi-même vu les êtres les plus misérables accomplir d'immenses progrès, après qu'on les avait mis entre de bonnes mains. Les changements que l'on constate sont stupéfiants.

— Je suis on ne peut plus d'accord, intervint Mr. Ferntower, sans remarquer le regard chargé d'insinuations qui passa entre Mr. Hawkes et sa nouvelle connaissance.

Sarah Tanner décida de ne pas s'attarder.

— Je n'ai que trop accaparé votre compagnie, Mr. Ferntower. J'ai été ravie de vous rencontrer, votre charmante famille et vous.

— Il en va de même pour moi, madame.

— Devez-vous déjà nous quitter, madame ? demanda Symes.

— Hélas, oui, répondit Mrs. Tanner, un peu trop sèchement peut-être. Oh, Mr. Ferntower, j'oubliais… notre visite des Écoles.

— Permettez-moi de vous remettre ma carte, madame. Nul doute que nous pourrons nous arranger.

Sarah Tanner jura en silence. Devoir entretenir une correspondance était une éventualité qu'elle n'avait pas envisagée. Fournir une adresse dans Leather Lane la trahirait.

— Oh, je ne suis à Londres que jusqu'à demain soir. Je doute, monsieur, que vous ayez du temps à me consacrer demain après-midi, n'est-ce pas ? Ce serait abuser de votre gentillesse, j'en ai conscience.

Mr. Ferntower se montra visiblement hésitant.

— Je devrais, reprit-elle, m'adresser à Mr. Tebbins, mais, de vous à moi, j'avoue que sa compagnie m'est, comment dire, plutôt ennuyeuse. De toute façon, je devrais peut-être prendre davantage le temps de la réflexion.

— Eh bien, je pourrais me libérer une heure ou deux, madame, répondit Mr. Ferntower, rebuté par l'idée de perdre une nouvelle donatrice. Si vous n'y voyez pas d'inconvénient, j'enverrai ma voiture vous chercher, disons à deux heures ?

— Une voiture ? Je vous en prie, inutile de vous donner cette peine.

— Soyez assurée que ça ne pose aucun problème, madame.

— Non, ce sera inutile. J'ai quelques achats à faire, et il me semble plus judicieux de nous retrouver directement aux Écoles. Mr. Tebbins m'en a déjà donné l'adresse.

Mr. Ferntower fit une courbette.

— Ce sera avec grand plaisir, madame. À deux heures, alors.

— Enchanté d'avoir fait votre connaissance, *Mrs. Richards*, dit Mr. Symes.

Sarah Tanner s'éloigna d'un bon pas, se faufilant entre les invités des Écoles des petits pauvres. Sa seule intention était de quitter l'hôtel, mais elle fut coupée dans son élan par Mr. Tebbins, qui se trouva par inadvertance en travers de son chemin alors qu'il scrutait la salle de bal depuis le vestibule.

— Ah, Mrs. Richards !

— Je vous prie de m'excuser, monsieur. Je me sens fatiguée. Pourriez-vous faire venir ma voiture ?

— Certainement, madame. Je gage que Mr. Ferntower aura su vous renseigner sur notre œuvre.

— Oui, il s'est montré fort aimable. Nous sommes convenus d'un rendez-vous pour visiter les Écoles, demain.

— Quelle excellente idée, madame ! Ah, dites-moi, est-ce Mr. Hawkes ?

Mrs. Tanner fronça les sourcils et se retourna pour regarder derrière elle.

— Oui, c'est lui. On vient de nous présenter.

— Toutes mes excuses, madame. Je vais trouver un garçon pour aller chercher votre fiacre. Puis je préviendrai Mr. Hawkes que sa mère est arrivée.

— Sa mère ?

— Oui. Connaissez-vous Mrs. Hawkes ?

Sarah Tanner hésita.

— Non, pardonnez-moi. Comme je vous l'ai dit, je suis fatiguée, monsieur. Je vous en prie, je ne voudrais vous retenir davantage.

Mr. Tebbins, après lui avoir adressé les mots de courtoisie qui convenaient, alla d'un pas vif en direction de la réception. Lorsque le secrétaire fut hors de vue, Mrs. Tanner sortit discrètement et se posta sous le portique en pierre de l'hôtel.

À la vérité, elle avait une idée assez précise concernant la personne qu'elle risquait de trouver là – et ses prédictions se confirmèrent. Devant un landau de taille imposante, peint en vert émeraude, elle vit un autre visage par trop familier : une femme dans la cinquantaine, qu'un domestique de l'hôtel installait dans une chaise d'infirme à trois roues ; une femme que dans certains lieux de la métropole on connaissait simplement sous le nom de « Sa Majesté ».

Sarah Tanner resta en retrait un instant. Il était encore possible de s'éclipser sans être vue, car le valet s'affairait autour de son fardeau. Pourtant, quelque chose la poussa à rester et à s'avancer sur le trottoir. Ayant espéré susciter l'étonnement, elle fut toutefois déçue. Lorsqu'elle la vit, Sa Majesté garda une contenance aussi royale et impassible qu'à son habitude.

— Ma chère ! Quelle surprise ! s'exclama Sa Majesté. C'est tout à fait extraordinaire.

— *Mrs. Hawkes.*

— Je crains, ma chère, que ma mémoire de vieille femme ne me joue des tours… je ne me souviens pas de…

— Mrs. Richards.

— Bien entendu. Mrs. Richards. Comment ai-je pu l'oublier ? Ravie de vous revoir !

— Quelle délicieuse coïncidence !

— N'est-il pas ? Si nous discutions… poussez-moi, je vous prie.

— Je vous demande pardon ?

— Flânons un peu. Pourquoi pas jusqu'au pont ? Le temps est splendide, ce matin, et j'aimerais beaucoup prendre l'air et voir cette bonne vieille Tamise. Jeune homme ! Prévenez Mr. Tebbins que j'ai rencontré une bonne amie, et qu'elle a insisté pour m'emmener en promenade de sorte que nous puissions échanger quelques confidences entre femmes. Allons, ma chère Mrs. Richards, poussez !

Sarah Tanner examina la chaise roulante en rotin. À contrecœur, elle saisit les poignées… et poussa.

— Alors, ma chère Miss Mills, poursuivit Sa Majesté, cependant qu'elles s'éloignaient bruyamment en direction du pont de Blackfriars, je veux tout savoir : qu'as-tu à me raconter depuis la dernière fois ?

— Moi ? Rien du tout.

— Que faisais-tu au *Radley*, ma petite ? Je ne vois pas ce qui a pu t'y amener, je l'avoue.

— Oh, je pense que si, au contraire.

— Je ne suis guère portée sur les devinettes, ma chère. C'est à cause de mon âge – les efforts de réflexion superflus me sont pénibles. Je suis enchantée de te revoir, mais je te prierai de ménager une vieille femme telle que moi et de parler sans détour.

— Parfait. Je sais ce que vous manigancez, et pourquoi vous n'aviez que faire de la mort de Georgie. Parce que c'est un des vôtres qui l'a assassiné.

Sa Majesté poussa un soupir théâtral.

— S'agit-il encore de ce soi-disant ami policier ? J'ignore qui t'a fourré ces idées dans la tête, Miss Mills, mais ce sont des balivernes.

— Des balivernes ? Il n'y a donc dans cet hôtel aucune jeune fille qui doive bientôt se marier à *Cedric Hawkes* ? répliqua Sarah Tanner.

— Ah ! Mr. Symes a des intérêts qui occupent beaucoup de son temps. Tu le sais mieux que quiconque.

— Rares sont ceux qui peuvent lui rapporter dix mille livres de rente par an, cependant. C'est pour ça que vous avez fait tuer Mrs. Ferntower, car elle se serait opposée au mariage. Elle a tenté de s'enfuir, mais en vain. Votre homme se trouvait-il à bord de ce bateau ?

— Miss Ferntower, dis-tu ? Ah oui, elle est décédée il y a quelques jours. Quel triste accident ! Pardonne-moi, mais j'avais cru comprendre que cette malheureuse s'était donné la mort.

— J'en doute. Et c'est pour cette raison que votre sbire a supprimé Georgie, n'est-ce pas ? Il aura refusé de commettre un meurtre, d'assassiner une femme sans défense. Est-ce pour cette raison ? A-t-il tenté de la mettre en garde, à l'hôtel ?

— Voilà qui est extraordinaire ! Encore une fois, excuse-moi si je ne partage pas ta haute opinion de la moralité sans faille de George Phelps.

Sarah Tanner cessa de pousser la chaise. Elles avaient déjà atteint le début du pont ; à gauche s'étendaient les quais en contrebas de St. Paul, et à droite se dressaient les cylindres crasseux de la Compagnie du gaz. Quelques piétons – des employés de la City pour la plupart, vêtus de costumes noirs et de chapeaux hauts comme des cheminées – émirent un bruit désapprobateur, agacés qu'on encombre ainsi le passage.

— Je parie qu'ils nous prennent pour une mère et sa fille, déclara Sa Majesté en gloussant. N'est-ce pas hilarant ?

— Pas vraiment.

— Allons, Miss Mills. Toi qui étais un tel boute-en-train. Depuis quand as-tu perdu le sens de l'humour ?

— Peut-être depuis que vous avez chargé Bert Jones de me tuer.

— Allons, Sarah, je t'en prie, répondit Sa Majesté avec un immense mépris, maîtrise-toi et cesse d'exagérer. Je suis convaincue que Mr. Jones ne t'aurait rien cassé – rien qui ne fût nécessaire, en tout cas, et nous aurions été quittes. Figure-toi que je ne sais plus où nous en sommes de nos comptes. Ce pauvre Mr. Jones est dans une colère noire, et il reste toujours à régler la question de mes cinquante-cinq guinées.

Sarah Tanner jeta un coup d'œil par-dessus le parapet de pierre du pont, et observa les eaux boueuses.

— Je devrais vous faire passer par-dessus bord.

— Allons, tu me surprends. Je t'avoue que mon cœur bat la chamade.

— J'ignorais que vous en aviez un.

Sa Majesté sourit.

— Reste polie, ma chère, de grâce.

— Vous oubliez que je ne suis plus une de vos petites demoiselles.

— Et toi, ma chère, tu ferais mieux de regarder derrière toi.

Sarah Tanner pivota d'un mouvement vif et se trouva nez à nez avec Stephen Symes.

— Tout va bien, *Mère* ? s'enquit Mr. Symes, avec une pointe d'amusement détaché dans la voix. Vous avez fait la connaissance de *Mrs. Richards*, à ce que je vois.

— En effet, répondit Sa Majesté. Nous avions une conversation des plus délicieuses – nous parlions de tout et de rien. Quelle remarquable jeune femme ! Mais il serait sans doute préférable que vous me reconduisiez, je ne voudrais pas attraper mal.

Sarah Tanner fit volontiers un pas de côté pour laisser Symes s'emparer de la chaise roulante.

— Au revoir, ma chère, dit Sa Majesté. J'espère que nous nous reverrons, en de meilleures circonstances.

— Pour votre bien, rétorqua Mrs. Tanner, je vous assure qu'il ne vaut mieux pas.

Sa Majesté s'esclaffa. Quant à Mr. Symes, il lâcha le fauteuil et se tourna face à elle, les yeux plissés et noirs comme le charbon. Il se pencha et murmura :

— Si tu fourres ton nez dans cette affaire, Sarah, tu signes ton arrêt de mort. Tâche de t'en souvenir.

Sarah Tanner s'apprêta à répliquer mais, trop tard, elle vit la main de Stephen Symes filer vers sa joue, armée d'une lame acérée, un canif, à peine visible. Son mouvement fut d'une rapidité foudroyante, et il fallut à Mrs. Tanner quelques secondes pour se rendre compte qu'elle ne ressentait aucune douleur, qu'elle n'avait pas perdu une goutte de sang – juste une boucle de cheveux que Symes tenait entre ses doigts.

— Un souvenir, déclara ce dernier en fourrant la mèche dans sa poche de gilet. Un petit quelque chose pour te rappeler à ma mémoire.

Après quoi, Stephen Symes sourit et s'éloigna du pont en poussant le fauteuil de Sa Majesté.

CHAPITRE XXIV

La voiture qui approcha et s'arrêta à hauteur de Sarah Tanner était un cabriolet de louage. Peinte d'un brun proche de la couleur rouille, on voyait sur ses côtés les traces d'une grande usure, une rayure par-ci et une bosse par-là, lesquelles laissaient deviner de longues années de service dans les rues de la capitale. Il s'agissait néanmoins d'un véhicule d'allure fort respectable, de la catégorie des fiacres de louage, et son cocher, vieil homme vêtu d'un long pardessus, qui semblait être un de ces conducteurs d'une patience à toute épreuve, adressa un signe de tête poli à Sarah Tanner, descendit maladroitement de son siège et lui ouvrit la portière.

Son métier principal était pourtant celui de serveur dans un café à l'angle de Leather Lane.

— C'était qui, ça ? demanda Ralph Grundy comme sa passagère montait à bord.

— Ne vous en souciez pas pour l'instant, répondit Sarah Tanner. Contentez-vous de rouler jusqu'à ce que je vous dise d'arrêter.

— Très bien, madame, dit Ralph Grundy avec une gravité feinte. Avez-vous une destination précise en tête ?

Sarah Tanner réfléchit un instant.

— St. Giles.

— Patronne…

— En route, Ralph.

Ralph Grundy soupira à part soi mais obéit ; il reprit sa place sur le siège du cocher, saisit les rênes et son fouet, attendit le moment opportun pour faire demi-tour et repartir en direction de Ludgate Circus.

Sarah Tanner attendit que le fiacre approche de New Oxford Street pour dénouer les lanières de cuir des stores et contempler la rue. De son côté, elle avait opéré une certaine transformation ; elle avait quitté l'élégante robe de soie qu'elle portait au *Radley*, à présent rangée dans un grand sac de voyage en toile épaisse, et passé un modèle en coton ordinaire. Elle tira sur le cordon d'appel et attendit que Ralph fasse halte. Cela prit quelques instants. Quand le serveur descendit enfin, il grimpa à bord.

— Nom d'une pipe ! s'exclama-t-il en s'asseyant lourdement sur le banc molletonné. Il est pas fait pour une vieille carcasse comme la mienne, ce siège, c'est moi qui vous le dis.

— Ralph, je ne crois pas qu'il soit convenable pour un cocher de s'installer à côté de son passager.

— Vous faites pas de bile, patronne. Je crois pas que ce soit habituel que les passagers se changent pendant la course, non plus, rétorqua Ralph Grundy, en désignant le sac de toile d'un signe de tête, dans une voiture qui file à fond de train, même si je m'en plains pas. Et puis qui va s'en soucier, de toute façon ? Elle est bien harnachée et en règle, cette vieille charrette, non ?

— Bien sûr.

— Dans ce cas, on craint rien. Personne pourra se plaindre. Il y a un gamin qui tient les chevaux, et il les lâchera pas tant qu'il aura pas eu sa pièce. Du coup, on peut se reposer.

— J'aurai encore besoin de vous demain, et du fiacre. Je suis convenue d'un rendez-vous avec Mr. Ferntower aux Écoles des petits pauvres.

— Vous l'avez rencontré ?

— Lui et sa pupille. Et le fameux « Cedric Hawkes ».

— C'est pas le fruit de l'imagination de votre camarade, alors ?

— Hélas non. Vous l'avez vu sur le pont.

— C'était lui ? Ça alors, j'en reviens pas. Il a l'air d'un monsieur comme il faut, non ? Dites, patronne, c'était qui, la femme dans la chaise roulante ?

Sarah Tanner soupira.

— Cette femme, Ralph, c'est celle qui m'a éduquée, qui m'a appris à m'en sortir dans la vie, à voler, à mentir, et à en vivre. On l'appelle « Sa Majesté ». « Mr. Hawkes », c'est en fait Symes, son bras droit.

— Vos anciens amis ?

Sarah Tanner hocha la tête.

— Ils en veulent à l'argent de la pupille. Symes doit l'épouser. C'est pour ça qu'on a assassiné Georgie – il a dû s'opposer à leurs projets. Jamais il n'aurait accepté de recourir au meurtre.

— Alors le roussin de l'autre fois, il est avec eux aussi ? Comment ça se fait que vous le connaissiez pas ?

Mrs. Tanner souffla.

— Si on l'appelle « Sa Majesté », Ralph, c'est qu'elle dirige un véritable petit empire. Au moins une douzaine de maisons de jeu dans Regent Street, trois établissements de nuit dans Haymarket, et suffisamment de maisons de tolérance chics pour contenter un régiment entier. Quand il y a un sale boulot à accomplir, elle se sert de qui bon lui semble. Ça ne m'étonnerait pas qu'elle ait acheté toute une brigade de policiers.

— Dans ce cas, vous n'avez qu'à avertir Mr. Ferntower de ce qui se prépare. Dites-lui la vérité.

— Et s'il ne me croit pas ? Que se passera-t-il ? J'aurai seulement avoué être un imposteur. Le secrétaire des Écoles me fera sans doute arrêter.

— Vous pourriez lui écrire une lettre, anonyme.

— Non, c'est trop aléatoire. Qui plus est, Symes aura assuré ses arrières, il n'est pas idiot. Je ne pourrai rien prouver.

Ralph Grundy haussa les épaules.

— J'ai comme l'impression que vous êtes coincée, patronne.

— Non, pas tout à fait. Allez rendre la voiture et parler au loueur. Ensuite, mieux vaut que vous retourniez au café – vous rapporterez mon sac.

— Et vous, où c'est que vous allez ?

— Chercher John Ferntower. Il faut que je m'entretienne de nouveau avec lui.

— Je sais bien que j'ai pas à vous dire ce que vous devez faire ou pas, patronne, mais vous en êtes sûre ?

— Pitié, Ralph, on ne va pas revenir là-dessus.

— Si, patronne, cette fois-ci vous allez m'écouter. De ce que j'ai vu, y a déjà deux malheureux qui reposent six pieds sous terre à cause de vos anciens camarades, vous avez embauché une fille à qui je confierais pas un quignon de pain, et voilà que vous vous acoquinez avec ce Ferntower, que son propre père accuse d'être un assassin. Et même qu'il le serait pas, eh ben, c'est une sacrée loque.

— Vous cherchez à me remonter le moral, Ralph ?

— Tout ce que je dis, c'est que vous devriez y réfléchir à deux fois. Si votre copain Phelps était pas passé par Leather Lane, l'autre soir, et avait pris un autre chemin, vous vous en seriez mieux portée. Le jeu en vaut peut-être pas la chandelle, patronne, c'est tout.

— Pour la dernière fois, je suis assez grande pour savoir ce que je dois faire, Ralph.

— Le prenez pas mal, patronne, mais je parie que votre camarade Phelps il disait pareil. Et moi, j'ai pas envie de me retrouver sans travail et de devoir aller à votre enterrement. J'en ai déjà vu plus qu'il en faut.

Sarah Tanner sourit.

— Je tâcherai d'éviter que ça se produise. Mais vous vous trompez sur le compte de Norah.

— Peut-être, répondit Ralph Grundy, dubitatif. Bref, je dis plus rien.

Norah Smallwood recula d'un pas et tendit le cou pour jeter un coup d'œil dans le petit couloir qui menait à l'arrière du café. Mrs. Hinchley, constata-t-elle, était fort contrariée, car plusieurs poêles venaient de tomber par terre dans un vacarme assourdissant suivi d'un puissant cri d'exaspération, d'une teneur incertaine, mais qui consistait probablement en un juron destiné à maudire la terre entière, et plus précisément à déplorer le gâchis de quelques saucisses de porc. Norah Smallwood en profita pour s'éclipser discrètement.

— Qu'est-ce que vous faites là ? demanda-t-elle à l'homme appuyé avec décontraction contre le mur de la boutique voisine.

— Eh ben, t'en as mis du temps, ma petite. Je fais rien de spécial. Je pensais que tu serais contente de me voir. C'est quoi, le souci ? Ta patronne est dans les parages ?

— Non, juste la cuisinière. Comment vous saviez que j'étais ici ? Je vous l'ai pas dit.

— Je me suis renseigné, tiens. J'ai demandé où que je pouvais trouver la plus belle fille du monde.

Norah Smallwood rougit.

— Menteur !

— Allez, donne-moi donc un baiser. Tu peux pas être ma chérie si tu m'embrasses pas.

— Pas dans la rue !

— Vas-y, quoi.

— Et puis qui a dit que je voulais être votre chérie ?

— Allez, un baiser.

Norah Smallwood, les joues toujours roses, se pencha vers lui, mi-réticente, mi-consentante.

— Voilà, c'est mieux, dit Bert Jones. C'est bien, ma jolie.

CHAPITRE XXV

Sarah Tanner contourna le quartier des Seven Dials, choisissant son itinéraire avec soin afin d'éviter les environs de Tower Court et du *Turnspit*. Mais l'adresse qu'elle avait mémorisée – celle que lui avait fournie John Ferntower trois jours auparavant – se trouvait toutefois très près de l'endroit où elle avait croisé Billy Bilcher, et elle se félicitait d'avoir enfilé son bonnet qui, en sus de la protéger d'un éventuel changement de temps, cachait en partie son visage.

Après avoir demandé son chemin à plusieurs reprises, elle trouva l'immeuble, sis dans Prince's Row, dans le quartier de Newport Market. Dans une autre partie de la métropole, la bâtisse où résidait John Ferntower aurait pu passer pour une petite maison de ville élégante. Haute de trois étages, mitoyenne de part et d'autre, pourvue de fenêtres à guillotine petites mais propres, protégée par une une balustrade de fer forgé, ç'avait à l'évidence été jadis la demeure d'un marchand prospère. Mais les maisons avaient depuis longtemps été divisées et subdivisées, transformées en appartements séparés, qu'on louait à de jeunes gens peu regardants et à des familles sans le sou. C'était dans une de ces maisons, à quelques pas du dépôt de fiacres voisin – dont l'odeur aussitôt reconnaissable saturait la rue étroite –, que se rendait Mrs. Tanner.

Elle actionna la sonnette, mais nul ne lui répondit et elle n'entendit même pas de cloche. La porte n'étant pas fermée à clé, elle entra.

Le vestibule, comme on pouvait s'y attendre, était miteux : tapis poussiéreux et usé jusqu'à la trame, murs tapissés d'un papier peint jaune décoloré par les rayons de soleil qui filtraient de temps à autre par l'imposte. Avec précaution, elle monta l'escalier. Alors qu'elle gravissait la dernière volée de marches, à la recherche de l'appartement de trois pièces, situé côté rue, que John Ferntower lui avait indiqué lors de leur rencontre, elle entendit une porte se fermer. Sur le palier, elle se trouva nez à nez avec un homme d'une quarantaine d'années, vêtu d'un élégant costume noir, d'un gilet rouge extravagant et d'un foulard de mousseline blanche. Dès qu'il la vit, son visage, pourvu d'une moustache et de favoris soigneusement taillés, s'illumina d'un sourire radieux.

— Chère madame ! Attendez ! Ne bougez plus !

— Monsieur ? fit Sarah Tanner, obéissant malgré elle à l'inconnu, qui lui bloquait le passage.

— Quel menton ! Quelles pommettes ! Et cette beauté ! Je vous en prie, ne me dites pas que vous les gâchez pour un malheureux qui vous garde enfermée en ce lugubre taudis ! Dites-moi, par pitié, que ce n'est pas un employé de bas étage qui a fait de vous sa femme et la maîtresse de son misérable gourbi, pour vous maintenir coupée du monde, à passer le plumeau et le balai !

— Vous devez me confondre avec une autre, monsieur. Je ne vis pas ici, et je cherche l'appartement du devant.

— Impossible que je me trompe, ma chère. Permettez-moi de me présenter. Theobald Stamp – dramaturge, acteur et, actuellement, directeur de l'Adelphi, sur le Strand.

Mr. Stamp marqua une pause appuyée, comme pour souligner combien *le théâtre* imprégnait sa personne.

— Je vous prie de m'excuser, monsieur, je souhaiterais passer.

— Passer, ma chère ? Mais attendez, vous n'avez pas encore entendu ce que j'ai à vous proposer ! Dix représentations – la troupe manque cruellement d'une actrice – ce sont tous des gens charmants – petit rôle parlant – vous seriez parfaite ! Croyez-moi, je sais reconnaître une comédienne, ma chère madame. Parfaite ! Quelle beauté ! Quel maintien ! Je ne puis croire que vous ne soyez jamais montée sur les planches, n'est-ce pas ?

Malgré elle, Sarah Tanner sourit poliment.

— Non, jamais, et je n'en ai pas l'intention. J'aimerais passer, si vous le permettez…

— Attendez, dit Stamp, vous souhaitez passer ? Vous allez donc chez mon cher ami Smith ! Est-ce à Smith que vous rendez visite ? Vous, une femme si magnifique ? Et il ne m'en a rien dit ! Je devrais le faire pendre, éviscérer et écarteler, ma chère madame, car même la pendaison est une mort trop douce pour lui.

— Vous connaissez Mr. Smith ?

— Si je le connais ? C'est moi qui paie ses factures ! Il recopie mes livrets – il a une fort belle plume. Et moi qui lui disais : « Smith, il me faut une actrice – trouvez-moi une actrice ! Les miennes disparaissent quand ça leur chante ! » Il a osé me répondre qu'il n'en connaissait pas ! Quel imposteur, celui-là !

Mrs. Tanner, eût-elle voulu exprimer son opinion sur la question, se tut, car derrière Theobald Stamp la porte s'ouvrit et John Ferntower apparut dans l'encadrement.

— Tenez, le voilà, ce coquin ! Smith ! s'écria Stamp d'une voix enjouée.

— Pour l'amour du ciel, monsieur, s'exclama Ferntower, qu'y a-t-il ? Je vous croyais parti. Comment voulez-vous que je me mette au travail, si vous vous lancez dans un spectacle improvisé devant chez moi ?

— Vous avez de la visite, monsieur, répondit Stamp en s'écartant.

— Ah, Miss Richards ! Je ne m'attendais pas à vous voir cet après-midi.

— Toutes mes excuses, dit-elle.

— Eh bien, entrez donc. Au revoir, Stamp, tout sera prêt pour demain.

— C'est fort aimable à vous, mon cher, répondit Mr. Stamp d'une voix forte, comme John Ferntower refermait sa porte. Miss Richards – quel nom ravissant ! –, mon offre tient toujours !

En termes de décoration, l'appartement de John Ferntower valait à peine mieux que le vestibule : murs miteux, papier peint couleur tabac, rideaux foncés de calicot satiné, une fissure dans le bois du manteau de cheminée, dont le foyer ne semblait pas souvent accueillir de charbon. La pièce, il fallait le reconnaître, n'était pas tout à fait sale, mais n'avait rien de propre non plus. Sarah Tanner parcourut les lieux du regard et remarqua la petite table d'angle en acajou, où s'entassaient de hautes piles de papiers, à côté d'un bock à moitié vide d'ale ou de porter.

— Vous ne m'aviez pas dit que vous travailliez, dit-elle quand John Ferntower lui proposa un siège.

— Ah non ? Imaginiez-vous que je ne dépendais que du bon vouloir de Bilcher pour vivre ? J'ignorais qu'il fallait vous fournir des références complètes, Miss Richards. Bref, je n'appellerais pas ça un travail. Je ne pense d'ailleurs pas que cette activité soit vraiment à mon honneur, mais il faut bien manger.

— Vous devriez essayer la rédaction de textes légaux. Les clercs publics ont toujours besoin de copistes. La paie serait meilleure.

John Ferntower sourit.

— Non, ça ne correspond pas à mon tempérament. Je ne suis pas aussi desséché et poussiéreux que ça, pas encore. Je préfère le théâtre. Mr. Stamp m'offre des billets d'entrée ; cela me permet de me changer les idées. Bref, je suppose que vous n'êtes pas venue discuter de ma fascinante carrière. Et à ce que je vois, vous n'êtes pas armée.

— Non. Si je suis ici, c'est parce que j'ai rencontré votre père cet après-midi, à la vente de charité, comme vous me l'aviez indiqué.

— Vraiment ? Seigneur, jamais je n'aurais cru que vous iriez jusqu'au bout. M'adresse-t-il son meilleur souvenir ?

— Je ne lui en ai pas donné l'occasion. Votre ami Mr. Hawkes était là, lui aussi, ainsi que votre cousine, Miss Fulbrook, et sa gouvernante.

— Miss Fulbrook, comment va-t-elle ?

— Assez bien, je suppose. Vous aviez raison au sujet de Cedric Hawkes.

Visiblement perplexe, John Ferntower se fit silencieux.

— C'est vrai ?

— Vous paraissez surpris.

— Je suis surpris de vous l'entendre dire, si vous ne l'avez vu que dans un cadre convenable. C'est l'imposteur le plus convaincant qu'il m'ait été donné de rencontrer.

— Hélas, j'en sais beaucoup plus à son sujet. Son vrai nom, c'est Stephen Symes ; c'est le bras droit, le second, d'une femme dont j'ignore moi-même la véritable identité et qui se fait appeler « Sa Majesté ». Elle s'est présentée à la vente de charité en se faisant passer pour sa mère. Il s'agit du tandem de malfrats intrigants le plus diabolique qui soit. C'est sans doute eux qui ont assassiné votre tante, je le crains, et fait tuer mon ami.

— Comment savez-vous tout cela, nom d'une pipe ?

— Je travaillais pour eux, autrefois.

John Ferntower perdit quelque peu son air blasé, chassé par un étonnement flagrant. Il lui fallut quelques instants pour recouvrer ses esprits.

— Vous êtes un sacré personnage, Miss Richards. Je ne m'étais pas trompé.

— Peu importe ce que je suis. Ce qui compte, c'est de savoir si vous souhaitez voir votre cousine épouser un tel bandit.

— Évidemment que non. Mais que diable voulez-vous que j'y fasse ? Mon père me croit déjà capable de toutes les fourberies. À moins que vous possédiez des preuves…

Sarah Tanner secoua la tête.

— Alors que suggérez-vous ?

— Croyez-vous que votre cousine éprouve des sentiments pour Symes ?

— J'en doute. C'est sûrement une manœuvre de mon père.

— C'est déjà un début. C'est bien l'impression que j'ai eue lors de la vente. Et envers vous ? Vous m'avez dit qu'il y avait eu quelque chose entre vous, par le passé.

— Ça, je ne sais pas. Je suis tombé si bas que…

— Écoutez-moi, insista Sarah Tanner. On peut encore empêcher ce mariage, à condition que vous m'apportiez votre concours. Si cette jeune femme tient à vous, nous pourrons réussir.

— Mais qu'est-ce qui vous pousse à m'aider ?

— À sa majorité, votre cousine vaudra dix mille livres de rente, n'est-ce pas ?

— Oui, mais je ne puis vous promettre…

— Je ne demande pas la charité, Mr. Ferntower. Je veux voir leur tête quand ils verront cet argent leur filer entre les doigts. Cela me suffira, croyez-moi. À présent, il vous faut écrire une courte lettre.

CHAPITRE XXVI

Le lendemain, la voiture de Sarah Tanner – la même que la veille, obtenue chez un loueur installé près d'Euston Square – s'arrêta devant les Écoles des petits pauvres de Finsbury. Sises à quelques pas de Clerkenwell Green, on les avait installées dans un entrepôt d'un étage qui, avant d'être reconverti, abritait les locaux commerciaux d'un donateur de l'œuvre de bienfaisance. Malgré leur nouvelle fonction, on n'avait consenti qu'à peu de réaménagements : un treuil et une poulie saillaient toujours au-dessus de la rue, comme parés à hameçonner les jeunes chenapans imprudents qui passeraient sur le trottoir, et l'on voyait toujours très bien, peinte en grandes lettres indélébiles, l'inscription « Vente en gros : Thé, Café, Épices ». Sarah Tanner remarqua qu'un élégant landau noir était déjà garé devant.

Ralph Grundy quitta son siège et ouvrit la portière du fiacre.

— Vous êtes sûre de ce que vous faites, patronne ? demanda-t-il d'une voix discrète.

— Si vous avez pris les dispositions nécessaires pour la poste restante.

— Ils attendent des lettres adressées au nom de Richards.

— Parfait. En ce cas, nous sommes prêts.

Ralph Grundy acquiesça à contrecœur. Comme il aidait son employeuse à descendre de voiture, les portes de l'entrepôt s'ouvrirent et Mr. Michael Ferntower s'avança.

— Ah ! Mrs. Richards, il me semblait bien avoir entendu un équipage. J'espère que vous avez trouvé les Écoles sans mal.

— Sans le moindre, monsieur, merci. C'est fort aimable à vous de m'accorder de votre temps.

— Je vous en prie, entrez. Vous allez être impressionnée, j'en suis convaincu.

Sarah Tanner hocha la tête et, lui emboîtant le pas, passa sous une inscription récemment gravée dans le linteau de pierre. *Fais que mon cœur soit pur.*

On avait vidé depuis longtemps l'entrepôt de ses caisses et tonneaux, de ses poids et mesures, même s'il y flottait toujours un arôme, une trace de moka, qui évoquait à Sarah Tanner son établissement de Leather Lane. Dans un angle, un escalier d'acier menait à l'étage ; quant au rez-de-chaussée, le mobilier consistait en des rangées jumelles de bancs tout simples, faits du bois blanc brut de la plus basse qualité. Éparpillés parmi ces sièges rudimentaires se trouvaient trois groupes d'enfants, aucun d'entre eux n'ayant plus de dix ans, et qui recevaient la leçon de leurs maîtres. Le premier était constitué de filles, les deux autres de garçons. Peu de ces élèves pouvaient se targuer d'avoir la figure propre ou les cheveux coiffés, et aucun ne portait de vêtement qui ne soit déchiré, recousu ou rapiécé. Que ce fût les robes des filles ou les vestes et les pantalons des garçons – la plupart trop petits, de temps à autre trop grands –, tous ces habits semblaient avoir pris une teinte indistincte, la couleur des briques de Londres, qui s'accordait en quelque sorte avec la mine terne de leurs propriétaires.

— Pauvres petits diables, n'est-ce pas ? dit Mr. Ferntower.

— Ils ont l'air très attentifs, en tout cas.

— C'est là le pouvoir de la bonté et de l'amour chrétiens, Mrs. Richards. Les premiers enseignements que l'on dispense ici sont ceux des Saintes Écritures : le respect de son prochain et celui du Seigneur. Bon, où est Mr. Bournelle ? C'est le directeur. Il sera plus à même de vous éclairer. Ah ! Je le vois, là-bas…

Mrs. Tanner suivit Mr. Ferntower vers un bord de la salle, où l'on avait préparé une table, chargée de piles de bibles, pour la prochaine leçon. À côté se tenait le directeur – homme au crâne dégarni âgé d'environ cinquante-cinq ans, vêtu d'une redingote et d'une cravate blanche quelque peu passées de mode. Il était en grande conversation avec Elizabeth Fulbrook et sa gouvernante. Un autre gentleman, quant à lui, restait légèrement à l'écart. Sarah Tanner se doutait qu'il serait présent, ce qui ne la réjouissait guère.

— Vous vous rappelez Mr. Hawkes, Mrs. Richards ? demanda Ferntower en désignant Stephen Symes d'un signe de tête. Le hasard a voulu qu'il nous rende visite, aussi lui ai-je proposé de nous accompagner.

— Bien sûr.

Sarah Tanner sourit poliment cependant qu'on faisait les présentations. Prenant soin d'éviter le regard de Symes, elle s'adressa à Mr. Bournelle.

— C'est fort aimable à vous de nous recevoir si vite, monsieur.

— C'est tout naturel, madame, répondit le maître d'école avec effusion. J'en suis ravi. Voyez-vous,

Mr. Ferntower est l'un de nos parrains les plus éminents. J'étais justement en train de confier à Miss Fulbrook, et à Miss Payne, combien nous étions reconnaissants envers son tuteur.

Mr. Ferntower hocha la tête pour accepter discrètement ces remerciements.

— Parlez-moi des enfants, monsieur, dit Sarah Tanner. Tous sont très jeunes, j'ai l'impression.

— Ah, seulement parce qu'en journée nous ne recevons que les petits, madame, répondit Mr. Bournelle. Pour les plus grands, il faut faire la classe le soir, car pendant la journée ils « travaillent », si je puis employer ce terme.

— Ce sont des gamins des rues, pour la plupart, précisa Mr. Ferntower.

— C'est exact, poursuivit le directeur. Vous les verrez partout dans notre métropole, madame, si vous passez quelque temps à Londres. Terrible disgrâce pour un pays chrétien, mais nous n'y pouvons rien. Un grand nombre d'entre eux mendient, quelques-uns vendent des allumettes, ou trouvent quelque prétexte pour importuner les passants.

— En bref, monsieur, vous sortez ces malheureux du caniveau, ajouta Stephen Symes. C'est fort louable, n'est-ce pas, Mrs. Richards ?

— Absolument, répondit Sarah Tanner du ton le plus plat possible.

— Oui, il est surprenant de constater, Mr. Bournelle, ce que l'on peut accomplir avec l'instruction et les conseils adéquats, poursuivit Symes. Même s'il doit parfois arriver que certains de vos protégés fassent preuve d'ingratitude.

Mrs. Tanner dévisagea Stephen Symes. Cette dernière remarque lui était destinée, elle le savait.

— Cela reste très rare, cher monsieur, protesta Mr. Bournelle. D'après notre expérience, même les plus fourbes et les plus malhonnêtes peuvent être sauvés grâce à une solide influence morale.

— Je n'en doute pas, dit Sarah Tanner en jetant un regard à Symes. Dans la majorité des cas. Dites-moi, leurs parents paient-ils pour qu'ils aient le privilège de recevoir ces leçons ?

Mr. Bournelle sourit avec indulgence face à tant de naïveté.

— Pour la moitié d'entre eux, madame, vous auriez beaucoup de mal à trouver un parent, et deux encore moins, qui accepte de reconnaître ces enfants comme les siens. Quant aux autres, payer ne serait-ce qu'un penny par semaine représenterait un lourd fardeau. Non, nos écoles sont gratuites et n'ont pour vocation que le bien des indigents. Nous ne comptons que sur nos donateurs. Voulez-vous voir l'étage ? Nous sommes en train de l'aménager en refuge de nuit.

— Les enfants ne dorment donc pas ici ?

— C'est dans nos intentions, madame, et ce sera le cas dès que les travaux seront terminés – pour une trentaine d'entre eux, au moins. Jusque-là, nous sommes dans l'obligation de les renvoyer dans la rue. Nous possédons un navire-école destiné aux garçons qui souhaitent entrer dans la marine marchande, mais cela ne concerne que les plus vieux. Si vous voulez bien me suivre, madame.

— Avec plaisir.

Le directeur s'inclina et emmena le petit groupe vers l'escalier.

— Attention où vous mettez les pieds, Mrs. Richards, déclara Stephen Symes. On a vite dérapé sur ces marches métalliques.

Mrs. Tanner lui adressa un sourire poli.

— Je vous remercie, monsieur. Mais je vous en prie, ne vous inquiétez pas pour moi.

Sarah Tanner examina distraitement les lits gigognes en bois que l'on était en train d'assembler à l'étage. Elle avait l'esprit ailleurs. Dans le même temps, Mr. Bournelle devint lyrique.

— En effet, madame, continuait-il, comme l'a si bien dit Lord Ashley, « Nous devons remettre dans le droit chemin ces âmes sans foi ni loi ! ». J'ai souvent le sentiment que notre travail ici est de la même importance que celui des missionnaires sur le continent noir.

— Tout à fait. Rencontrez-vous des difficultés à leur imposer la discipline ?

— Ah, je vous avouerai qu'à nos débuts, dans nos anciens locaux de Saffron Hill, nous étions confrontés à beaucoup d'insultes et de mauvaises blagues. Une fois, nous avons eu une telle « bagarre », comme ils disent, que les conduites de gaz ont été arrachées au plafond, et nous avons dû appeler la police. Mais la situation s'est fort améliorée – les pauvres comprennent qu'ils ont besoin des bienfaits de l'instruction et, il faut bien l'avouer, nos maîtres ont une plus grande compassion pour leurs petits élèves.

— Depuis combien de temps les Écoles existent-elles, monsieur ? s'enquit Elizabeth Fulbrook, se joignant humblement à la conversation.

— Quelque vingt années, Miss Fulbrook. J'ai perdu le compte des centaines d'enfants qui ont franchi nos portes et acquis leur indépendance en bons chrétiens.

— Eh bien, je crois avoir suffisamment abusé de votre temps, cher Mr. Bournelle, annonça Mrs. Tanner. Je vous suis très reconnaissante.

— Il n'y a pas de quoi, madame. Peut-être aimeriez-vous assister à une des leçons qui se déroulent en ce moment ? Je suis sûr qu'aucun des maîtres n'y trouvera à redire.

Sarah Tanner signifia qu'elle était d'accord. Mais, comme Mr. Bournelle invitait ses hôtes à prendre la direction de l'escalier, elle insista pour qu'il passe devant. À l'arrivée au bas des marches, alors que Mr. Bournelle lui offrait galamment son bras, elle s'arrêta soudain et porta la main à sa gorge.

— Oh, non ! s'exclama-t-elle. Comme c'est ennuyeux !

— Que se passe-t-il, madame ? demanda Mr. Ferntower.

— Mon petit médaillon d'argent, expliqua-t-elle. Un minuscule bijou. Le fermoir est sans cesse en train de glisser. J'ai dû le perdre en haut. Oh, Mr. Hawkes, vous qui devez avoir une vue perçante, auriez-vous l'amabilité de…

Stephen Symes se renfrogna juste assez longtemps pour que Sarah Tanner puisse se réjouir de son malaise.

— Mais bien sûr, répondit-il après un bref moment de silence, avec la plus grande politesse.

— Je vais chercher avec lui, madame, ajouta Mr. Ferntower. Bournelle, emmenez ces dames observer une leçon.

Les deux hommes empruntèrent l'escalier pour la seconde fois, et Mr. Bournelle obéit à ses instructions. Sarah Tanner se trouva vite assise sur un des bancs, à côté d'un groupe de fillettes en guenilles qui écoutaient la parabole du Bon Samaritain.

Et ce fut là, quand Mr. Bournelle se détourna – alors que Stephen Symes était toujours occupé à l'étage –, qu'elle ouvrit d'un geste expert le petit réticule que portait Elizabeth Fulbrook et ajouta subrepticement un nouvel élément à son contenu.

— Aucun signe de votre médaillon, hélas, madame, annonça Mr. Ferntower à son retour.

— Vraiment ? Quel dommage ! Je l'ai peut-être perdu avant d'entrer ici. Je ne me rappelle pas si je l'avais en arrivant. Quelle sotte je fais ! Enfin, ce n'est pas grave, ce n'est qu'un simple médaillon. Mr. Ferntower, vous avez été fort aimable, mais je ne vous ai que trop importuné. Je vais vous laisser, à présent.

— Parfait, madame. J'espère que vous aurez trouvé cette visite instructive.

— Très enrichissante, oui. Je m'adresserai à Mr. Tebbins pour la suite.

— C'est vrai ? Vous m'en voyez ravi. Permettez-moi de vous reconduire à votre voiture.

Sarah Tanner accepta. Ayant salué les autres comme il convenait, elle se retrouva devant les Écoles des petits pauvres, au bras de Mr. Ferntower. L'annonce d'une nouvelle donation – ou, du moins, la perspective – semblait égayer celui-ci et, cependant qu'il accompagnait son invitée à son fiacre, il s'adressa à elle sur le ton de la confidence, l'air assez satisfait.

— Puis-je vous demander, madame, ce que vous pensez de Miss Payne ?

Mrs. Tanner marqua une pause. À vrai dire, elle n'avait que peu songé à la gouvernante, car cette dernière s'était montrée fort discrète, n'offrant ni commentaire ni opinion durant la visite.

— Miss Payne, monsieur ? Eh bien, elle m'a l'air des plus agréables.

— C'est juste, madame. Je suis content de vous l'entendre dire. Vous comprenez bien que je ne confierais pas ma pupille à une femme dont je n'estime pas la discrétion et la qualité de jugement. C'est une femme d'une excellente éducation, qui connaît les règles de la bienséance.

— Tout à fait, répondit-elle, perplexe.

— Bien, nous y voilà. Vous avez ma carte, madame – s'il vous arrive de passer par Holloway, surtout il faudra nous rendre visite.

Sarah Tanner lui adressa ses remerciements. Une fois installée dans sa voiture, lorsque Ralph Grundy fit claquer son fouet, elle se retourna pour observer les Écoles. Devant les portes, le reste du petit groupe prenait congé de Mr. Bournelle. Stephen Symes était trop occupé à couvrir sa fiancée d'attentions pour regarder l'attelage partir – ce dont elle se réjouit. Mr. Ferntower, quant à lui, semblait ne s'intéresser ni à Mr. Bournelle, ni à sa pupille, ni à son invitée qui s'éloignait. Son regard s'attarda en revanche sur le visage quelconque de Miss Payne ; sans doute trop longtemps, car la gouvernante tourna la tête d'un air gêné.

Mr. Ferntower, se rendit compte Sarah Tanner, lui avait en quelque sorte fait un aveu et avait cherché l'approbation d'une inconnue pour des sentiments qu'il n'osait avouer. Mr. Ferntower s'était enamouré de la gouvernante de sa pupille.

CHAPITRE XXVII

Ce même soir, Sarah Tanner était assise devant la cheminée de sa chambre. Aucune lumière ne brillait à part la lueur vacillante du charbon, et elle se trouvait assez près du foyer pour que ses joues aient pris une teinte rosée. L'espace d'un instant, elle fut distraite par le bruit de la rue : le son d'une charrette de quatre-saisons qu'on pousse sur les pavés puis, porté par le vent, le timbre aigu et lointain d'un cornet, qui fort probablement accompagnait des chants festifs au *Bottle of Hay*. Mais elle reporta vite son attention sur la liasse de lettres qu'elle serrait entre ses doigts : la correspondance d'Arthur DeSalle. Elle tripota la ficelle, sembla sur le point de les jeter au feu, puis sa main retomba sur ses genoux lorsqu'un coup à sa porte interrompit sa rêverie.

— M'dame ?

Sarah Tanner tourna la tête. Norah Smallwood se tenait dans l'embrasure.

— Qu'y a-t-il, Norah ?

— Mrs. H. vous prévient qu'elle rentre chez elle, qu'il y a plus de bouillon de viande mais qu'elle en refera demain.

— Dis-lui que ça ira très bien.

— Vous descendez pas ? demanda Norah, en parcourant du regard la pièce plongée dans la pénombre. Je peux vous apporter deux chandelles, si vous voulez.

— Non, c'est inutile.

Norah Smallwood hocha la tête et s'apprêta à repartir mais son employeuse l'appela.

— C'est un nouveau nœud, dans tes cheveux, non ?

Le rouge aux joues, Norah toucha par réflexe le ruban d'un brun-roux profond qui retenait ses longues mèches brunes.

— C'est possible, répondit-elle, évasive.

— C'est un présent ?

— Comment vous le savez ? demanda Norah, surprise.

— Parce que tu ne l'as pas lâché de toute la matinée. Quand tu n'étais pas en train de le refaire, tu l'admirais dans le miroir.

— Ça veut rien dire, ça, se défendit Norah Smallwood, contrariée.

— Qui est-ce, ton ami, alors ? Je suppose que ce n'est pas Harry Drummond. La dernière fois que je l'ai vu, on avait l'impression que tu lui avais aplati un fer à repasser sur la figure.

— J'ai rien fait, protesta Norah.

— C'est sans doute ce qui le contrarie.

— Harry, c'est qu'un garçon.

Sarah Tanner haussa les sourcils.

— Donc c'est un *homme* que tu fréquentes, n'est-ce pas ?

— Si vous tenez tant à le savoir, il s'appelle Albert et il travaille à Smithfield.

— Je crois que ça ne me regarde pas, va, répliqua Mrs. Tanner, que taquiner son employée amusait.

— Et comment ! répondit fermement Norah. Alors, vous allez encore disparaître dans la nature, demain ?

— Que veux-tu dire ?

— Je suis pas idiote, vous savez. Ça fait deux jours que vous êtes presque jamais là, que vous partez tout l'après-midi, et vous êtes comme larrons en foire avec le vieux crabe…

— Ralph ?

— Ouais, et croyez pas que ça me dérange, parce que je m'en fiche, je vous le laisse volontiers. Mais si y a un rapport avec Georgie, je suis d'avis que j'ai le droit de savoir…

Norah Smallwood suspendit sa tirade, comme si elle était elle-même surprise de tant s'emporter.

— Tu as sans doute raison, répondit Mrs. Tanner après un instant de réflexion. Écoute, Norah, Georgie t'a-t-il jamais parlé d'une femme qu'il aurait appelée « Sa Majesté » ? Ou d'un homme portant le nom de Symes ?

Norah Smallwood fit non de la tête.

— En ce cas, poursuivit Sarah Tanner en soupirant, assieds-toi, que je te raconte.

Peu après que Norah eut quitté sa chambre, Sarah Tanner entendit de nouveau des pas dans l'escalier.

— Vous vouliez me voir, patronne ? demanda Ralph Grundy.

— Asseyez-vous, Ralph, dit Sarah en indiquant le fauteuil en face d'elle, devant le feu.

— C'est gentil à vous, patronne.

— J'ai réfléchi, pour demain. Si la jeune fille répond à la lettre, j'aurai encore besoin de la voiture. Et de vous.

— J'y comptais bien.

— Je vous en prie, Ralph, attendez un instant. Si ça tourne mal… ce qui est possible, car ils ont déjà laissé deux cadavres derrière eux. Symes n'hésiterait pas à porter le total à trois, et il s'en chargerait sans doute en personne s'il estimait que cela l'aiderait à parvenir à ses fins. Il n'y a pas de raison que vous risquiez votre peau pour moi.

Ralph Grundy eut un moment d'hésitation.

— Ça, vous y allez pas par quatre chemins, patronne. Ça vous coupe la chique, des paroles comme ça. Vous dites que je risque ma peau si ça tourne mal. Mais moi, et je suis peut-être un imbécile de le penser, je crois que ça va marcher, parce que si quelqu'un est capable de régler le problème, m'est avis que c'est vous. Mais y a une question qui me turlupine : si ça tourne bien, est-ce que je risque ma peau quand même ?

— Je ne vous suis pas, Ralph.

— Ben voilà. Admettons que vous empêchez le mariage – c'est ça votre idée, pas vrai ? Il en reste pas moins le roussin qu'a suriné votre copain Phelps, et ceux qui l'ont chargé de le refroidir. Et eux, ils risquent pas de se montrer doux comme des agneaux, pas vrai ?

— Non, répondit Sarah Tanner, un sourire contrit aux lèvres, vous avez raison. C'est justement ce à quoi j'ai réfléchi. Mais je les connais, ces gens, Ralph. Je sais comment ils raisonnent. Ils prévoient tout comme une partie d'échecs. Le secret, c'est de s'arranger pour leur causer plus de problèmes morts que vivants. Ainsi, ils ne s'en prendront pas à nous, pas s'ils y perdent.

— Là, je comprends plus, patronne, avoua Ralph Grundy en se grattant le front.

Sarah Tanner se baissa pour ramasser les lettres d'Arthur DeSalle, posées au pied de son fauteuil.

— Ce sont là des lettres qu'ont échangées le fils d'un pair du royaume et d'autres personnes. Je les ai en ma possession depuis quelque temps. Remettez-les à la police – en espérant, plût au ciel, qu'il reste au moins un policier honnête –, et mentionnez un scandale mineur qui a eu lieu lors de la Saison dernière. Elles pourraient alors valoir dix ans de travaux forcés à toutes les parties concernées.

— Vos anciens camarades ?

— Oui. Ils ignorent que je les ai, du moins pour l'instant. Mais si je le leur fais savoir et que je m'assure qu'elles circulent s'il m'arrive quelque chose…

— Attendez un instant, patronne. Pourquoi vous allez pas juste les montrer à Scotland Yard, histoire d'en finir une fois pour toutes ?

— Parce qu'on peut m'ajouter à la liste des « parties concernées », Ralph. Et je n'ai guère envie de passer ma vie à faire de l'étoupe.

Ralph Grundy eut un sourire narquois.

— Vous êtes pas commune, patronne. Et moi je marche avec vous, si vous voulez bien de moi.

— Vous en êtes sûr, Ralph ?

— Espérons seulement que cette lettre mettra dans le mille, hein ?

— Si Miss Fulbrook possède ne serait-ce qu'une once de curiosité, répondit Sarah Tanner, ce sera le cas.

Dans l'intimité de sa chambre, Elizabeth Fulbrook contemplait la feuille de papier. L'enveloppe qui la contenait, sur laquelle on avait tracé les mots *Privé et confidentiel* d'une plume élégante, était posée sur la table à côté de la missive.

> Très chère Miss Fulbrook,
>
> Je vous prie de bien vouloir m'excuser pour la méthode singulière par laquelle ce pli vous est parvenu. Je n'aurais point recours à de telles intrigues s'il n'était de la plus haute importance,

à la fois pour ma conscience et votre bonheur futur, que vous le receviez sans que nul autre ne risque de l'intercepter.

Il m'est difficile de savoir par où commencer. J'espère qu'il me suffira de vous assurer que je n'ai à cœur que votre bien, et que j'ai des raisons très précises de souhaiter que ni votre tuteur ni Mr. Cedric Hawkes n'apprennent l'existence de ce message.

Pour aller à l'essentiel, il se trouve que je possède des renseignements au sujet de Mr. Hawkes et de son passé qui, depuis que j'ai appris que vous alliez épouser ce monsieur, m'ont causé un grand tourment. Il est de mon devoir de vous en dire davantage, mais je ne le ferai pas par écrit. De grâce, accordez-moi un entretien en privé, au jour et à l'heure de votre convenance, et je vous dévoilerai la vérité.

Je vous en conjure, il est indispensable de garder à ce sujet le secret le plus complet. Je ne serai à Londres que pour la semaine – j'ai retardé la date de mon départ –, mais vous pouvez m'écrire poste restante, au 125, Holborn.

Votre amie dévouée,

Sarah Richards

Elizabeth Fulbrook relut la lettre. D'un geste hésitant, elle sortit de son tiroir une feuille de papier, puis trempa sa plume dans l'encrier.

CHAPITRE XXVIII

Le lendemain de sa visite des Écoles, Sarah Tanner monta une nouvelle fois à bord de son fiacre de location et fit prendre à Ralph Grundy la direction d'Hillmarton Park, à Holloway. Ayant reçu un court message de la part d'Elizabeth Fulbrook, elle devait se rendre à un rendez-vous.

Regardant par la vitre comme ils approchaient de leur destination, Mrs. Tanner eut la certitude que la rue était récente. Tout d'abord, chaque demeure paraissait propre comme un sou neuf, à peine souillée par la suie et la crasse de la métropole. D'ailleurs, depuis la peinture des portes jusqu'aux jeunes arbres qui bordaient la chaussée en pente douce, ce décor d'une perfection immaculée recelait quelque chose de troublant. La vue n'était entachée çà et là que par quelques parcelles de terrain vierge, délimitées par des planches, des cordeaux et des briques, et prêtes à être construites.

Quant aux maisons elles-mêmes, elles semblaient plus hautes et plus grandioses à mesure qu'on gravissait la côte. Aucune, toutefois, n'était modeste : on ne trouvait là que des villas de deux ou trois étages, d'un aspect gothique quelque peu lugubre. La plupart allaient par paires, collées telles des siamoises, chacune offrant le reflet exact de l'autre, de façon à offrir au regard une façade majestueuse. Alors qu'elle observait les hautes et élégantes fenêtres, Sarah Tanner se demanda si elle serait heureuse dans un tel isolement tout en symétrie ; après réflexion, elle conclut que non.

La résidence Ferntower, elle, était séparée, entourée de tous côtés par une pelouse impeccablement tenue et une grille à pointes. Depuis le portail, un chemin de gravier conduisait à un petit escalier de pierre qui formait un pont au-dessus de la courette d'accès au sous-sol, et à une lourde porte en bois, peinte en noir et pourvue d'une poignée de sonnette en cuivre.

Sarah Tanner marqua une pause pour se concentrer, puis sonna.

— Mrs. Richards, annonça-t-elle à la domestique qui vint répondre.

— Oui, madame. Miss Fulbrook vous attend.

Elle suivit la bonne à l'intérieur. Le salon des Ferntower, au premier étage, offrait un lieu des plus majestueux pour l'accueil des visiteurs. Elle se demanda si, à cause de sa taille, on n'avait pas fourni un effort excessif afin de combler l'espace. Les murs y étaient couverts de gravures et de tableaux encadrés, de sorte qu'on devinait à peine le papier peint à motifs de treillage. Dans les deux chiffonniers qui occupaient chacun un mur, on avait entassé porcelaine et verre coloré en surabondance. Même le sol était décoré, couvert d'un tapis aux entrelacs dignes du palais d'un sultan. Cet étalage, néanmoins, semblait offrir un contraste singulier avec la jeune femme qui se leva pour l'accueillir. Elizabeth Fulbrook, qui serrait nerveusement les mains devant elle, paraissait perdue au milieu du grand salon, comme si elle n'y était pas à sa place.

— Mrs. Richards.

— Miss Fulbrook. C'est un plaisir de vous revoir.

Miss Fulbrook répondit par un hochement de tête assez maladroit.

— Voulez-vous du thé ?

— Volontiers, merci.

— Asseyez-vous, je vous prie, dit Miss Fulbrook en agitant la sonnette des domestiques.

Sarah Tanner la remercia et prit place dans le fauteuil devant la cheminée, face à son hôtesse.

— Mrs. Richards, poursuivit Miss Fulbrook, qui visiblement se forçait à parler, veuillez me pardonner si je passe outre les mondanités qu'exigent les règles de la bienséance. Je crois pouvoir avancer que vous vous l'êtes déjà permis, de par la façon singulière que vous avez choisie pour entrer en contact avec moi. J'espère donc ne pas vous offenser par mes propos.

— Non, absolument pas.

Mrs. Tanner se rendit soudain compte qu'Elizabeth Fulbrook, malgré son jeune âge, avait peut-être plus d'esprit qu'elle ne le pensait.

— Vous ne pouvez imaginer le trouble que m'a causé votre lettre, Mrs. Richards. Que diable avez-vous à me dire qui justifie pareille ingérence dans mes affaires ?

— Je vais vous l'expliquer, Miss Fulbrook, soyez-en assurée. Mais tout d'abord, il me faut absolument savoir si vous avez gardé le secret sur ma venue.

Elizabeth Fulbrook eut un instant d'hésitation.

— Bien sûr, comme vous me l'aviez demandé.

— En êtes-vous certaine ?

— Eh bien, répondit Miss Fulbrook, chez qui on devinait une pointe d'agitation, j'ai consulté ma gouvernante, Miss Payne. Mais je ne pense pas que cela compte.

Sarah Tanner fronça les sourcils.

— Miss Fulbrook, par pitié…

— C'est elle qui m'a conseillé de vous recevoir ici et d'écouter ce que vous avez à me dire. Mais il semblerait à présent qu'en plus de me voir imposer des lettres secrètes et des rendez-vous clandestins, je doive subir un interrogatoire sous mon propre toit !

— Je suis navrée, rétorqua Mrs. Tanner d'un ton placide. Je vous en prie, ne vous tourmentez point. Votre tuteur n'est pas là, n'est-ce pas ?

— Non, il s'est rendu dans la City pour affaires. Là encore, je ne vois pas en quoi cela pourrait…

Elizabeth Fulbrook s'interrompit lorsque la bonne se présenta munie d'un service à thé en argent. Les deux femmes attendirent que la domestique ait posé le plateau et soit repartie.

Ce fut toutefois Sarah Tanner qui rompit le silence.

— Vous vous méfiez de moi, Miss Fulbrook. J'en ai conscience. Il serait insensé de votre part d'accorder votre confiance à une parfaite inconnue en de telles circonstances, aussi ne puis-je vous le reprocher. Mais je vous jure que si vous épousez celui que vous appelez Cedric Hawkes, il vous rendra misérable.

— Celui que j'appelle Cedric Hawkes ? répéta Miss Fulbrook, dubitative. Porte-t-il un autre nom ?

— Plusieurs autres. En réalité, il se nomme Stephen Symes. Connaissez-vous le métier de votre fiancé, Miss Fulbrook ?

— Il est courtier à la Bourse.

— Quand cela l'arrange, peut-être. En vérité, c'est un escroc, Miss Fulbrook, un malfaiteur que seul intéresse votre héritage. Je pourrais vous dresser la liste d'une dizaine de femmes qu'il a ruinées, et d'une dizaine de sociétés dont les actionnaires ont tout perdu par sa faute.

— Vraiment ? fit Miss Fulbrook, incrédule. Possédez-vous des preuves de ce que vous avancez ?

— Pas sur moi. Mais si vous m'accordez du temps, je pourrais vous emmener…

— Mrs. Richards, la coupa Miss Fulbrook en soupirant, j'ai eu l'obligeance de vous recevoir, en privé, comme vous me l'aviez demandé. Mais je ne puis croire ces accusations insensées à l'encontre d'un gentleman que mon tuteur respecte et admire, un homme qui me traite avec la plus grande civilité et la plus grande considération. Je ne puis concevoir ce qui vous a motivée à vous présenter ici pour calomnier Mr. Hawkes de la sorte. Ça ne peut être à mon sens que de la méchanceté pure ou une forme de folie, et je me montrerai charitable en optant pour la dernière hypothèse.

— Il n'y a pas d'amour entre vous, ça, j'en suis convaincue, déclara Sarah Tanner.

Elizabeth Fulbrook s'empourpra.

— Mr. Hawkes m'a fait la cour comme un gentleman, répondit-elle d'une voix calme. Je ne prétends pas qu'il s'agit d'un mariage d'amour, Mrs. Richards, mais en temps voulu je finirai par l'aimer, j'en suis convaincue. À présent, il est préférable que vous partiez ; j'ai été sotte de vous inviter chez moi. Veuillez me pardonner, mais je vous serais reconnaissante de ne plus nous importuner, ni mon tuteur ni moi-même.

— Miss Ferntower approuvait-elle cette union ? s'enquit malgré tout Mrs. Tanner.

— Miss Ferntower ?

— J'ai assisté à l'enquête judiciaire, Miss Fulbrook. Je suis au regret de vous le dire, mais je ne crois pas qu'elle se soit noyée. Je sais que votre tuteur partage cette conviction, mais il accuse son fils. Pour ma part, je pense que c'est Stephen Symes, votre Mr. Hawkes, qui a tout organisé.

— Seigneur, vous avez vraiment perdu la raison !

— Les noces sont prévues pour bientôt, n'est-ce pas ? Vos fiançailles auront été très courtes ?

— Mr. Hawkes doit partir pour affaires à l'étranger. Ce sera plus commode ainsi. Dieu du ciel ! Je n'ai pas à me justifier auprès de vous, madame !

Elizabeth Fulbrook allait s'emparer de la clochette, mais Sarah Tanner la saisit par le bras et lui glissa un morceau de papier plié dans la main.

— Je sais que ma mise en garde doit vous paraître insensée, mais je vous en conjure, lisez ceci avant de me congédier.

Interdite, Elizabeth Fulbrook céda à la curiosité, plus forte que son envie de mettre fin à l'entretien. Lorsqu'elle ouvrit la feuille, elle reconnut à l'évidence l'écriture avant d'en avoir lu un seul mot.

— John, murmura-t-elle à part soi.

Sarah Tanner ne la quitta pas des yeux cependant qu'Elisabeth se mettait à lire. Elle perçut chez elle une tristesse et une affection qui l'emplirent d'espoir.

— Alors ? fit Mrs. Tanner comme Miss Fulbrook terminait sa lecture et repliait la missive.

La jeune femme se redressa.

— Mon cousin répète tout ce que vous venez de me confier, madame, dans les mêmes termes. Il m'implore d'écouter vos conseils.

Mrs. Tanner resta silencieuse, car elle n'était pas certaine que la lettre avait produit l'effet escompté.

— Au moins, je comprends à présent la raison de votre venue, Mrs. Richards. Et je suis navrée que mon cousin ait fait de vous son messager involontaire. Je crains que ces accusations ne soient que le produit de quelque terrible désordre nerveux. Je regrette que…

Trahie par sa voix qui se cassa, Miss Fulbrook laissa sa phrase en suspens.

— Je vous prie de m'excuser, Mrs. Richards, je dois vraiment vous demander de partir. J'attends quelqu'un.

À contrecœur, Sarah Tanner hocha la tête et se leva, mais un détail dans la façon de s'exprimer de Miss Fulbrook la poussa à lui poser une autre question.

— Puis-je vous demander de qui il s'agit ?

— Mr. Hawkes doit arriver à la demie, répondit Elizabeth Fulbrook en soupirant. Il passe souvent par les prés lors de ses promenades et en profite pour nous rendre visite. J'avais pensé, si votre lettre avait recelé le moindre fond de vérité… bref, si vous croyez que j'ai l'intention de le confronter aux accusations que porte mon cousin contre lui, vous vous abusez.

Mrs. Tanner réfléchit un instant.

— Mais si j'étais en mesure de vous prouver que Mr. Hawkes est à mille lieues d'être celui que vous croyez, accepteriez-vous d'en juger par vous-même ?

— Je doute que vous en soyez capable.

Sarah Tanner regarda Elizabeth Fulbrook droit dans les yeux.

— Si je me méprends sur le compte de Cedric Hawkes, Miss Fulbrook, ce que je vous propose ne vous causera aucun tort. Si en revanche j'ai raison, cela pourrait vous éviter une vie des plus malheureuses.

Elizabeth Fulbrook resta silencieuse pendant un moment qui parut interminable.

— Soit, si vous m'expliquez d'abord ce que vous attendez de moi.

— Y a-t-il quelqu'un dans ce foyer en qui vous avez toute confiance ? Quelqu'un qui soit d'une discrétion sans faille ?

— Ma gouvernante, Miss Payne. Je lui confierais ma vie. Elle est à l'étage, dans sa chambre.

— Et vous pouvez la mettre dans la confidence ?

— Absolument.

— En ce cas, je vous suggère de sonner pour qu'elle nous rejoigne.

Sarah Tanner regarda Stephen Symes remonter Hillmarton Park. Il arriva à l'heure précise à laquelle on l'attendait. Elle remarqua qu'en approchant il leva brièvement les yeux vers la résidence des Ferntower, apercevant alors sans doute Elizabeth Fulbrook qui se tenait à la fenêtre du salon. L'expression de son visage laissait penser qu'il se réjouissait que l'objet de son affection – ou, à tout le moins, de ses attentions – soit chez lui. Mais cet air satisfait s'estompa lorsque Sarah Tanner s'avança sur les marches du perron et descendit vers la rue. Ils se croisèrent à la grille, au moment même où la voiture de Mrs. Tanner s'arrêtait devant la demeure.

— Ah, Mr. Hawkes, n'est-ce pas ?

Stephen Symes regarda la fenêtre du salon puis le fiacre.

— Tu prends de grands risques en venant ici, Sarah, déclara Symes à voix basse. Je t'ai déjà mise en garde, sur le pont. Toute femme sensée aurait suivi mes conseils.

Mrs. Tanner se contenta de sourire. Son silence sembla excéder Stephen Symes.

— Que lui as-tu raconté ? demanda-t-il d'un ton autoritaire.

— À Miss Fulbrook ? Seulement que le mariage est une institution honorable. Que dit l'Église à ce sujet ? « Il ne faut pas s'y engager à la légère pour satisfaire les appétits charnels de l'homme. » Vous ne pouvez objecter à cela, n'est-ce pas, Mr. Symes ?

Peinant à contenir sa colère, il lança de nouveau un regard nerveux en direction de la maison, où Elizabeth Fulbrook était toujours à la fenêtre. Il se déplaça soigneusement de façon à tourner le dos à la demeure.

— J'ignore à quoi tu joues, Sarah, mais je te jure que je te briserai les os un par un si je te revois dans les parages. Et si tu as eu le malheur de te mêler des affaires que j'entreprends ici, tu as signé ton arrêt de mort…

— Votre fiancée vous attend, Mr. Symes, dit calmement Sarah Tanner.

Stephen Symes grimaça, mais, après lui avoir adressé un salut assez raide, il passa brusquement en la frôlant et remonta l'allée.

Mrs. Tanner ouvrit alors la portière de son fiacre et y monta, sans attendre que Ralph Grundy vienne lui proposer son aide. Elle ne releva pas non plus le store qui en rendait l'intérieur invisible et se tourna pour s'adresser à la jeune femme qui l'occupait déjà.

— Avez-vous tout entendu, Miss Payne ?

— Hélas, oui ! répondit la gouvernante. Doux Jésus, jamais je n'aurais soupçonné pareille chose !

— Surtout, répétez bien chaque mot à Miss Fulbrook.

— Je n'en oublierai pas un seul, madame, soyez-en assurée, répliqua Miss Payne, bien qu'elle considérât son interlocutrice d'un air curieux.

— Vous n'avez pas confiance en moi, Miss Payne ? J'ai pourtant cru comprendre que c'est sur vos conseils que Miss Fulbrook m'a reçue.

— Seul m'importe le bien de cette petite, madame, répondit la gouvernante avec prudence. Vous semblez en tout cas très intime avec Mr. Hawkes.

— Ç'a été le cas, autrefois, Miss Payne. Mais je fais tout pour me racheter.

CHAPITRE XXIX

Le lendemain, Sarah Tanner quitta les *Dining & Coffee Rooms* en début d'après-midi et descendit Leather Lane jusqu'à Holborn. La poste restante où Ralph Grundy avait pris les dispositions nécessaires afin que l'on conserve ses lettres se trouvait dans l'établissement Sheel & Hardman, boutique de produits de luxe. C'est là que, entre un étalage de porcelaine fine et des étagères où s'alignaient des philosophes en marbre de Paros, bustes miniatures de Grecs éminents qui, on le promettait aux acheteurs, égaieraient à coup sûr leur cheminée, elle se présenta au comptoir où un discret panneau indiquait « Bureau de Poste » pour demander si l'on avait du courrier adressé au nom de Richards – et fut récompensée par une unique enveloppe.

Elle sortit du magasin et marcha quelques mètres dans la rue animée. Si elle avait prévu d'attendre d'être rentrée pour lire la missive, en tout cas elle ne se tint pas à sa résolution et, s'isolant dans une petite rue proche de Leather Lane, l'ouvrit et en entama la lecture.

Hillmarton Park, le 14 avril

Chère Mrs. Richards,

Miss Fulbrook m'a chargée de prendre la plume en son nom, et je ne puis le lui refuser.

Sachez que c'est à contrecœur que j'y consens, car j'estime qu'il n'est ni sage ni correct d'échanger d'autres lettres concernant ce douloureux sujet. Quoi qu'il en soit, Miss Fulbrook s'est confiée à moi. Je mettrai donc de côté mes propres sentiments et jouerai le rôle de son intermédiaire, dans l'espoir de servir ses intérêts.

On peut aisément deviner, je pense, la raison pour laquelle Miss Fulbrook ne vous écrit pas elle-même. Le récit que je lui ai fait de votre échange avec Mr. Hawkes l'a profondément affectée et a provoqué en elle un trouble auquel il m'est pénible d'assister. Par chance, Mr. Ferntower se contente de mettre son état sur le compte des humeurs changeantes de notre sexe.

Pour aller à l'essentiel, Miss Fulbrook, ayant pris connaissance des terribles informations que je lui ai fournies, nourrit à présent les plus grands doutes quant à la probité de son fiancé.

Que faut-il faire ? La réponse me paraît évidente : nous devons tout révéler à Mr. Ferntower, qui seul peut empêcher ce mariage, et Mr. Hawkes doit répondre de sa conduite. S'il est en mesure d'expliquer ses propos envers vous, soit ; sinon, la question sera réglée. Miss Fulbrook, pour sa part, semble dans l'incapacité de prendre une décision ; elle a peur d'agir. Si elle m'a demandé de vous écrire, c'est dans ce but : vous faire savoir qu'elle vous est reconnaissante pour vos conseils, qu'elle est en ce moment incapable de la moindre réflexion ou action sensée, mais qu'en temps voulu elle vous écrira, à vous et *à quelqu'un d'autre*. Je cite là ses propres mots.

Mrs. Richards, je vous en conjure, si vos motivations sont louables, vous devez recommander à Miss Fulbrook de suivre *mes* conseils. Je redoute de savoir exactement à qui songe Miss Fulbrook quand elle évoque « quelqu'un d'autre », et je n'ai aucune confiance en cet homme. Ce « quelqu'un d'autre », Mr. John Ferntower – voilà ! c'est dit ! –, s'est révélé un coquin patenté, et ce à plusieurs reprises, par ses paroles et ses actes. Je ne vous demanderai point dans quelles circonstances *vous* avez fait sa connaissance – Miss Fulbrook m'a informée que vous étiez proche de ce malheureux –, mais vous devez savoir qu'il causerait sa perte.

Non ! Elle doit absolument parler à son tuteur. C'est sans doute la seule décision à prendre. Si, comme vous le prétendez, vous avez à cœur de préserver l'honneur et le bonheur de cette jeune femme, de grâce, recommandez-lui d'agir de la sorte, par retour de courrier.

Veuillez recevoir, madame, l'expression de ma sincère considération.

Lydia Payne

Sarah Tanner, après un instant de réflexion, se mit en route vers l'ouest.

Ce fut une demi-heure plus tard qu'elle atteignit sa destination – Prince's Row, dans le quartier de Newport Market. Comme lors de sa précédente visite, la porte d'entrée n'était pas fermée à clé, et elle monta au troisième étage sans être contrariée par les habitants de l'immeuble. Personne, en revanche, ne vint lui ouvrir quand elle frappa chez John Ferntower, et après quelques minutes d'attente, elle se résigna à repartir. En quittant les lieux, cependant, une affiche de théâtre bigarrée, aux couleurs criardes, lui attira l'œil. Celle-ci lui rappela l'occupation de John Ferntower et, sur une impulsion, elle prit vers le sud en direction de St. Martin's Lane, puis de Trafalgar Square.

Quand elle marqua un deuxième arrêt, ce ne fut pas devant des appartements privés, mais à trois cents mètres de chez John Ferntower, devant l'Adelphi Theatre, sur le Strand. Pourvue d'un panneau vitré et d'une double porte en accordéon, la façade du théâtre était étroite et ne payait pas de mine, et l'on aurait pu aisément la prendre pour celle d'une taverne minable. Coincé entre le pub *Hampshire Hog* et le magasin Batt & Rutley, marchands de semences, sans séance de l'après-midi pour lui insuffler de la vie, le théâtre avait une allure des plus mornes, car hormis la rangée rectiligne que formaient les quelques réverbères supplémentaires, prêts à éclairer la foule du soir, rien ne le mettait en valeur.

Sarah Tanner hésita, se demandant si les lieux restaient déserts toute la journée. Mais avant qu'elle eût tenté de pousser la porte, on l'appela depuis le seuil du pub voisin.

— Mrs. Richards !

Il lui fallut un moment pour reconnaître la voix : c'était celle de Theobald Stamp.

— Mrs. Richards ! Quel plaisir de vous revoir ! s'exclama Mr. Stamp, qui s'élança vers elle à grandes enjambées. Allons, dites-moi que vous avez réfléchi à ma proposition, ma chère amie ! Dites-moi que vous acceptez, et emplissez de joie mon cœur de vieil homme ! Sachez que ce serait pour lui une source d'enchantement. Un shilling par soirée !

— Non, monsieur, je dois avouer que la scène ne m'attire guère.

— Ah bon ? Alors c'est pour le placard ? Vous avez vu le placard, ma chère amie, et vous voulez vous divertir. Comme tout le monde dans notre métropole, madame ! Nous faisons salle comble tous les soirs : « Stamp est le génie de l'opéra-comique », « Une des productions les plus remarquables du moment », « Miss Woolgar n'a pas d'égale ! ». Avez-vous vu l'affiche, très chère madame ? Oui, certainement.

Sarah Tanner secoua la tête.

— Non, monsieur. Je cherchais Mr. Smith.

— Smith ? Encore lui ? Il n'y en a que pour Mr. Smith. Allons, une beauté telle que vous mérite bien mieux que lui. Enfin, vous l'avez trouvé : il est avec la troupe, déclara Mr. Stamp en montrant le *Hampshire Hog*, en train de travailler à quelques menus changements dans le texte. Venez, entrez donc. Je vais vous trouver une place et vous offrir un rafraîchissement.

— Ce sera inutile, monsieur. Si vous voulez bien demander à Mr. Smith de sortir un instant, cela suffira.

— Vous n'appartenez pas à une de ces sociétés de tempérance, n'est-ce pas ? demanda Mr. Stamp, d'un ton mi-sérieux mi-comique. Parce que, bien entendu, si c'est le cas, jamais plus je ne boirai une goutte, je vous donne ma parole d'honneur.

Sarah Tanner sourit poliment.

— Non, monsieur, je n'en fais pas partie. Mais si vous pouviez…

— Bien sûr, chère madame, répondit Mr. Stamp en lui adressant une courbette extravagante, qu'il ponctua d'un grand geste du bras. Bien sûr !

Mrs. Tanner poussa un soupir de soulagement quand le directeur de théâtre se retira dans le pub. Elle dut attendre quelques minutes avant que John Ferntower en sorte à son tour ; bien qu'il ne fût pas tout à fait ivre, elle ne put que remarquer son haleine chargée de gin.

— Mrs. Richards, vous avez un talent indéniable pour découvrir où je me trouve, déclara John Ferntower, dont la remarque semblait ne pas tenir que du compliment.

— J'ai seulement eu la chance de croiser Mr. Stamp.

— Je suppose que vous m'apportez des nouvelles ?

— J'ai rencontré votre cousine Elizabeth. Je crois l'avoir convaincue de, comment dire, de reconsidérer son choix au sujet de son mariage.

John Ferntower se fit plus grave ; tandis que Sarah Tanner lui relatait les événements de la veille, il parut perdre son cynisme habituel.

— Lui avez-vous remis mon message ?

— Oui. Tenez, voici la lettre que j'ai reçue de Miss Payne ce matin.

John Ferntower la parcourut rapidement.

— Elle a l'intention de nous écrire à tous les deux, je pense, dit Mrs. Tanner. Mais Miss Payne semble d'ores et déjà opposée à ce que le choix se porte sur vous.

— Miss Payne ? répéta Ferntower d'un air sombre. Elle était dans la confidence de ma tante, aussi en sait-elle beaucoup sur mon passé. Ça n'a rien de surprenant. Je doute qu'on puisse la persuader de ma qualité en tant que soupirant.

— Pour l'amour du ciel, monsieur ! s'exclama Mrs. Tanner, exaspérée. L'aimez-vous ?

John Ferntower tressaillit face à un tel franc-parler.

— Elizabeth ? Si seulement elle pouvait se résoudre à m'aimer…

— Alors écrivez-lui de nouveau, avant qu'elle le fasse. Expliquez-lui qu'elle représente tout pour vous, que vous l'épouseriez demain si cela pouvait l'arracher aux griffes d'un brigand tel que Symes. Dites-lui ce qu'il vous plaira, mais donnez-lui espoir.

— Cela suffira-t-il ?

Sarah Tanner soupira.

— Je l'ignore.

— Et si elle suivait les conseils de Miss Payne et parlait à mon père ?

— Si votre père la croit et annule le mariage, j'en serais déjà ravie.

— Et si elle lui raconte tout, mais qu'il ne la croie pas ? Je vous le jure, il est convaincu que Hawkes – ou Symes, quel que soit le nom qu'on lui donne – est inoffensif.

— En ce cas, connaissant Mr. Symes, rétorqua Mrs. Tanner, il fera avancer la date des noces.

John Ferntower secoua la tête, mais Mrs. Tanner ne sut juger si c'était par défi ou par pessimisme silencieux.

— Dites-moi, reprit-elle, Miss Payne a-t-elle de l'influence sur votre père ?

— Voici une question fort singulière, répondit Ferntower, perplexe.

— Pas si elle peut le dresser contre Symes.

— Et comment en serait-elle capable ?

— Parce que je crois qu'il s'est épris d'elle. Il m'a demandé mon opinion à son sujet, quand je les ai vus aux Écoles.

— Je doute que cela ait grande signification.

— Vous n'avez pas vu comme il la couvait des yeux.

Ferntower haussa les épaules.

— Rien ne me surprend plus, chez cet homme. Mais je serais fort étonné que Miss Payne partage ses sentiments.

— Votre père est-il un tel monstre ?

— Ils ne sont pas de la même condition, Mrs. Richards. Et je crois que mon père a eu son content de scandale.

Sarah Tanner ne discuta pas.

— Mais vous allez écrire à Miss Fulbrook, n'est-ce pas ?

— Je pense, oui. Je peine pourtant à croire que…

John Ferntower laissa sa phrase en suspens lorsqu'il vit Theobald Stamp sortir du *Hampshire Hog*.

— Chère madame, s'exclama Stamp d'une voix tonitruante, en agitant deux morceaux de papier, vous êtes encore là ! J'étais en train de discuter avec mes camarades, madame, quand l'idée m'a frappé. Je me suis dit : « Monsieur ! Quel goujat vous êtes ! Quelle fripouille ! » Voyons, c'est le moins que je puisse faire pour une amie de Mr. Smith !

— Quoi donc, monsieur ?

— Je vous offre deux billets pour la représentation de demain soir, madame, déclara Mr. Stamp avec effusion. *La Reine du marché* – pièce traduite du français –, suivie des *Culottes bouffantes, ou les Folies de l'époque*.

— Merci, dit Mrs. Tanner le plus poliment possible.

— Mrs. Richards saura sans doute mieux employer son temps, ajouta Ferntower.

— Bien, monsieur, dit Mrs. Tanner, je vais devoir vous quitter. J'espère que vous tiendrez votre correspondance à jour, Mr. Smith.

— Je ferai de mon mieux, soyez-en assurée.

— Eh bien, au revoir, très chère, dit Theobald Stamp en exécutant une autre de ses courbettes exagérées. Il me tarde de vous voir dans notre théâtre. Et si vous souhaitez venir en coulisses, vous n'aurez qu'à vous présenter à l'entrée des artistes.

— Au revoir, dit Sarah Tanner, résolue à n'en rien faire.

Sarah Tanner rentra d'un pas tranquille. Quand enfin elle arriva à Leather Lane, elle s'étonna d'entendre quelqu'un l'appeler.

— Hé, madame !

C'était Joe Drummond, un grand gaillard qui approchait des cinquante ans, habitué des *Dining & Coffee Rooms*, et père du soupirant de Norah Smallwood.

— Hé, madame, répéta le marchand en faisant le tour de sa charrette, l'air assez timide malgré sa carrure. Qu'est-ce que vous dites de ça : des harengs de Yarmouth, un penny les trois ? On en pêche pas de meilleurs.

Sarah Tanner considéra les poissons, disposés en rangées bien alignées, mais qui pour la plupart ne paraissaient pas de la première fraîcheur.

— Nous avons ce qu'il nous faut pour aujourd'hui, Joe.

— On les a juste un peu touchés, madame, rien de méchant.

— Non, merci, Joe, pas aujourd'hui.

— J'aurai du flétan à la fin de la semaine, insista le marchand après un instant d'hésitation.

Sarah Tanner le dévisagea et lui trouva l'air nerveux.

— J'en prendrai peut-être quand ils seront là.

— Ou de l'églefin. Je devrais avoir de l'églefin, de première qualité.

— Vous vouliez me parler d'autre chose, Joe ? s'enquit-elle, certaine que c'était le cas.

— Ah, répondit le marchand, comme si l'on venait de lui ôter un poids des épaules. C'est ma charrette, madame.

— Votre charrette ? Quel est le problème ?

— Eh ben, poursuivit le marchand, qui semblait tâtonner pour aborder un sujet particulièrement délicat, c'est pas tant qu'elle a un problème, mais elle pèse son poids, et c'est rudement long à charger, vous voyez ?

Bien qu'elle ignorât où il voulait en venir, Sarah Tanner fit oui de la tête.

— Pour un véhicule lourd comme ça, faut être deux, madame. Je peux me débrouiller tout seul, mais l'idéal c'est d'être à deux, sinon je suis le dernier arrivé et le dernier parti, et c'est pas bon pour les affaires.

— Le dernier parti ?

— Au marché au poisson de Billingsgate. C'est ça le problème.

— Je suis navrée, Joe, mais je ne comprends pas.

— C'est à cause de mon Harry, pardi ! s'exclama Joe Drummond, comme s'il s'agissait d'une évidence. Il m'accompagne, pour sûr, mais il a la tête ailleurs, poursuivit le marchand en se tapotant la tempe du doigt, si vous voyez ce que je veux dire. Et où qu'il est en ce moment ?

Sarah Tanner déclara ignorer où se trouvait Harry Drummond, même si elle commençait à deviner la véritable nature de la plainte de son père.

— Il est planté devant votre mastroquet, m'dame, à se morfondre devant cette Norah qui travaille pour vous. J'ai voulu lui faire entendre raison, mais il m'écoute pas. Cette fille lui a fait un drôle de coup, et il est tout chamboulé.

— Je suis navrée, Joe, mais je crois qu'il y a un autre jeune homme.

— Eh ben, peut-être que vous pourriez lui causer. Ça lui ferait pas de mal d'entendre la vérité en face.

— Je ferai de mon mieux.

— C'est gentil, m'dame, répondit le marchand, reconnaissant. Merci bien ! Tenez, prenez un hareng fumé, gratis !

— Non, merci, Joe.

— Harry ! Harry Drummond !

Comme prévu, Sarah Tanner trouva le garçon en train de traîner dans les parages du carrefour de Liquorpond Street. Quand il entendit son nom, il vint vers elle d'un pas réticent, l'air quelque peu coupable.

— Qu'est-ce qu'y a, madame ?

— Qui attends-tu ?

— Personne en particulier, répondit le jeune Harry, maussade.

— Ton père pense que je devrais te dire deux mots.

Harry Drummond rougit.

— Ouais, eh ben, ça le regarde pas.

— Si c'est Norah que tu cherches, je crois qu'elle est déjà prise.

— Bah tiens ! s'exclama-t-il, avec une grande émotion. C'est du propre, ça, un gars qui pique la chérie d'un autre alors qu'il est même pas là pour se bagarrer !

— Je ne crois pas que tu doives te battre pour elle, dit-elle, s'efforçant de dissimuler son amusement face à tant de véhémence.

— Qu'est-ce que je peux faire, alors ?

Sarah Tanner le dévisagea. Son dévouement était si sincère que, en dépit de son aspect comique, elle en fut touchée. Une idée lui vint.

— Possèdes-tu un costume ? Un beau costume, s'entend ?

Perplexe, le jeune homme hocha la tête.

Elle plongea la main dans sa poche et en sortit les billets pour l'Adelphi.

— Je te parie qu'elle n'a jamais rien connu de plus distingué qu'un beuglant de bas étage, déclara Mrs. Tanner en les lui tendant. On m'a donné ça. Tu peux les prendre, si tu les veux. Pourquoi tu ne l'inviterais pas au théâtre ?

Le visage du jeune marchand s'illumina.

— C'était en quel honneur, ça ? pesta Ralph Grundy lorsque son employeuse rentra dans le café, en regardant Harry Drummond s'éloigner.

— Vous ne m'approuverez pas, Ralph. Je vous expliquerai plus tard.

Ralph Grundy fronça les sourcils mais tenta une autre approche.

— Alors, Miss Fulbrook vous a écrit ?

— Si l'on veut, oui, répondit Sarah Tanner en sortant la lettre de Miss Payne pour la lui montrer.

— Et la prochaine étape, c'est quoi ? voulut savoir Ralph Grundy quand il en eut terminé la lecture. Vous allez lui répondre, comme elle demande ?

— Non. Nous en avons assez fait. Attendons de voir ce qui se passe.

CHAPITRE XXX

Une deuxième lettre en provenance d'Holloway arriva le lendemain matin, écrite d'une autre main.

Hillmarton Park, le 15 avril

Chère Mrs. Richards,

Je serai brève. Je n'ai cessé de ressasser cette question, et je suis toujours aussi loin d'avoir pris une décision. Je sais que Miss Payne vous en a informée. J'ai aussi reçu une lettre de la part d'un certain monsieur – un gentleman que vous connaissez bien – qui m'a profondément bouleversée. Je souhaiterais m'entretenir de nouveau avec vous, dans les plus brefs délais.

Je vous prierai de bien vouloir m'excuser, car j'ai pris les devants concernant la façon dont nous pourrons nous rencontrer. Mr. Ferntower donne un petit dîner demain soir, et l'une de nos invitées vient de se désister. J'ai prévenu mon tuteur que j'allais vous écrire, puisque vous êtes toujours à Londres.

Viendrez-vous ? J'attends votre réponse. Le dîner sera servi à huit heures. Si au cours de la soirée nous ne parvenons à nous parler en aparté, nous pourrons au moins convenir d'un rendez-vous.

Je vous prie d'agréer, chère Mrs. Richards, l'expression de ma considération.

Elizabeth Fulbrook

P-S : Mr. Hawkes doit s'absenter pour affaires en province, aussi n'aurez-vous rien à craindre de sa part.

— On dirait bien que vous avez réussi votre coup, patronne, commenta Ralph Grundy en lisant la lettre. Elle va pas l'épouser.

— J'ai l'impression que Ferntower a joué son rôle, à tout le moins. « Profondément bouleversée » !

— En tout cas, ça a pas l'air de vous enchanter plus que ça, fit remarquer le serveur.

— Stephen Symes sait se montrer très convaincant, quand il le veut. Même si j'empêche leur union maintenant, rien n'est encore joué. Il n'existe qu'une seule façon de tirer Miss Fulbrook d'affaire, et tout repose sur John Ferntower.

— C'est quoi, alors ?

— La courtiser ne suffira pas, il doit l'épouser.

Ralph Grundy haussa les sourcils.

— C'est beaucoup demander, ça, patronne, vu ce que vous m'avez raconté.

— Il est possible qu'elle l'aime. Et il n'est pas exclu que de son côté il l'aime aussi.

— Ah, c'est sûr, ça peut avoir de drôles d'effets sur certaines personnes, déclara Ralph Grundy, comme en référence à quelque mal obscur. Donc vous retournez à Holloway – ce soir, c'est ça ?

— C'est préférable, oui.

— Et il va vous falloir un cocher.

Sarah Tanner eut un instant d'hésitation.

— Non, dit-elle au bout d'un moment, pas cette fois. Je vais en engager un, ou je prendrai un fiacre. J'ai besoin de vous ici.

— Ici ? Attendez, patronne… vous allez pas laisser Son Altesse sortir…

— Je n'ai pas le choix, Norah a des billets pour l'Adelphi. Je crois qu'elle développe un penchant pour le théâtre.

Ralph Grundy en resta sans voix.

— Fermez la bouche, Ralph, dit Mrs. Tanner. Vous allez gober les mouches.

Ce soir-là, aux environs de sept heures, on régala les habitants de Leather Lane de deux spectacles inhabituels. Le premier fut la venue d'un nouveau fiacre, voiture élégante et bien équipée, qui se fraya un chemin dans Liquorpond Street et s'arrêta devant les *Dining & Coffee Rooms* de Sarah Tanner. Ce n'était pas tant l'équipage qui attisa la curiosité des riverains – même si de tels véhicules étaient rares dans les ruelles étroites entre Gray's Inn et Saffron Hill –, mais le départ soudain de Sarah Tanner, pour qui on semblait avoir fait venir le cab. Enveloppée de son grand châle, elle sortit de son établissement d'un pas vif et monta à l'intérieur, sans presque un mot pour le cocher.

Les marchands de quatre-saisons, qui étaient en train de ranger leurs étals, remarquèrent seulement que le fiacre était une *drôlement belle carriole*, car, comme tous les vendeurs des rues, ils se considéraient fins connaisseurs en équipages, même si leur expérience pratique en la matière se limitait aux ânes et aux charrettes. Parmi eux, les quelques femmes qui assistèrent au départ du véhicule furent davantage enclines à se perdre en conjectures à propos de la destination de Sarah Tanner, conjectures peu flatteuses quant à sa moralité.

N'eût-elle été divertie par un second événement sensationnel, cette clique de mégères aurait d'ailleurs passé la soirée à spéculer au sujet du fiacre. Une demi-heure plus tard, Norah Smallwood, vêtue d'une robe de soie (empruntée, en fait, à son employeuse), sortit au bras d'Harry Drummond (qui portait un costume appartenant à son père, que ce dernier réservait d'ordinaire aux funérailles de ses proches). Les avis concernant Norah Smallwood étaient jusqu'alors divisés : aux yeux de certaines, la jeune femme s'était comportée avec Harry Drummond, pour reprendre l'expression de celui-ci, *comme une vraie garce*, et pour d'autres, moins charitables, Harry Drummond ne l'avait sans doute pas volé. Toutefois, lorsqu'elles virent Norah Smallwood dans sa robe de soie élégante bien que sans prétention, le débat fut clos : à l'instar de sa cousine, Norah Smallwood *n'était pas d'une vertu farouche*, il n'y avait pas à tergiverser.

Quant à Sarah Tanner, alors que son cab dépassait le péage d'Islington et prenait la direction du nord, elle ne se souciait guère de son employée. Non, elle songeait à la lettre d'Elizabeth Fulbrook et se demandait si elle pouvait se fier à John Ferntower. Et même si elle soupçonnait que celui-ci ne fût pas le meilleur parti pour la jeune héritière, elle pensa à ce monstre de Stephen Symes, et prit la ferme résolution d'écarter ses doutes.

— Hillmarton Park, c'est ça ? cria le cocher comme le cab ralentissait.

— Oui, merci.

Une demi-heure après son départ de Leather Lane, Norah Smallwood promenait son regard dans le petit théâtre. L'admiration sans bornes que vouait Theobald Stamp à Sarah Tanner ne leur avait valu que des places au premier rang du dernier balcon, mais la représentation n'ayant pas encore commencé, ces hauteurs vertigineuses lui donnèrent tout le loisir d'observer les lieux et le public. La plupart des spectateurs qui occupaient l'orchestre étaient des employés de bureau accompagnés de leur femme. À la lumière flamboyante de l'imposant chandelier au gaz suspendu au plafond, agrément qui paraissait bien trop volumineux pour la sécurité publique, Norah Smallwood voyait que les hommes portaient des chapeaux de soie sans prétention, et la plupart des femmes, d'élégantes mantes à col de fourrure au lieu de simples fichus. La foule du dernier balcon, bien qu'assez riche pour s'offrir une place à un shilling, consistait davantage en ouvriers appartenant à la catégorie supérieure des travailleurs manuels, et se distinguait tout d'abord par des habits de moins bonne coupe, mais aussi par les avantages qu'offrait cet emplacement – on pouvait y apporter des victuailles. Ainsi, çà et là, on entendait le craquement de biscuits secs, et l'on consommait en abondance porter en bouteille passé en fraude et tourtes à la viande fumantes.

— C'est chouette, hein ? s'exclama Harry Drummond avec enthousiasme.

Norah acquiesça en examinant l'orchestre d'un air mélancolique, songeant combien il serait plus agréable d'être assise en bas, en compagnie d'un homme – tel que son Albert –, et non d'un simple garçon.

Sarah Tanner tira la cloche du 42, Hillmarton Park. Accueillie par la même domestique qu'à sa précédente visite, elle suivit la jeune femme dans l'escalier menant au premier étage, jusqu'où se diffusait le riche fumet de rôti de porc qui s'échappait par la porte de la cuisine.

— Mr. Ferntower semble avoir une excellente cuisinière, dit-elle à la bonne.

— Oui, madame.

— Tout à fait excellente, Mrs. Richards, ajouta une troisième voix.

Sarah Tanner la reconnut immédiatement et leva les yeux vers le sommet des marches. C'était Miss Payne, qui descendait déjà de l'étage supérieur.

— J'espère que vous allez bien, Mrs. Richards.

— Très bien, merci, Miss Payne. Et vous-même ?

— Pareillement, madame, merci.

Elle observa de près la gouvernante, car elle avait perçu dans sa voix une légère nervosité, comme un ton pressant, et trouvait singulier qu'elle ait été si prompte à lui parler, sans préambule ni salutations.

— Hélas, les odeurs qui montent du sous-sol sont par trop envahissantes, dit Miss Payne. Je vais demander à la cuisinière de bien aérer. Elle m'assure qu'elle laisse la porte de derrière ouverte, mais je préfère aller vérifier. Quoi qu'il en soit, je vous souhaite une agréable soirée.

Sarah Tanner lui adressa un signe de tête poli, mais elle était perplexe : on n'abordait pas le sujet du fonctionnement de la cuisine avec les invités. Elle était certaine que Miss Payne avait délibérément abordé ce sujet.

— Voilà, madame, dit la bonne en lui tenant la porte du salon.

Mrs. Tanner entra. À son grand étonnement, seuls Mr. Ferntower et sa pupille semblaient présents.

— Ah, Mrs. Richards, dit Mr. Ferntower, avec son détachement habituel. Quel plaisir de vous revoir ! Ma pupille m'a assuré que vous étiez toujours à Londres, mais je l'avoue, j'en doutais. Asseyez-vous, je vous prie.

— Merci, monsieur. C'est fort aimable à vous de m'avoir invitée. Suis-je la première arrivée ?

— La première, et presque la dernière, madame. Hélas, presque tous mes amis et connaissances ont été retenus par des soucis de santé ou quelque empêchement malheureux. Nous n'attendons plus qu'un seul gentleman. Nous ne serons que quatre. J'ai suggéré à Elizabeth d'annuler ce dîner, mais elle a insisté pour que nous le maintenions.

Le rouge monta aux joues d'Elizabeth Fulbrook, qui jeta un bref coup d'œil en direction de Sarah Tanner. On entendit la sonnette retentir dans le vestibule.

— Ah, fit Mr. Ferntower, le voilà. Je vous prie de m'excuser, Mrs. Richards, je dois m'entretenir avec lui en privé un instant – les affaires.

Sarah Tanner sourit poliment pour indiquer qu'il ne lui devait pas d'excuses. Dès que Mr. Ferntower eut quitté la pièce, sa pupille se tourna vers son invitée et s'adressa à elle d'une voix nerveuse et saccadée.

— Vous n'avez pas idée de ce que vous avez fait ! Je m'imaginais vivre une vie confortable et paisible. Je pensais que j'épouserais un homme convenable.

— Vous m'en voyez navrée. Auriez-vous préféré que je ne vous prévienne pas ?

— Non. Vous avez eu raison. Mais il reste certains points… que nous ne pouvons aborder maintenant. Nous pourrons nous retirer pour en discuter après le dîner. Mr. Ferntower partage toujours ses meilleurs cigares avec ses invités.

— Ce gentleman qu'il attend, qui est-ce ?

— Je l'ignore…

Avant qu'Elizabeth Fulbrook ait pu en dire davantage, on entendit des bruits de pas dans l'escalier, et Mr. Ferntower revint, accompagné par un homme de quelques années son cadet, vêtu d'un costume de tweed, aux cheveux brun foncé et aux favoris soigneusement taillés.

— Elizabeth, Mrs. Richards, je vous présente Mr. Murdoch.

Sarah Tanner salua. Un détail chez ce nouvel hôte, cependant, éveilla sa curiosité. Elle ressentit la même confusion qu'au moment où elle avait croisé Lydia Payne sur le palier, avant même que cet homme ait prononcé un mot. Son costume n'était guère approprié pour un dîner, et il se montrait étrangement distant.

— Elizabeth, ajouta Mr. Ferntower, peux-tu venir par ici un instant ?

Vraisemblablement aussi étonnée que Sarah Tanner, Elizabeth Fulbrook obtempéra et rejoignit son tuteur. Sarah Tanner eut des frissons dans le dos.

— À présent, madame, poursuivit Mr. Ferntower en s'adressant à son invitée, d'un ton soudain chargé d'une grande gravité, peut-être pourrez-vous nous éclairer sur ce qui a motivé votre inexplicable ingérence dans mes affaires ?

— Je vous prie de m'excuser, je ne comprends pas.

— Très convaincante, monsieur, je vous l'accorde, déclara Mr. Murdoch en s'adressant à son hôte. On s'y laisserait prendre.

— Monsieur ? Que se passe-t-il ? s'enquit Miss Fulbrook.

— Mr. Murdoch est de Scotland Yard, ma chérie. Il semblerait que Mrs. Richards soit une usurpatrice de quelque espèce, même si j'ignore encore ce qu'elle manigance.

— Scotland Yard ? répéta Sarah Tanner en se levant.

— Pour vous servir, madame, répliqua le policier avec un sourire espiègle. Ravi de faire votre connaissance. Hélas, il est de mon devoir de vous arrêter.

CHAPITRE XXXI

La profession de Mr. Murdoch, décida Sarah Tanner, ne faisait aucun doute. Il dégageait l'air omniscient et content de soi que cultivent les inspecteurs de police – même sa façon de se tenir et son port de tête semblaient exprimer une certaine suffisance.

— C'est tout à fait ridicule, protesta Mrs. Tanner.

— Ce qui est ridicule, *madame*, répliqua Mr. Ferntower, en mettant un accent sarcastique sur ce dernier mot, c'est que vous ayez tenté de vous imposer à une famille respectable d'une façon aussi méprisable.

— Monsieur ? dit Elizabeth Fulbrook. Quel est le problème ?

Sarah Tanner observa le visage de la jeune femme, dont la surprise, elle en avait la certitude, était authentique.

— Osez-vous nier que vous nous avez dupés ? poursuivit Mr. Ferntower.

— De quelle manière, je vous prie ? s'enquit Sarah Tanner, s'efforçant de paraître innocente.

Elle se demanda qui l'avait trahie. Était-ce Lydia Payne qui, succombant à sa conscience, n'aurait pas gardé le secret de Miss Fulbrook ? Ou était-ce Symes ? À la vérité, elle n'avait pas envisagé que Stephen Symes puisse prendre le risque de contacter la police.

— Si vous permettez, monsieur, intervint l'inspecteur. Il est inutile de tergiverser. La réponse à votre question, ma chère, est que vous vous êtes frauduleusement présentée comme issue d'une bonne famille du Hertfordshire, que vous avez fabriqué de faux documents à cet effet, et que, j'en ai l'intime conviction, vous agissez de la sorte dans le but d'abuser cette jeune dame, sans nul doute avec l'intention d'en tirer quelque bénéfice pécuniaire. Je me dois donc de vous conduire au poste de police d'Islington.

— Moi, j'aurais fabriqué de faux documents ? C'est tout bonnement ridicule, se défendit Mrs. Tanner en parcourant la pièce d'un bref coup d'œil, à la recherche d'une issue par où s'échapper, sans en trouver aucune. Mr. Arthur DeSalle est un proche de…

— Assez de balivernes, répondit le policier en s'avançant vers elle. Gardez-les pour le juge.

— Sur les conseils d'un ami, j'ai écrit à Mr. DeSalle, ajouta Mr. Ferntower. Ces conseils se sont révélés judicieux. Mr. DeSalle a affirmé n'avoir jamais entendu parler de vous. Si vous croyez toujours pouvoir vous payer notre tête, madame, vous vous méprenez.

Sarah Tanner resta muette un instant, abasourdie par l'idée qu'Arthur DeSalle ait pu agir de la sorte. Ce fameux « ami », était-ce Symes ?

— Suivez-moi, ordonna le policier. Nous en avons terminé.

La voix de l'inspecteur ramena Sarah Tanner à la réalité. Elle procéda à un calcul décourageant. Elle n'avait nulle part où fuir, aucune arme sous la main, et ne pouvait rien avancer pour sa défense.

— Très bien, répondit-elle, laissant Murdoch la conduire vers la porte. Mais je suis convaincue que nous pourrons éclaircir ce malentendu.

— Balivernes, répliqua l'inspecteur d'un ton brusque. Je n'apprécie guère les balivernes, madame. Ne compliquons pas les choses. Suivez-moi. Et pas d'histoires, d'accord ?

— Mais… protesta Elizabeth Fulbrook.

— Allons, ma chérie, dit Mr. Ferntower. Laissez l'inspecteur faire son travail.

— Merci, monsieur, répondit le policier avec une politesse affectée. Et si vous vous présentez au tribunal d'Upper Street demain à la première heure, nous verrons ce que pense le juge de cette affaire.

Sarah Tanner écouta Mr. Ferntower et Mr. Murdoch comme ils se mettaient d'accord ; mais, tandis que l'inspecteur s'apprêtait à lui faire quitter la pièce, d'autres pensées lui occupaient l'esprit : le commissariat menait directement au tribunal de police, et le tribunal de police à la prison. Elle devait s'échapper, et vite. Mais par où, et comment ? Lorsqu'ils descendraient l'escalier ? Lorsqu'ils passeraient la porte ? Dans la voiture qui l'attendait, quelle qu'elle soit ?

Un sentiment de panique prit naissance au creux de son estomac.

— Un instant, monsieur, je dois vous expliquer quelque chose, déclara Sarah Tanner, sans se départir de son ton le plus hautain.

L'inspecteur poussa un soupir las et étudié, le mot « balivernes » sur les lèvres. Il n'eut toutefois pas l'occasion d'exprimer son sentiment, car Mrs. Tanner lui envoya un coup de pied dans le tibia. Profitant de ce que Mr. Murdoch poussait un glapissement de douleur – et il s'agissait bien d'un glapissement, qui sapa l'air suffisant de l'inspecteur, remarqua-t-elle avec satisfaction –, elle esquiva habilement ses mains alors qu'il essayait de se saisir d'elle, releva ses jupons et partit en courant vers l'escalier.

Sa tentative, elle le savait, était vaine. Sa robe de soirée n'était pas à crinoline, mais ainsi vêtue elle ne pouvait espérer semer un homme. Dans le meilleur des cas, elle pourrait parcourir quelques mètres ; au moins, songea-t-elle, si elle parvenait jusqu'à l'escalier, Murdoch y perdrait peut-être l'équilibre – il s'agissait là d'un bien maigre espoir, mais c'était mieux que rien.

Elle perçut vaguement des bruits de pas derrière elle, puis un grand désordre – et non pas les seuls bruits du policier lancé à sa poursuite. Lorsqu'elle s'engagea dans la première volée de marches, elle vit la cause de cette confusion. L'inspecteur, dans sa hâte à la traquer, était entré en collision avec quelqu'un – Lydia Payne. Tous les deux gisaient par terre, enchevêtrés, devant le salon, le policier essayant tant bien que mal de se libérer des plis de la robe de la gouvernante sans commettre d'inconvenance involontaire.

Mrs. Tanner ne s'arrêta pas pour savourer sa bonne fortune et poursuivit sa course.

Ce fut seulement au rez-de-chaussée, alors que ses pas rapides résonnaient dans toute la maison, que l'apparition soudaine de la gouvernante lui sembla des plus singulières. Quelle surprenante coïncidence, qu'elle soit arrivée à cet instant précis et ait interrompu la poursuite du policier !

N'était-ce qu'un coup de chance ? Que lui avait dit Miss Payne, au juste ?

Elle laisse la porte de la cuisine ouverte.

Après un moment d'hésitation, elle fonça en direction de l'escalier de service, qu'elle dévala quatre à quatre.

Elle craignait de se jeter dans les griffes d'un agent de police chargé de monter la garde, mais personne ne semblait l'attendre dans la cuisine, où ne se trouvaient que la bonne et la cuisinière, laquelle poussa un cri quand Sarah Tanner passa en trombe à côté d'elle et renversa une rangée de plats et d'assiettes qu'on avait préparés pour le dîner. Mrs. Tanner, ignorant le fracas de la vaisselle qui se brisait, franchit à toute vitesse la porte de derrière, qu'on avait laissée entrouverte selon les instructions de Lydia Payne.

Le jardin était long d'au moins trente mètres, gazonné, délimité par quelques buissons à peine visibles dans l'obscurité. Mais au fond se dressait un muret, haut d'à peine un mètre, et derrière – rien. Hillmarton Park se trouvait à la lisière de la métropole, et l'arrière du numéro 42 était bordé de parcelles vierges qu'on creusait pour extraire l'argile. Sarah Tanner fit une pause afin de reprendre son souffle puis, entendant les voix qui s'élevaient dans la maison et apercevant la lumière fugace d'une lampe dans la cuisine, elle reprit sa course sur le terrain inégal et s'engagea dans la carrière de glaise.

Elle courut le plus vite possible, malgré le ciel noir, où l'on ne voyait ni la lune ni les étoiles, malgré le sol, mi-terre retournée mi-boue, qui collait à ses semelles telle de la glu. Mais elle ne s'arrêta pas, en dépit de ses poumons qui la brûlaient, et de ses jambes lourdes comme du plomb.

Elle ne s'arrêta, en fait, qu'au moment où elle perdit l'équilibre et dégringola sur le flanc d'une excavation, presque invisible dans la nuit. Pendant sa chute, avalant involontairement des particules de terre mouillée, elle songea qu'elle tombait peut-être dans une tombe ouverte.

CHAPITRE XXXII

Sarah Tanner ouvrit les yeux, ne ressentant tout d'abord qu'une douleur sourde dans la région des côtes. Il lui fallut au moins une minute, dans l'obscurité absolue, pour recouvrer ses esprits et identifier l'endroit où elle se trouvait. C'était l'excavation ; le sol poreux l'entourait de toutes parts, la glaise imprégnait sa robe et collait à ses joues. Instinctivement, elle bougea le bras pour s'essuyer le visage, mais elle entendit alors des bruits de pas au-dessus, et vit le trait de lumière d'une lampe qui se balançait en un large arc de cercle.

— Elle n'est pas là, monsieur, dit une voix, qu'elle identifia comme celle de Murdoch.

— Je ne puis croire que vous l'ayez laissée s'échapper, répliqua Michael Ferntower avec colère.

— J'avais posté un agent devant la maison, monsieur. Jamais je n'aurais cru qu'il me fallait encercler les lieux. Une vraie petite diablesse, n'est-ce pas ?

— Oui, de toute évidence, cette femme est une criminelle patentée, et vicieuse, qui plus est. Cela ne fait aucun doute.

— En effet, répondit l'inspecteur d'un ton froid. Jamais une honnête femme ne serait capable de semer la police.

Michael Ferntower soupira.

— Bien, rappelez votre homme. J'espère au moins que nous ne la reverrons pas de sitôt.

— Elle ne reviendra pas, monsieur. Vous lui avez fait une peur bleue, ce soir, je peux vous l'assurer.

Depuis le fond de l'argilière, Sarah Tanner écouta les deux hommes repartir lentement en direction de la maison et s'autorisa un soupir de soulagement. Elle s'interrogea sur le temps qu'elle devrait demeurer immobile, et décida de rester cachée au moins quelques minutes.

Lasse, elle ferma les yeux et se demanda si la soirée de Norah Smallwood se passait mieux que la sienne.

Norah Smallwood, pour sa part, n'était guère convaincue par sa sortie au théâtre. Bien que la première pièce, *La Reine du marché*, offrît toute une succession de rebondissements étonnants, une histoire d'amour, et la venue sur scène d'un vrai cheval, elle était sans cesse distraite par Harry Drummond, qui avait la fâcheuse manie de glisser régulièrement son bras autour de sa taille, manie qu'elle se sentait obligée de décourager. En outre, même si le public du dernier balcon huait chaque catastrophe comique et applaudissait chaque victoire de l'héroïne, elle eut la certitude d'avoir perdu le fil de l'intrigue dès le premier quart d'heure. Ce fut donc avec un certain soulagement qu'elle regarda la reine exécuter son dernier salut et les becs de gaz se rallumer, en attendant qu'on les éteigne une fois de plus pour la représentation des *Culottes bouffantes*.

— Mazette, c'était épatant ! s'exclama Harry Drummond, qui apportait avec entrain sa contribution aux commentaires qui fusaient autour d'eux.

— Et comment ! acquiesça Norah Smallwood, s'efforçant de paraître un tant soit peu enthousiaste. Va donc nous chercher à manger, tu veux ?

— Je croyais que tu voulais rien, répliqua Harry, avec une pointe de regret, lui qui avait refusé plus tôt dans la soirée d'acheter des parts de tourte à un marchand itinérant, auquel Norah Smallwood n'avait guère porté d'intérêt.

— Eh bien, maintenant, si. Tout me va, même une orange. On a le droit d'avoir faim, non ?

— Il y a bien quelqu'un qui va passer, maugréa le jeune homme.

Pourtant, comme il regardait autour de lui, il ne vit aucun signe d'en-cas à vendre.

— Vas-y, s'il te plaît, insista Norah. Je meurs de faim.

— Tu seras toujours là à mon retour ?

— Bien sûr que oui. Je te le jure.

Après cette promesse, Harry Drummond accepta avec réticence, poussé par la galanterie qui constituait une des facettes naturelles de sa jeune personne.

Norah, quant à elle, le regarda jouer des coudes pour atteindre le bout de la rangée et – à dire vrai – espéra avec une certaine mélancolie qu'un tout autre gentleman viendrait prendre place à côté d'elle.

Ce vœu ne s'exauçant pas, elle porta son attention sur la salle en contrebas. Elle ne voyait que les musiciens – en partie renfoncés sous la scène – et, si elle étirait le cou, les allées et venues à l'orchestre. Ce fut alors qu'elle remarqua le visage d'une femme dans la foule, qui ne fut visible qu'un instant fugace.

Norah Smallwood devint blanche comme un linge.

— Sapristi ! s'exclama Harry Drummond, qui arriva au même moment, rapportant fièrement deux oranges. T'as vu un fantôme, ou quoi !

Elle fronça les sourcils et secoua la tête.

— Nan, c'était rien. Je rêvassais, c'est tout.

Après tout, songea Norah Smallwood, Miss Emma Ferntower était morte. Non, ça ne pouvait être elle, c'était impossible.

Une cloche tinta. Les lumières du théâtre se tamisèrent.

Le trajet de Sarah Tanner depuis Upper Holloway fut des plus éreintants. Elle ne revint aux *Dining & Coffee Rooms* que plusieurs heures après son départ, aux environs de minuit et demi. Elle offrait alors un spectacle bien moins engageant qu'à son départ, et si les mêmes marchandes l'avaient vue, nul doute qu'elles auraient échangé des commentaires avec une satisfaction béate. La robe de soie délicate qu'elle portait n'était plus que la guenille crottée la plus dégoûtante qu'on ait jamais vue dans Leather Lane. Réduite en loques par sa marche forcée dans les glaisières, l'étoffe semblait avoir été déchiquetée, et aux multiples accrocs pendaient, tels des rubans fatigués, des lambeaux de tissu. Sa figure, elle aussi, était toujours barbouillée de boue, malgré sa tentative vaine pour se nettoyer à une fontaine des environs de King's Cross. Ralph Grundy, sentinelle volontaire dont les yeux alertes guettaient par l'interstice entre les volets, se hâta d'aller lui ouvrir.

— Nom d'un chien ! Vous allez bien, patronne ?

— À merveille, répondit Mrs. Tanner en s'asseyant lourdement sur une banquette.

— Vous voulez boire quelque chose ?

Elle fit non de la tête.

— Norah est rentrée ?

— Depuis une bonne heure. Elle est sans doute couchée, dit Ralph Grundy, renonçant à son commentaire habituel sur les défauts de la jeune fille. Vous voulez que j'aille la chercher ?

— Non, je voulais juste savoir si elle avait passé une bonne soirée. Ça pourra attendre.

— On s'en fiche ! s'exclama le serveur d'un ton outré. Qu'est-ce qui est arrivé, bon sang de bois ?

— Ferntower a découvert le pot aux roses. Ou du moins, il sait que je me suis fait passer pour une autre. Ce dîner n'était qu'un traquenard, et il avait fait venir un inspecteur pour m'arrêter.

— Un inspecteur ? Qui lui a dit ?

— Symes, j'en suis sûre.

— Symes ? Pas la gouvernante ?

— Non, je pense au contraire qu'elle m'a aidée à m'échapper.

Ralph Grundy écouta Sarah Tanner lui relater les événements, et notamment sa marche forcée à travers les glaisières et les faubourgs de Londres. À la fin de son récit, il soupira.

— Je veux pas dire, patronne, mais je crois que tout ça, ça vaut pas la peine que vous vous donniez autant de mal. Ça vous concerne pas.

— Un homme qui se fait assassiner, vous pensez que ça n'en vaut pas la peine ?

— Ça dépend de qui. Mais j'ai l'impression, patronne, que vous cherchez plus à coincer ce Symes que celui qui a trucidé votre camarade. Bien sûr, si vous voulez régler vos comptes, c'est votre droit.

— Il ne s'agit pas de ça, Ralph.

— Pas besoin de vous justifier, patronne.

— Ce n'est pas mon intention.

Ralph Grundy haussa les épaules.

— Bon, je vais vous laisser, alors. M'est avis que vous devriez vous reposer.

Sarah Tanner hocha la tête et le regarda partir sans mot dire. Les côtes toujours douloureuses, elle fournit un gros effort pour se lever et alla fermer à clé, comme à son habitude. Munie de sa lampe, elle gagna sa chambre, où l'on n'avait pas allumé de feu. Trop épuisée et gelée pour se dévêtir, elle se contenta d'ôter ses souliers et de s'envelopper dans ses couvertures.

En un rien de temps, elle s'endormit.

Pour la deuxième fois cette même nuit, elle se réveilla, hébétée, désorientée.

Un détail lui parut étrange : elle était dans sa chambre, et la lampe, qu'elle avait éteinte, avait été rallumée.

Mais il ne s'agissait pas du tout de sa lampe, c'était plutôt une sorte de lanterne. Et le bruit qu'elle perçut ressemblait à un cri étouffé.

Il y avait quelqu'un dans la pièce.

Était-elle en train de rêver ?

Elle plissa les yeux pour mieux voir dans la pénombre, jusqu'à ce que se dessine la silhouette d'un homme.

Son cœur se serra.

— Bonjour, Sarah, dit Stephen Symes, assis devant sa commode, un sourire cruel aux lèvres. J'ai cru que tu n'allais jamais te réveiller.

CHAPITRE XXXIII

Sarah Tanner se redressa contre la tête de lit en bois. Stephen Symes, quant à lui, resta assis, le menton posé sur la main comme s'il se livrait à quelque réflexion philosophique.

— Tu fais peine à voir, tu sais, déclara-t-il au bout d'un moment. La Sarah Mills que je connaissais avait d'autres ambitions. Jamais elle n'aurait accepté de tomber aussi bas. Et à Leather Lane, en plus ! Remarque, c'était inévitable que tu retournes dans le caniveau, pas vrai, ma chérie ?

— Ça reste toujours un cran au-dessus des égouts de Regent Street, répliqua Sarah Tanner.

— Tu crois ? Je t'ai toujours trouvé beaucoup de défauts, Sarah, mais je ne pensais pas qu'il faille y ajouter l'hypocrisie.

— Au moins, je n'ai tué personne de sang-froid.

— Pourquoi, tu penses que c'est mon cas ? Tu sais bien que je vaux mieux que ça.

— C'est vrai, vous chargez les autres du sale boulot.

Stephen Symes soupira en secouant la tête.

— Tu es allée trop loin, Sarah, beaucoup trop loin. Tu n'es pas idiote – quelle mouche t'a donc piquée pour que tu retournes chez Ferntower ? Je t'avais pourtant prévenue, par deux fois.

— J'ai vu Georgie mourir, vous vous souvenez ? Je sais ce que vous mijotez. Je vous jure que je ne vous laisserai pas parvenir à vos fins.

— Sarah, de grâce, tu n'es guère en position de me menacer, dit Symes, un soupçon d'amusement dans la voix. C'est moi qui aurais tué ce pauvre Phelps, selon toi ?

— C'est l'un de vous qui a donné l'ordre, ne le niez pas.

— Tu crois ? demanda Symes en se levant. Ah, Sarah, fut un temps, nous fondions de grands espoirs sur toi. Quel gâchis, tous ces efforts pour rien !

— Vous avez l'intention de me tuer ?

— Tu aurais pu agir comme il se devait et te rendre à l'inspecteur Murdoch, répondit Symes, en ignorant sa question. Mais je n'aurais sans doute pas dû te sous-estimer. Tu as toujours été pleine de ressource, ça, je te l'accorde.

— Donc c'est vous qui avez tout organisé, à Hillmarton Park ?

— Disons que j'ai orienté mon ami Ferntower vers la police d'investigation, rien de plus. Je doute qu'il leur ait fallu fournir beaucoup d'efforts pour découvrir l'imposture de Mrs. Richards – ou devrais-je plutôt dire Mrs. Tanner ?

Entendre Stephen Symes prononcer son nom – à tout le moins celui qu'on lui connaissait à Leather Lane – la laissa coite un instant.

— Comment m'avez-vous retrouvée ?

Stephen Symes, un sourire particulièrement perfide aux lèvres, désigna d'un signe de tête la porte ouverte de la chambre. Sarah Tanner suivit son regard et vit la silhouette imposante de Bert Jones qui se tenait là, l'air supérieur et satisfait. Elle remarqua qu'il gardait la cicatrice du coup que lui avait assené Ralph

Grundy, là où le barreau de roue avait heurté son front.

— Je suis pas aussi benêt que tu le crois, ma petite, déclara Jones, pas peu fier de lui. Je t'ai vue t'arrêter par ici, l'autre soir, et je me suis dit que tu pouvais pas vivre bien loin. Alors je me suis rancardé en douce. Je t'ai dit que j'avais une turne dans le coin, avant.

— C'est vrai, répondit Sarah Tanner en se mordant la lèvre.

— Au fait, Sarah, Mr. Jones est trop modeste, dit Stephen Symes. Allons, monsieur, montrez donc votre chérie à Miss Mills.

Bert Jones afficha un sourire narquois et se détourna vers le couloir, où il attrapa quelque chose – ou plutôt quelqu'un – qu'il tira brutalement. Sans avoir besoin d'en voir davantage, Sarah Tanner sut de qui il s'agissait.

Il s'appelle Albert.

Involontairement, elle ferma les yeux un instant, comme si elle doutait encore qu'il s'agissait de la réalité et non d'un cauchemar. Lorsqu'elle les rouvrit, ce fut pour contempler la figure zébrée de larmes de Norah Smallwood, qui se tenait là, tremblante et sans défense, vêtue de la chemise de coton qu'elle portait la nuit, le côté droit de son visage enflé et contusionné, un filet de sang séché lui descendant du nez au menton.

— Je suis désolée, dit-elle d'une voix chevrotante. Je savais rien…

D'un revers de main, Bert Jones interrompit les proclamations d'innocence de Norah Smallwood. Ce ne fut pour le colosse qu'un simple mouvement du bras, exécuté avec un détachement dédaigneux, comme pour chasser une mouche, mais le choc projeta la jeune fille contre le chambranle et sa chemise de coton se tacha d'une nouvelle giclée de sang.

— Tu parleras quand je te le demanderai, ma petite. Pigé ?

Norah, recroquevillée en boule par terre, abattue et silencieuse, frissonna et fit oui de la tête.

Mrs. Tanner reporta son attention sur Stephen Symes. Il affichait une expression désapprobatrice, quelque peu maniérée, mais qui n'avait rien de sincère. Elle décela chez lui de la jubilation.

— Inutile d'en arriver là, dit Sarah Tanner. Je ne me mêlerai plus de rien, je vous le jure. Laissez-la tranquille.

— Vous entendez ça, Mr. Jones ? railla Symes. Notre chère Miss Mills s'est découvert des sentiments. « Laissez-la tranquille. »

— Oh, je vous prie de m'excuser, monsieur ! répondit Jones en partant d'un gros rire. Si c'est Miss Mills qui le dit, ça change tout, pour sûr.

— Non, Sarah, poursuivit Stephen Symes, ta petite cousine nous sera d'une grande utilité. Elle astiquera comme il faut, quand les bleus auront disparu. On lui a gardé une chambre charmante, dans le Row. J'aurais fait de même pour toi, tu peux me croire, si tu ne t'étais pas tant laissée aller, mais, hélas, tu n'es plus dans ta prime jeunesse.

— J'ai toujours les lettres qui concernent le coup de Norwood, s'empressa de rétorquer Sarah Tanner. J'ai pris les dispositions nécessaires pour qu'on les découvre si jamais il m'arrivait malheur. Tout ce que vous avez écrit sur DeSalle, tous les courriers qu'il m'a envoyés. Vous serez perdus.

Stephen Symes resta silencieux un instant, comme s'il réfléchissait à son argument.

— Les lettres ? Tu les as toujours ?

— Oui.

— Hum ! Eh bien, ma chère, tu aurais dû en prendre meilleur soin.

Sarah Tanner se rembrunit, car, dans le même temps, Bert Jones sortit de sa poche de veste une liasse de papiers, attachés avec un ruban rouge.

— Tu devrais vraiment enseigner à ta cousine de fermer son bec, reprit Symes d'un ton enjoué. Même si pour l'instant Mr. Jones s'en charge très bien, n'est-ce pas ? Mr. Jones, s'il vous plaît ?

Stephen Symes lui fit signe de lui remettre les lettres, les retourna dans ses mains, puis les posa sur la table, en choisit une au hasard, et lut à voix haute.

— « Ma bien aimée, ma Sarah adorée... », déclama-t-il, avant de glousser. Oh, que c'est amusant ! Mais tu as raison, il faut faire quelque chose.

Et, sans un mot de plus, Stephen Symes plongea la main dans sa veste, sortit une boîte d'allumettes, en craqua une et enflamma la lettre.

Sarah Tanner l'observait sans un mot. Symes laissa tomber la feuille sur la commode. L'espace d'un instant, elle ne comprit pas quel était son but, jusqu'à ce que la surface entière du meuble prenne feu. Ce fut seulement alors qu'elle vit les débris de sa lampe à huile, le verre brisé et le combustible visqueux à présent en flammes. Le feu léchait déjà les rideaux à carreaux bleus qui tombaient devant la fenêtre. Symes recula d'un mouvement agile vers la porte, à présent muni de sa propre lampe.

Elle remarqua que Norah Smallwood ouvrait la bouche, mais aucun son n'en sortit.

— Voilà une leçon à retenir, Sarah, n'est-ce pas ? Navré d'être le professeur, sincèrement.

Par réflexe, Sarah Tanner tenta de se lever. Mais elle ne put y parvenir avant que Symes projette sa lanterne avec force dans la pièce, ne s'arrêtant que pour la regarder se briser sur le côté du lit et éclabousser les draps de pétrole enflammé.

Symes, suivi de Bert Jones, regagna le couloir. Puis, avec un hochement de tête poli, comme pour saluer une de ses connaissances, il ferma la porte.

Et tourna la clé dans la serrure.

CHAPITRE XXXIV

La petite pièce s'emplit de fumée âcre. Les flammes gravirent les rideaux, qui noircirent et se mirent à tomber en lambeaux calcinés dans le feu qui avait embrasé la commode. Le lit, lui, prit l'aspect d'un bûcher funéraire. Tandis qu'elle bondissait en arrière pour échapper au brasier, Sarah Tanner se demandait comment elle avait pu échapper à son emprise mortelle. Le tissu de sa robe, là où il aurait dû roussir ou s'enflammer, était intact. Puis elle se rendit compte que les résidus des argilières, la terre glaise humide, imprégnaient toujours l'étoffe. Alors qu'elle remerciait le ciel de sa chance, toutefois, elle commença à étouffer. L'épaisse fumée s'insinuait dans sa bouche et lui piquait les yeux ; la chambre ne fut plus que rouge et noir menaçants.

Se laissant tomber à terre, elle saisit le broc vide posé sur sa table de toilette. Elle avait une idée, sans pour autant penser qu'elle allait en réchapper. Le souffle court, se sentant étouffer, elle jeta de toutes ses forces le broc vers la fenêtre. Tout d'abord, l'objet sembla disparaître, comme englouti par les démons invisibles de la fumée, et, pendant ce qui lui parut une éternité, elle imagina qu'il était tombé par terre, inutile. Suivit alors un fracas prodigieux de verre qui se casse, fracas qui malgré le crépitement des flammes parut aussi assourdissant qu'une explosion.

Par le carreau brisé lui parvinrent des cris en provenance de la rue. Ces bruits l'apaisèrent : on avait remarqué l'incendie. Pourtant, même si une partie de la fumée s'évacuait, l'air frais sembla attiser le feu, qui s'éleva de plus belle en rugissant, se propageant jusqu'au plafond, dégageant une chaleur de brasier qui manqua la submerger.

Elle regarda autour d'elle et repéra un espace entre le lit et la fenêtre que le feu n'avait pas gagné, un passage qui menait à la cheminée. Elle s'y élança, tête baissée, la main plaquée sur la bouche, et s'empara du tisonnier posé contre la grille du foyer. Empoignant la tige de métal brûlant, elle courut jusqu'à la porte et la planta violemment dans la serrure.

Le plafond grinça, protestant contre le feu qui se répandait le long des solives.

Les efforts de Sarah Tanner se firent frénétiques lorsqu'elle sentit ses poumons s'emplir de poison, la brûler de l'intérieur. Ses jambes lui parurent ne plus la soutenir, au moment où elle envoyait un dernier coup désespéré dans la serrure.

Puis le bois céda. La porte s'ouvrit. Mais alors que la fumée s'échappait en volutes dans le couloir, elle se trouva face à une silhouette massive qui lui bloquait le passage.

Elle balança sauvagement le tisonnier et s'effondra face contre terre.

Une chute dans le vide, plus bas, toujours plus bas.

Sarah Tanner atterrit sur un lit moelleux, étendue sur un édredon de duvet d'oie coloré enveloppé d'une housse de coton.

Devant la fenêtre, l'homme regardait dans Jermyn Street, le dos tourné.

Elle savait qu'il s'agissait de Jermyn Street. La chambre était décorée selon la mode du moment, d'un papier peint où se répétait à l'infini un motif de bruyère et de feuilles entortillées. Le feu crépitait dans l'âtre, même si des rayons de soleil chauffaient la pièce.

L'homme lui annonça qu'on allait la conduire chez le juge. Elle voulut se redresser pour protester, mais parvint à peine à relever la tête. Il la gifla, et sa joue la picota. Encore. Il la frappa encore. Plus fort, cette fois. Et toute la pièce autour d'elle se fit plus chaude.

— De l'eau, de grâce, qu'on lui apporte de l'eau.

— J'ai cru qu'elle était morte.

— Elle a une veine insolente, celle-là.

— Bonne pour la potence, m'est avis.

Regent Street. Ils l'ont conduite à Regent Street ; un fiacre. Elle monte les marches qui mènent à une salle privée. Un salon. Une partie de cartes.

George Phelps augmente sa mise.

— Tu joues donc pas, ma petite Sarah ?

— C'est quoi, comme jeu ?

— « Meurtre prémédité. » Je vais t'apprendre.

Un instant. Non, ça ne rimait à rien.

George Phelps était mort.

— À boire, donnez-lui à boire !

Sarah Tanner se réveilla en toussant, la gorge en feu. Il faisait jour, mais les rideaux étaient à moitié fermés, plongeant la pièce dans la pénombre. Elle plissa les yeux.

— Où suis-je ?

— Doucement, patronne. Buvez donc un peu.

Elle était alitée, le dos relevé contre des oreillers. Elle tourna la tête. C'était Ralph Grundy qui venait de lui parler. Assis à son chevet, le vieil homme lui tendait une tasse de porcelaine ébréchée qu'elle enveloppa de ses mains d'un geste maladroit et porta à ses lèvres.

— Où suis-je ? répéta-t-elle.

— Chez Margie Bladstow, patronne. J'ai pris la liberté de vous louer une chambre, vu que vous en aviez besoin. Le docteur, il vous a vue ce matin, et il a dit qu'il faut bien vous reposer, même si c'est pas la peine d'être une lumière pour s'en apercevoir.

Sarah Tanner laissa retomber les bras sur ses genoux, pencha la tête en arrière et ferma les yeux d'un air las.

— C'était Symes. L'incendie – il a essayé de me tuer.

Ralph Grundy resta silencieux un instant.

— J'avais cru comprendre.

— Surtout, pas un mot à la police. Promettez-le-moi.

— La police ? Tout le monde parle d'un accident et croit que c'est à cause de votre vieille lampe. Je n'ai vu que l'agent en faction dans le quartier, qui est venu traîner ses guêtres par ici, mais ça l'a pas intéressé plus que ça. Et votre Norah, au fait ? Elle était pas à l'intérieur. On a rien retrouvé.

— Symes l'a enlevée. Il la prend pour ma cousine.

— Comment ça, il l'a enlevée ?

— Il a parlé d'une pension, un des repaires de Sa Majesté. Il est fort probable qu'il la mette au tapin. Ça l'amusera sans doute beaucoup.

Le vieil homme se fit de nouveau silencieux. Une minute s'écoula avant qu'il ne parvienne à poursuivre, et il changea alors totalement de sujet.

— Le café va avoir besoin d'un petit coup de peinture, et d'une nouvelle enseigne, peut-être.

— Je m'en doutais. Tout est parti en fumée ?

— Ils ont fait venir quatre engins de la caserne, vous savez. Ils se battaient tous pour avoir accès à la bouche d'incendie. Je n'avais jamais vu autant d'eau sortir d'un tuyau.

— Tout est parti en fumée, Ralph ?

— Il en reste assez pour reconstruire. C'est possible, si le cœur vous en dit.

Sarah Tanner se redressa en toussant.

— Depuis quand c'est vous l'optimiste ?

— Je voulais vous remonter le moral, déclara le vieil homme, d'un ton des plus sombres – si maussade, en fait, que Sarah Tanner esquissa presque un sourire. Joe Drummond et son petit gars veulent vous voir, poursuivit-il. C'est Harry qui est allé chercher la brigade.

— Harry Drummond ? Je savais bien qu'il avait du bon.

— Et c'est Joe qui est entré pour vous sortir de là, avant que les pompiers arrivent.

— Je crois que j'ai voulu le frapper avec un tisonnier.

— C'est un bon bougre. Il vous a sans doute sauvé la vie.

— Remerciez-le pour moi. Moi, je ne peux… je ne veux voir personne.

— Comme vous voudrez.

Sarah Tanner, au lieu de répondre, se mit à tousser. La crise dura une bonne minute.

— Je vais vous refermer les rideaux, déclara Ralph Grundy. Reposez-vous.

— Vous n'êtes pas obligé de rester à mon chevet, Ralph. Quelle heure est-il ?

— Deux heures de l'après-midi. Je suis obligé de rien, patronne, et vous, vous avez rien à faire, à part être contente d'être là, si ça vous est possible. Rendormez-vous, maintenant, d'accord ?

Elle hocha la tête et regarda Ralph Grundy tirer les rideaux. Lorsqu'il atteignit la porte, toutefois, Sarah Tanner reprit la parole.

— Ils vont la battre, Ralph. Norah – ils vont la tabasser et l'affamer jusqu'à ce qu'elle leur obéisse au doigt et à l'œil. Il est hors de question que je les laisse faire. Je ne permettrai pas à Symes de s'en tirer à bon compte – ni pour ça, ni pour Georgie. Il paiera.

— Vous avez vu dans quel état vous êtes, patronne ?

— J'ai connu pire. Vous m'aiderez ?

Ralph Grundy baissa la tête comme pour contempler ses souliers. Au bout d'un moment, il sembla parvenir à une décision.

— Je crois que vous connaissez la réponse à c'te question, patronne. Je nie pas que je raffole pas trop de cette petite, mais vous connaissez ma réponse.

Sarah Tanner, satisfaite, opina de la tête et ferma les yeux.

CHAPITRE XXXV

Le lendemain de l'incendie à Leather Lane, un agent de police monta d'un pas nonchalant le large escalier qui menait du Mall et de St. James's Park à Waterloo Place. Malgré la pluie qui s'était mise à tomber, il estimait que se hâter détonnerait avec la dignité de sa fonction. En outre, la pèlerine imperméable nouée autour de son cou lui offrait une protection satisfaisante contre les intempéries. Comme il approchait du sommet des marches et arrivait au pied de la grande colonne de granit érigée en hommage au duc d'York, il alla même jusqu'à s'arrêter. Le gardien du monument, dont la tâche consistait à collecter de temps à autre les six pence qu'il fallait payer pour avoir le privilège de gravir le colimaçon qui s'élevait à l'intérieur, salua comme à son habitude le policier d'un signe de tête. Il jeta même un coup d'œil vers le ciel, comme pour indiquer qu'il était vain d'attendre mieux du climat anglais. Mais le constable ne répondit pas, distrait par une silhouette qui se tenait devant la grille des jardins, à quelque cinquante mètres de là.

C'était une femme, approchant de la trentaine, vêtue d'une robe de coton marron passé et d'aspect sale, aux longs cheveux bruns indisciplinés lâchement attachés par un ruban, à demi dissimulés sous une capote fatiguée. À la vue du policier, elle se détourna et partit dans la direction opposée. Si le policier fut tenté de la suivre, il ne céda pas à ce que lui dictait sa conscience, car il avait terminé son service dans le parc et, songea-t-il, il ne pouvait pister tous les indigents de la capitale.

En outre, il pleuvait.

Lorsqu'il atteignit le haut de Waterloo Place, cependant, un détail lui revint en mémoire. Il avait déjà vu cette femme, en train d'attendre un gentleman dans le parc, vêtue d'une tenue très correcte.

Poursuivant son chemin, il se demanda quelle infortune l'avait frappée pour qu'elle se retrouve dans un si piteux état.

Sarah Tanner attendit que le policier soit reparti et retourna à l'angle des jardins. Elle ne bougea de cet endroit qu'au bout d'une demi-heure, lorsque Arthur DeSalle, enveloppé dans un pardessus de laine et tenant fermement à la main un parapluie noir, la dépassa à vive allure sans remarquer sa présence.

— Pourquoi avez-vous fait ça ? s'exclama-t-elle, d'une voix volontairement forte, en s'avançant sur le trottoir pour lui emboîter le pas.

Arthur DeSalle s'arrêta net et se retourna vers elle. Sa stupéfaction était flagrante.

— Surpris ? poursuivit-elle. Vous pensiez être débarrassé de moi ?

DeSalle recouvra sa voix, à défaut de ses esprits.

— Débarrassé de vous ? Que faites-vous là ? Seigneur Dieu, Sarah, je croyais que nous étions convenus d'un accord.

— Moi de même.

— Pour l'amour du ciel, quitte à ce que vous m'accostiez dans la rue, pouvez-vous ne pas me parler par énigmes ? Et dans quel état êtes-vous…

— Ça ? répondit Sarah Tanner en considérant l'étoffe usée de sa robe. Hélas, je n'ai rien de mieux à me mettre pour l'instant.

— Sarah, voyons, je ne puis m'adresser à vous de la sorte. Si un membre du club nous voyait ensemble…

— Je lui dirais que je suis une ancienne maîtresse que vous avez abandonnée, et je me délecterais de votre consternation. J'y trouverais une forme de compensation, au moins. Je pourrais même ajouter un enfant au tableau, ce serait encore mieux, n'est-ce pas ? Oui, je crois.

— Nom d'une pipe, j'ai surtout l'impression que vous êtes folle à lier ! Que me reprochez-vous ?

— Vous avez écrit à Ferntower, Arthur. Vous lui avez dit ne pas me connaître.

Arthur DeSalle se fit muet, comme soudain frappé par une révélation. Quand enfin il parla, ce fut d'une voix calme et posée.

— Je n'avais pas le choix, hélas. C'était un cas de force majeure.

— J'ai peine à le croire.

— Sarah, pensez-vous vraiment que je voulais – quoi ? – me venger de vous ? Je vous en conjure, nous ne pouvons discuter ici. On risque de nous voir. De toute façon, la pluie ne va qu'en empirant, et vous allez attraper la mort. Je vais prendre un cab à la station et lui demanderai d'attendre dans Panton Street. Vous n'aurez qu'à m'y retrouver. Me ferez-vous assez confiance pour cela ?

Sarah Tanner se renfrogna.

— Je ne sais plus à qui me fier.

— Vous m'en voyez navré. Tenez, mon parapluie. Je vais chercher le fiacre.

Avant qu'elle ait pu lui répondre, Arthur DeSalle lui fourra son parapluie entre les mains et s'éloigna dans Waterloo Place.

Il était impossible de se méprendre sur l'air entendu qu'adopta le cocher lorsque Sarah Tanner monta à bord du fiacre. Quand elle prit place à l'intérieur face à Arthur DeSalle, néanmoins, la voiture démarra et s'inséra dans la circulation de Haymarket.

— Veuillez m'excuser de vous avoir forcée à marcher davantage sous la pluie, déclara DeSalle.

— Où allons-nous ?

— Je lui ai dit de rouler jusqu'à Piccadilly et de revenir, jusqu'à ce que je lui donne l'ordre de s'arrêter.

— Très aimable à lui.

— Je lui ai donné cinq shillings. Voulez-vous écouter ce que j'ai à dire, à présent ?

— Je suis là, non ?

— Très bien. Il y a quatre jours de cela, j'ai reçu une lettre d'un certain Ferntower, qui me questionnait sur une Mrs. Richards supposée faire partie de mes connaissances…

— Vous m'aviez promis de ne pas me dénoncer, l'interrompit Sarah Tanner.

— Attendez, je n'ai pas terminé. La lettre m'est arrivée par mon secrétaire. Ne connaissant pas le nom de l'expéditeur – et les tournures employées par Mr. Ferntower ayant été calculées pour éveiller les plus grands soupçons –, il est venu me demander en personne si je connaissais cette *dame*.

— Vous auriez pu lui dire que oui, ou encore que vous alliez envoyer une réponse.

— Non, justement. Arabella était présente. Elle connaît toutes les relations de ma famille. En fait, elle est tellement proche de ma mère qu'elle les connaît mieux que moi. Je ne pouvais mentir, Arabella l'aurait su tout de suite.

— Je vois. Vous avez donc préféré me sacrifier.

— Je suis fiancé, rétorqua DeSalle, exaspéré. Par Dieu ! Je vous aurais écrit pour vous avertir, si vous aviez daigné me laisser une adresse !

Intégrant ces informations, Sarah Tanner soupira. Sa colère s'atténua à vue d'œil. Elle se pencha en avant, les coudes posés sur les genoux, et se massa les tempes.

— Oui, je vous crois, dit-elle enfin, une pointe d'abattement dans la voix.

— Sarah, allez-vous m'expliquer ce qui se passe ? Jamais je ne vous ai vue dans un tel état, aussi...

— Lamentable ?

— Si vous voulez.

— Je vais tout vous raconter, alors. Le peu d'argent que je possédais a disparu. Le café, celui dont je vous ai parlé, est parti en fumée. J'ai assisté à l'assassinat d'un de mes amis, et j'ai d'autres « amis » qui souhaitent ma mort. Une jeune femme que j'ai promis de protéger a été enlevée par une brute épaisse qui va prendre un malin plaisir à l'anéantir, physiquement et moralement. Ça vous suffit ?

— Amplement, je crois, répondit Arthur DeSalle, interdit. Mais vous ne m'avez rien expliqué. Que s'est-il passé ? Comment tout cela a-t-il commencé ?

Sarah Tanner le fixa du regard.

— Si je vous raconte, m'apporterez-vous votre aide ?

— C'est possible, si vous êtes franche avec moi. Nul doute que je pourrais vous donner quelque chose.

— Ce n'est pas d'argent que j'ai besoin. Enfin, si, bien sûr, mais ce n'est pas ce que j'avais en tête. J'ai besoin de votre aide. La jeune femme dont je vous ai parlé – elle s'appelle Norah –, je dois la sauver. Sans moi… eh bien, ils ont l'intention de la briser. Arthur, m'aiderez-vous ? Je n'ai personne d'autre vers qui me tourner.

Arthur DeSalle eut un moment d'hésitation.

— Tout d'abord, je souhaiterais savoir quelque chose, dit-il. Les lettres ?

Sarah Tanner cligna des paupières, puis regarda son ancien amant dans les yeux.

— Je les ai brûlées.

CHAPITRE XXXVI

Il était minuit, ce même soir, quand un équipage élégant s'arrêta sur les pavés d'Avery Row. Le Row n'était qu'une ruelle étroite, serrée entre des immeubles d'habitation maussades, ne dépassant guère les trois étages, certains pourvus d'une façade de brique nue, d'autres enduits de stuc chaulé. Dans un autre quartier de la métropole, ces bâtisses auraient pu être plaisantes, mais, bien que sises dans Mayfair, à deux pas de Bond Street, l'exiguïté d'Avery Row conférait à ses bâtiments modestes un air malsain. Le fiacre occupait d'ailleurs la quasi-largeur de la rue, ne laissant presque pas de place à Arthur DeSalle et Sarah Tanner pour ouvrir la portière et descendre de voiture. DeSalle, vêtu d'un costume noir et d'un pardessus de laine, offrit son bras à sa compagne.

— Êtes-vous sûre de vous ? s'enquit-il, assez nerveux.

— Tout à fait, répondit Mrs. Tanner, qui entretemps s'était métamorphosée.

Une robe de soirée en soie moirée pourpre avait remplacé sa robe déchirée ; elle avait lavé ses cheveux, à présent attachés par un nœud serré, et sa capote avait cédé la place à une capeline à large bord, ornée d'une plume et d'un voile épais.

— Le voile va leur paraître suspect, grommela DeSalle.

— Ils penseront qu'on m'a fait un œil au beurre noir, voilà tout. Allons, dites à votre cocher de repartir et de faire le tour… qu'il nous attende près des écuries, celles devant lesquelles nous venons de passer.

Arthur DeSalle suivit les instructions de sa compagne, et l'attelage s'éloigna dans la venelle.

— C'est celui que vous employez d'habitude ? demanda Sarah Tanner, comme le véhicule disparaissait.

— Quelle idée ! Je l'ai engagé quand j'ai loué la voiture.

— J'aurais préféré quelqu'un de confiance.

— Et moi je préférerais ne pas être au centre des cancans de Belgravia, aussi me pardonnerez-vous de ne pas avoir invité tout mon personnel de maison à assister à cette aventure.

Sarah Tanner ne répondit pas à ses protestations et se détourna pour considérer le bâtiment banal où ils se rendaient.

— C'est là, j'en suis sûre.

— Êtes-vous déjà venue ?

— Non, pas ici, mais je connais l'endroit de réputation. Allez-y, sonnez.

Après un instant d'hésitation, Arthur DeSalle tira sur la sonnette. Il n'y avait ni rambarde de protection, ni courette d'accès au sous-sol à franchir, et la porte verte ne se trouvait qu'à quelques dizaines de centimètres en retrait de la rue, au sommet de deux marches.

On entendit un bruit de verrou, et on leur ouvrit.

— Bonsoir, monsieur, dit un domestique qui se tenait de côté. Entrez, je vous prie.

Le vestibule aurait pu passer pour celui d'une maison ordinaire – on y trouvait un miroir au cadre doré, un plancher ciré couvert d'un tapis, et un portemanteau d'acajou. La seule différence résidait dans l'accueil particulier que l'on réservait aux visiteurs. On n'exigeait aucune carte, et l'on ne demandait aucun nom. On se contenta de faire entrer en silence les visages inconnus dans le salon de devant, où la *grande dame** de la maison – une femme imposante dans la quarantaine, vêtue simplement mais maquillée d'une dose généreuse de fard à joues –, jusqu'alors assise près de la cheminée, se leva pour leur souhaiter la bienvenue.

— Bonsoir, monsieur, dit-elle en examinant Sarah Tanner de la tête aux pieds.

Malgré sa façon de s'exprimer très correcte, on percevait dans sa voix une pointe d'accent populaire.

— Bonsoir, répondit Arthur DeSalle, d'un ton distingué.

— Je vous en prie, asseyez-vous.

Mal à l'aise, Arthur DeSalle prit place dans un des fauteuils disposés contre les murs du salon, comme dans la salle d'attente d'une gare. Mrs. Tanner s'assit à côté de lui.

— Si je ne m'abuse, c'est votre première visite dans notre établissement, monsieur, dit la femme avec un large sourire, et je ne crois pas connaître Madame votre amie – Sarah Tanner fit non de la tête –, mais sachez qu'il s'agit d'une maison sérieuse. Nous faisons de notre mieux pour contenter nos invités, aussi – permettez-moi de parler sans détour, monsieur –, maintenant que vous nous avez trouvés, il est inutile de vous montrer timide. Voilà ! Je l'ai dit. Ici, pas de faux-semblants, tout se passe de façon franche et naturelle, c'est ainsi que nous procédons.

— Vraiment ? fit DeSalle, d'une voix légèrement chevrotante.

— Bien sûr. Qu'est-ce qui vous ferait plaisir, ce soir ? Un petit rafraîchissement, peut-être ?

— Non, c'est gentil, merci.

— En ce cas, dites-moi donc ce que vous désirez, monsieur.

— Eh bien, déclara-t-il au bout d'un moment, j'aimerais voir une jeune femme…

— Parfait, monsieur.

— Une jeune femme qui ne sera pas gênée par…

Peinant à trouver ses mots, Arthur DeSalle jeta un bref coup d'œil en direction de Sarah Tanner, et le sous-entendu n'échappa pas à son hôtesse.

— Une compagnie mixte ? suggéra la femme. Aucun problème, monsieur, rien de plus facile. Êtes-vous sûr de ne pas vouloir une coupe de champagne, en attendant ? Pour votre amie, peut-être ?

— Oui, je vais peut-être me laisser tenter, répondit DeSalle.

— Voilà, monsieur ! On est bien, on est à l'aise. J'en ai pour un instant, dit la femme en quittant la pièce. Installez-vous confortablement. Je vous amène deux de nos filles, et vous pourrez choisir celle qui vous conviendra le mieux.

Mrs. Tanner attendit que la femme se soit éloignée et chuchota à l'oreille de son compère.

— « Oh, j'aimerais une jeune femme qui ne serait pas terriblement gênée par… euh… par… », se moqua-t-elle.

— Sarah, je vous en prie, je fais de mon mieux, répliqua Arthur DeSalle, qui devint écarlate. Fréquenter de tels lieux n'est guère dans mes habitudes.

— Et le champagne vous coûtera le double, ajouta-t-elle.

— Croyez-moi, dit Arthur DeSalle, c'est le cadet de nos soucis.

La chambre, sise au fond de la maison au deuxième étage, était petite, dix mètres carrés tout au plus, et décorée dans un style sombre et ordinaire : lambris de chêne surmonté d'un papier peint rouge, simple plancher verni au sol. Un lit en fer, pourvu de draps blancs immaculés, dominait la pièce, et un grand miroir, entouré d'un cadre doré finement ouvragé, était fixé sur le mur d'en face. La jeune femme qui conduisit Sarah Tanner et Arthur DeSalle à l'intérieur, âgée d'environ dix-huit ans, portait une robe de coton rouge.

— Nous y voilà, annonça-t-elle.

— Nous y voilà… répéta Arthur DeSalle.

La prostituée gloussa face à la gêne flagrante de son client.

— Louisa, monsieur. Vous avez déjà oublié ? Je vous apporte quelque chose ? Vous avez faim ? Que diriez-vous d'une autre coupe de champagne ? Ou vous désirez des huîtres ? On peut vous les faire monter.

— Non, je vous remercie.

— Et vous ? poursuivit la jeune femme en se tournant vers Sarah Tanner. Vous pouvez ôter votre chapeau, n'est-ce pas ?

— Je suppose que oui, maintenant.

La jeune femme observa le visage de Sarah Tanner lorsque celle-ci releva son voile. Elle s'attendait à voir des traces de coups ou des cicatrices de petite vérole, mais elle ne décela rien qui sortît de l'ordinaire.

Sarah Tanner, quant à elle, jeta un regard entendu en direction d'Arthur DeSalle.

— Elle est jolie, votre amie, déclara la prostituée. Dites-moi donc ce qui vous plairait.

— Si vous pouviez enlever votre robe, euh, Louisa… répondit Arthur DeSalle, hésitant.

— Ah, c'est mieux comme ça, monsieur, dit la jeune femme en se retournant aussitôt. Vous m'aidez, alors, hein ?

DeSalle toussa mais défit néanmoins la douzaine de boutons qui descendaient le long de son dos. Sans gêne aucune, elle secoua les bras pour se libérer des manches, laissant alors apparaître une chemise blanche sous laquelle on devinait la forme d'un corset. Elle s'assit sur le lit, fit prestement tomber le jupon de flanelle que maintenait jusqu'alors la taille serrée de son vêtement, et finit d'enlever sa robe.

— À présent, euh, si vous voulez bien vous mettre debout… face à… face à mon amie, dit Arthur DeSalle.

— Me mettre debout ? répéta la jeune femme avec un sourire coquet. J'espère que vous voulez pas quelque chose de trop spécial.

— Je suis désolée, ma petite, répondit Sarah Tanner, je crains pourtant que si.

La prostituée fronça les sourcils, mais avant qu'elle ait eu le temps de répliquer, elle sentit Arthur DeSalle lui saisir les mains, les lui tirer dans le dos et lui entraver les poignets à l'aide d'une cordelette.

— Hé là ! protesta-t-elle. C'est pas ce que je…

Elle n'eut guère le loisir de protester davantage car, sous ses yeux stupéfaits, Sarah Tanner la menaça d'un canif.

— Si vous criez, dit cette dernière d'une voix glaciale, je serai forcée de me servir de ça sur votre langue. Si en revanche vous nous aidez et que vous ne me donnez aucune raison de me fâcher, nous repartirons sans vous faire aucun mal.

Prudente, la jeune femme hocha la tête.

— C'est bien. Maintenant, je veux savoir où se trouve une de mes amies, qui s'appelle Norah. Ils l'ont amenée ici hier soir.

— Je n'arrive pas à croire que j'aie pu me laisser entraîner dans cette affaire sordide, déclara Arthur DeSalle à voix basse, comme il montait l'étroit escalier éclairé au gaz.

— Pourquoi ? murmura Sarah Tanner.

— Nous sommes en train de cambrioler un bordel, nom d'un chien. Et je viens de laisser une jeune femme ligotée et bâillonnée en bas. Mes raisons me semblent des plus évidentes.

— J'en connais qui payeraient pour avoir ce privilège.

DeSalle rougit une fois de plus.

— Ça n'a rien d'amusant à mes yeux.

— Aux miens non plus. En outre, je ne crois pas que vous auriez dû vous excuser autant. Nul doute qu'elle se souviendra très bien de vous quand ils la détacheront. Silence, maintenant. C'est là.

L'escalier s'achevait sur un palier étroit, dans les combles de l'immeuble, où se trouvait une porte fermée par un verrou extérieur. Sarah Tanner l'ouvrit lentement et passa la tête dans l'entrebâillement avec précaution.

Il s'agissait d'une mansarde, et sur un côté le toit en soupente formait un angle aigu. Hormis celle qui filtrait par la porte, aucune lumière n'éclairait la pièce. Dans la pénombre, on distinguait toutefois la forme d'un matelas posé à même le sol, et dessus, la silhouette d'une jeune femme recroquevillée.

— C'est elle ? s'enquit Arthur DeSalle.

— Doux Jésus, oui, chuchota Sarah Tanner. Attendez-moi dehors. Montez la garde.

Arthur DeSalle fit oui de la tête, et Sarah Tanner entra dans la pièce.

— Norah… Norah, réveille-toi.

— Je vous en supplie, marmonna Norah Smallwood d'un ton las, je vous en supplie, arrêtez, s'il vous plaît. J'ai rien fait. Laissez-moi.

Mrs. Tanner s'accroupit à côté du matelas.

— Norah, c'est moi.

Norah Smallwood ouvrit grands les yeux. L'espace d'un instant, elle parut ne pas savoir si elle se trouvait encore dans les profondeurs d'un rêve.

Puis elle se jeta au cou de Sarah Tanner et fondit en larmes.

— Je suis pas belle à voir, pas vrai ? s'exclama Norah, lorsqu'elle cessa de sangloter.

Sarah Tanner examina le visage de la jeune fille. Il était contusionné et bouffi, sa symétrie naturelle déformée par la chair enflée.

— Ça guérira, ne t'inquiète pas. On va prendre soin de toi.

Norah Smallwood baissa la tête.

— C'est trop tard, à mon avis. Je vous jure, m'dame, je savais pas qui c'était. Je vous assure que je savais rien.

— Bien sûr, Norah. Tu n'as pas à te justifier.

— Non, mais je vous ai crue perdue, m'dame. Sans mentir. Et puis ils m'ont amenée ici. Alors je leur ai tout raconté, pour Georgie et vous, et tout le reste. Je suis désolée, je savais que c'était mal, mais je vous croyais morte. Et puis lui il arrêtait pas de me frapper, et l'autre, il a regardé tout du long, comme s'il était au théâtre. Alors je leur ai raconté. Et l'autre, il est juste resté là à regarder, même quand Albert il m'a…

Norah essuya ses joues mouillées de larmes.

— Je l'avais jamais fait avant, m'dame, dit-elle, de façon presque inaudible, la voix tremblante. Mais je pouvais pas l'empêcher, pas vrai ? Et l'autre, il nous a observés pendant tout le temps.

— Chut, dit Sarah Tanner. Lève-toi, à moins que tu préfères rester là ?

Norah secoua la tête et, d'un mouvement mal assuré, se mit debout.

— Bien, dit Mrs. Tanner d'un ton ferme. Aide-moi à me défaire.

— Vous défaire ?

— Mon ami Arthur attend sur le palier. Tu peux te fier à lui. Si tu mets cette robe et le voile, il pourra te faire sortir. Contente-toi de rester silencieuse et de te tenir bien droite, et ils te prendront pour moi, ou en tout cas la fille avec qui il est arrivé. Une voiture vous attend, et il te conduira en lieu sûr.

— Je comprends pas. Et vous, alors ?

— J'ai emprunté une robe, répondit Mrs. Tanner en montrant la robe rouge de Louisa, qu'elle portait jusqu'alors roulée sous son bras.

— Non, je veux dire, comment allez-vous vous échapper ?

— Je me débrouillerai.

CHAPITRE XXXVII

Sarah Tanner attendit sur le palier des combles, écoutant les pas d'Arthur DeSalle et de Norah Smallwood s'éloigner dans l'escalier. La maison, malgré son dédale de couloirs et de pièces, demeurait étonnamment silencieuse, et le commerce qu'on y conduisait se déroulait de façon admirable. On n'y entendait que les portes en chêne des chambres que l'on ouvrait ou fermait discrètement, portes assez épaisses pour étouffer les sons susceptibles de provenir de l'intérieur. Et en cas de faille – si, comme cela arrivait de temps à autre, un cri ou un gémissement s'échappait –, ce bruit était si vite recouvert par le silence respectable de l'établissement qu'il était impossible d'en distinguer l'origine, ou, à tout le moins, de savoir s'il traduisait le plaisir ou la douleur.

Sarah Tanner frissonna. Imaginer Norah Smallwood à la merci de Bert Jones et en objet d'amusement pour Stephen Symes lui noua l'estomac.

Les bruits de pas s'estompèrent. Elle jeta un coup d'œil vers le bas de l'escalier éclairé au gaz mais ne vit rien. Elle supposa qu'ils avaient atteint le rez-de-chaussée.

Elle se représenta la *grande dame** en train de souhaiter bonne nuit à son nouveau client. Puis, sans nul doute, le portier tendrait la main dans l'espoir de recevoir une pièce de six pence ou d'un shilling.

Elle aurait dû prévenir Arthur de ce détail. Norah parviendrait-elle à garder son sang-froid ?

Les secondes parurent s'étirer en minutes.

Et si Arthur se trahissait ? Il suffisait d'un rien.

Lui parvinrent alors le cliquetis lointain des verrous qu'on libère, le son de la porte qui s'ouvre puis qui claque.

S'en étaient-ils sortis ?

Il régnait dans la maison un silence inquiétant.

Oui, ils avaient réussi.

Elle sourit. Ne restait plus à présent qu'une petite question à régler : celle de son propre départ.

À vrai dire, elle avait un plan. Elle avait prévu qu'il y aurait, au minimum, un homme chargé de monter la garde devant la porte de devant. Il était plus que probable que d'autres, se trouvant à proximité, accourraient en cas de souci. Pour cette raison, elle avait exclu la possibilité de s'enfuir bêtement en forçant le passage : impossible de savoir où cela la mènerait, même si elle était armée d'un pistolet. Elle avait également prévu que toutes les fenêtres seraient cadenassées, car il arrivait parfois que certains jeunes gens cherchent à s'éclipser de façon peu courtoise après avoir pris leur plaisir. La seule solution, par conséquent, était de sortir par la porte d'entrée sans se faire remarquer. Elle le savait avant même de pénétrer dans la demeure.

Elle retint son souffle et attendit.

Ralph Grundy, tapi dans l'ombre à l'angle d'Avery Row, regarda passer la voiture d'Arthur DeSalle, dont les stores étaient fermés. À côté de lui, un garçon était adossé contre le mur voisin, jeune gamin des rues âgé de dix ans tout au plus, aux cheveux épais et emmêlés, pieds nus, vêtu d'un ensemble de futaine qui, plus qu'abîmé, paraissait en lambeaux.

— Tu as vu la maison d'où il est sorti ? demanda Ralph Grundy.

— Je l'ai vue, chef, répondit le garçonnet. Je sais laquelle que c'est.

— Et tu te rappelles ce que tu dois faire ?

— Je suis pas né de la dernière pluie, répondit le garçon d'un ton légèrement offusqué. Je m'en rappelle, et je vais le faire, que je vous ai dit. Tant que vous allongez la monnaie.

— Tu les auras, tes deux shillings. Vas-y, le pressa Ralph Grundy. Et n'oublie pas, tu dois t'enfuir comme un beau diable et rien raconter à personne.

Le garçon pencha la tête d'un air fanfaron, comme pour suggérer que, contrairement à d'autres, on ne pouvait douter de ses capacités en matière de course à pied. Après avoir jeté un regard derrière lui, il décampa. Il s'autorisa un dernier coup d'œil, sans nul doute habitué à toujours se méfier de la police de Sa Majesté, même dans les moments les plus favorables. Puis, sans plus de cérémonie, il prit une poignée de pierres acérées dans sa poche de veste et mitrailla les fenêtres de la maison close.

Le garçon était bon tireur, et toutes les vitres touchées se brisèrent. Pour la plupart, les pierres ne laissèrent qu'un trou irrégulier là où le projectile était passé, même si une des vitres éclata en mille morceaux.

Le vacarme ainsi occasionné résonna dans toute la rue.

— Les roussins ! cria le garçonnet à pleins poumons. Tirez-vous ! V'là les roussins !

Après quoi, il prit ses jambes à son cou.

Sarah Tanner réprima un sourire, car le silence qui régnait jusqu'alors dans l'escalier fut remplacé par un brouhaha de voix affolées, de portes qui s'ouvrent et se ferment, d'exclamations et de jurons.

Descendant en hâte pour se joindre au désordre, elle s'aperçut qu'une foule s'était formée à chaque palier. On y trouvait hommes et femmes mêlés, tous pressés de quitter l'immeuble – ou, du moins, de ne pas être découverts à l'intérieur en tenue légère. Occupés à ajuster en hâte leur costume, les hommes tiraient sur leur chemise sans col en essayant d'enfiler une veste et s'escrimaient à boutonner leur pantalon tout en dévalant l'escalier. Les femmes, quant à elles, semblaient davantage victimes de ces soucis d'ordre vestimentaire, car pour la plupart elles ne portaient guère qu'une chemise de coton et des jupons. Elle s'élança dans la cohue et descendit les marches quatre à quatre avec les autres.

Le portier avait en l'occurrence déjà abandonné son poste, car la *grande dame** avait besoin de son aide pour contenir les prostituées, ou du moins leur affirmer qu'en ce qui les concernait il était inutile de se précipiter dans la rue ou de sortir par-derrière. Les clients, eux, avaient l'air sourd à toute parole rassurante et, qu'ils aient choisi de filer discrètement ou de se plaindre avec force qu'on les importunât de la sorte, tous paraissaient décidés à décamper. Sarah Tanner se demanda combien parmi eux en avaient profité pour ne pas payer.

Elle avait presque atteint la porte quand un jeune homme vêtu d'un complet veston la bouscula et la poussa en arrière. Puis, sans qu'elle ait pu faire un mouvement de plus, elle se trouva bloquée par un homme qui arrivait de la rue.

— Ben ça alors ! s'exclama-t-il en dévisageant Sarah Tanner.

C'était Bert Jones.

Mrs. Tanner grommela un juron cependant qu'un sourire s'étirait sur le visage du colosse. Nul doute que le valet était revenu martyriser Norah Smallwood. Elle pensa un instant l'attaquer avec son canif, mais ce n'était qu'une petite lame, et Jones, elle le savait, était trop grand et trop rapide pour elle. Si elle allait à l'affrontement, elle serait prise au piège, aussi s'éloigna-t-elle à reculons dans le vestibule. Il régnait encore une confusion suffisante pour qu'elle puisse s'enfoncer dans la cohue, et elle partit en courant vers le fond de la maison.

La demeure étant dépourvue de sous-sol, la cuisine se trouvait en contrebas de quelques marches. Sarah Tanner avait déjà croisé la cuisinière dans l'entrée, et dans la pièce vide, où flottait l'arôme iodé des huîtres, il n'y avait que quelques casseroles abandonnées sur le feu. Pour la deuxième fois en deux jours, elle pria pour que la porte soit ouverte.

Hélas, celle-ci était verrouillée !

Des clés ?

Elle les repéra en une fraction de seconde ; elles pendaient à un crochet près de la porte par laquelle elle venait d'entrer. Et Bert Jones se trouvait juste à côté d'elles.

— Je les ai toujours entendus raconter que t'avais neuf vies, ma grande, déclara Jones. Nom d'un chien ! J'aurais juré que t'étais plus de ce monde, et te revoilà. Attends un peu que Sa Majesté apprenne ça. À mon avis, elle va me filer une médaille, tiens.

Sarah Tanner sortit le canif de sa poche et le brandit devant elle, ce qui eut pour seul effet de faire rire le colosse.

— Tu veux jouer à ça, ma biche ? Avec ton petit cure-dents ?

Bert Jones secoua la tête. Un couteau à viande était posé sur la table à côté de la porte. Il s'en saisit et essuya la lame couverte de graisse sur sa manche.

— Alors, tu veux toujours t'amuser ?

Elle regarda autour d'elle. Bert, elle en avait la certitude, allait rester devant la porte au cas où elle tenterait de l'esquiver pour s'enfuir. Mais d'autres allaient bientôt venir en renfort, et elle serait alors condamnée.

Quelle autre solution avait-elle ?

Le valet avait pris le couteau. Les cruches d'eau ? Non, trop lourdes à soulever – pour s'en servir comme arme, en tout cas. Rien sur les dalles cirées, d'où s'élevait une odeur de désinfectant qui se mêlait à celle des huîtres.

Là. Une porte étroite sur sa droite.

Sarah Tanner s'y précipita, la franchit et la claqua derrière elle.

Bert Jones pouffa. Il avança d'un pas tranquille et se posta devant.

— C'est pas bien malin, ça, ma grande, pas vrai ?

Mrs. Tanner retint son souffle. Elle comprit le sarcasme de Bert Jones, car elle s'était ruée dans une impasse, ou plus précisément, dans l'office. La seule lumière dans le réduit était celle de la cuisine, qui filtrait par l'interstice sous la porte, et autour d'elle, dans l'obscurité, étaient entreposés les ustensiles d'entretien – serpillières et seaux, chiffons et flacons.

— Allez, et si tu sortais, comme une fille raisonnable, hein ? dit Bert Jones d'une voix tonitruante.

Sarah Tanner toussa. L'atmosphère de l'office avait une odeur particulière. Qu'était-ce ? La même que celle du sol.

— À moins que je doive venir te chercher ? Qu'est-ce que t'en dis ? C'est ça qui te plairait, ma chérie ? Un peu de bagarre ?

Bert Jones, qui apparemment ne s'attendait pas à obtenir de réponse, ouvrit la porte avec une force considérable. Il resta dans l'embrasure, son couteau à la main, le visage éclairé par un grand sourire satisfait.

— Allez, ça t'avancera pas à grand-chose, dit-il lorsqu'il la trouva recroquevillée, dos au mur, en train de le menacer de son canif. Lâche ton surin, et peut-être que je serai pas trop méchant avec toi.

Elle se releva lentement. Regardant Bert Jones droit dans les yeux, elle laissa tomber son canif, qui produisit un bruit métallique contre la pierre. Jones se détendit et baissa le couteau de cuisine.

— Allez, dit le valet, m'est avis qu'on va s'amuser un peu, tous les deux, avant d'en finir, en tout cas.

— Non, je ne crois pas.

— Qui t'a dit que t'avais le choix ?

Si Sarah Tanner avait une réplique en tête, elle ne put la lui opposer, car Bert s'élança pour s'emparer d'elle. Elle se détourna alors et, dans un même mouvement, projeta son bras en direction du visage de Jones. Tout d'abord, celui-ci s'esclaffa, amusé par sa tentative : elle ne semblait même pas en mesure de l'égratigner. Mais Bert Jones ne vit pas le flacon débouché qu'elle avait caché dans les plis de sa robe – pas avant que son contenu lui éclabousse le visage, mais il fut alors trop tard.

Au contact du liquide, la peau du colosse lui brûla, sembla s'enflammer. Ses yeux, soudain à vif et injectés de sang, furent transpercés par un millier d'aiguilles chauffées à blanc.

Bert Jones hurla et recula d'un pas vacillant en se tenant la figure entre les mains.

Sarah Tanner saisit sa chance et s'enfuit en courant.

— Va au diable, sale putain ! cria Bert Jones, rendu hystérique par la douleur. Je vais t'étriper vivante !

En un clin d'œil, elle avait décroché les clés. Bert Jones avança dans sa direction en titubant, aveuglé, envoyant au hasard des coups de couteau dans le vide. Elle fonça vers la porte. Il y avait un verrou, qu'elle tira.

Pour la serrure, elle n'avait pas droit à l'erreur.

Un cliquetis retentit quand la clé tourna.

— Cause toujours ! rétorqua Sarah Tanner, qui claqua la porte derrière elle et referma à clé.

— Nom d'une pipe, j'ai bien cru que vous étiez cuite, patronne ! s'exclama Ralph Grundy lorsque Mrs. Tanner monta dans le fiacre qui l'attendait.

— Ç'a été moins une, répondit-elle, le souffle court. Seigneur ! Qu'il démarre, dites à ce cocher de démarrer, voulez-vous !

Ralph Grundy actionna le cordon, et le cab partit en direction de Bond Street.

— Qu'est-ce que vous avez sur votre robe, patronne ?

Mrs. Tanner baissa les yeux. L'étoffe était décolorée jusqu'à en être presque blanche.

— Du chlorure de chaux. Dieu merci, ce n'est pas la mienne.

CHAPITRE XXXVIII

Deux jours après avoir secouru Norah Smallwood, Arthur DeSalle marchait d'un pas tranquille dans une partie de la grande métropole qu'il ne connaissait guère. Le ciel était d'un gris de plomb, et la rue – qui portait le nom de Guilford Street – semblait empirer à mesure qu'il avançait vers l'est, sa chaussée déformée et trouée de nids-de-poule, dans lesquels les averses du matin avaient formé des flaques d'eau boueuse. Les maisons changeaient elles aussi. À l'ouest, aux abords de Bloomsbury, on trouvait les foyers de familles de classe moyenne ou aisée, aux fenêtres astiquées et aux marches briquées. Après l'hospice pour enfants trouvés, à proximité de Gray's Inn Road, ces bâtiments bien tenus cédaient la place à des pensions aux fenêtres crasseuses et ternes, aux briques mornes et couvertes de suie, dont nul ne semblait se soucier, pas plus qu'on ne se souciait de leurs occupants. Il atteignit enfin sa destination, étroite rue nommée Calthorpe Street, qui s'achevait sur une parcelle de terre non pavée, bordée d'un côté par des chantiers de construction et de l'autre par la haute enceinte de la maison de correction du Middlesex. Ce fut devant l'ultime édifice qu'il marqua une pause, vérifia l'adresse qu'il avait notée et tira la deuxième des trois sonnettes.

Dans les étages, on releva une fenêtre à guillotine. Il recula d'un pas et leva la tête.

— C'est ouvert, annonça Sarah Tanner. Montez.

— Quand j'ai dit que j'allais vous aider, Sarah, déclara Arthur DeSalle, je pensais à quelque chose de plus correct.

— Une adresse dans Jermyn Street ?

— Non, mais cet endroit est terriblement rudimentaire – et complètement isolé.

— Rappelez-vous, Arthur, je n'avais pas grand-chose à apporter. Et puis c'est propre, et assez spacieux pour nous deux. Pour l'instant, ça fera l'affaire.

— C'est loin d'être un quartier fréquentable, maugréa DeSalle, en regardant dehors, où les bâtiments lugubres de la prison accaparaient le paysage. Qu'est-ce qui vous a pris de le choisir ? Avec l'argent que je vous ai donné, vous auriez pu trouver mieux, non ?

— Personne ne nous dénichera ici, Arthur, pas par hasard, en tout cas. Nous n'abuserons pas longtemps de votre générosité, je vous en donne ma parole.

— Ravi de l'apprendre. Doux Jésus, si Arabella venait à le découvrir, ma vie ne vaudrait plus la peine d'être vécue !

Sarah Tanner ne souffla mot.

— Alors, comment va la jeune demoiselle ? s'enquit Arthur DeSalle.

— Norah ? Pas trop mal. Je n'ai pas voulu la réveiller.

Arthur DeSalle hocha la tête.

— Je suis content qu'elle soit en sécurité, au moins. Je n'en reviens pas qu'un compatriote, né sur le sol anglais, puisse être un tel monstre. Sarah, si vous alliez vous expliquer auprès de la police, je suis sûr que…

— Non, répliqua fermement Sarah Tanner, je ne peux m'aventurer dans ces eaux dangereuses. Sa Majesté a beaucoup trop d'amis. Et j'ai déjà pris beaucoup trop de risques.

— En ce cas, si c'est là votre sentiment, pardonnez-moi, Sarah, mais je me demande si vous ne feriez pas mieux d'abandonner.

— Allons, Arthur, on croirait entendre Ralph.

— Le vieil homme ?

— Sous prétexte de me soutenir, il cherche à me dissuader de continuer. N'empêche, il m'a apporté une lettre, ce matin. Peut-être voulez-vous la lire ?

Elle se baissa vers une table de jeu en noyer éraflé qui jouxtait son fauteuil, et lui tendit une feuille de papier.

Hillmarton Park, le 21 avril

Chère Mrs. Richards,

Vous serez surprise, je suppose, de recevoir cette lettre. En vérité, je suis moi-même stupéfaite de devoir, contrainte par les circonstances, m'en remettre à une femme dont la morale, l'honnêteté et les fréquentations sont pour moi source des doutes les plus sérieux. Je nourris néanmoins quelque espoir que vous aurez agi, jusqu'à présent, dans l'intérêt de ma chère Miss Fulbrook. Vos motivations profondes ne regardent que vous. Mais si votre désir est de déjouer les manigances de Mr. Cedric Hawkes, sachez ceci : nous partageons le même but !

C'est Mr. Hawkes qui a convaincu Mr. Ferntower que vous mentiez sur votre identité, comme vous devez vous en douter. Mais c'est moi qui ai empêché l'inspecteur de Scotland Yard de procéder à votre arrestation – l'aviez-vous deviné ? Une heure avant votre arrivée, j'ai entendu Mr. Ferntower préparer cette embuscade avec Mr. Murdoch. Je n'en ai rien dit à Miss Fulbrook, estimant qu'il était préférable de ne point l'alarmer. J'ai préféré faire en sorte de le heurter au sommet de l'escalier, et me suis assurée que vous bénéficieriez d'une issue. Si vous aviez choisi de passer par la porte d'entrée, on vous aurait appréhendée.

Vous êtes-vous demandé pourquoi j'ai agi avec tant d'imprudence, ou pourquoi j'ai choisi de vous aider, vous ?

Pour aller à l'essentiel, c'est parce que je crois que Mr. Cedric Hawkes est un bandit patenté *que nous devons coûte que coûte empêcher d'épouser Miss Fulbrook*. Ma certitude n'est pas seulement fondée sur la conversation à laquelle vous m'avez fait assister, bien que celle-ci ait provoqué en moi une vive inquiétude. Elle ne repose pas non plus sur la façon dont il a tenté de vous tendre un piège, comportement tout à fait indigne d'un gentleman. Non, il existait – ou plutôt, il existe – deux autres preuves. Premièrement, depuis votre confrontation avec Mr. Hawkes, *on nous surveille*. Un jeune homme passe régulièrement devant la maison, vêtu comme un ouvrier ordinaire, et je suis sûre qu'il s'agit d'un sbire de Hawkes. Il me suit même jusqu'au bureau de poste. Dieu merci, le guichetier est quelqu'un de confiance, sinon je ne pourrais vous écrire. Deuxièmement – et c'est là l'élément le plus révélateur –, *la date des noces a été avancée*. Mr. Hawkes et

Miss Fulbrook doivent se marier *dans quatre jours*. Il n'y aura ni bans ni invités, à part Mr. Ferntower, moi-même et Mrs. Hawkes, sa mère. Ils ont obtenu une dispense de publication, et réservé pour l'occasion une église à la campagne – dont on n'a pas dévoilé l'emplacement à la future mariée –, et il est prévu qu'on me congédie dès le début de la lune de miel, avec une prime. Mr. Hawkes a invoqué comme prétexte éhonté un voyage d'affaires à l'étranger censé impliquer une longue absence, et qu'« il sera plus facile d'avancer cette union que de la repousser » – mais comment penser qu'un mariage préparé en hâte puisse être souhaitable, et à plus forte raison convenable !

Je vous écris donc de nouveau car je ne sais vers qui me tourner. Mr. Hawkes jouit tant des bonnes grâces de mon employeur que je ne puis rien dire contre lui. En outre, à cause de mon congé prochain, toute plainte de ma part passera pour de la rancune. Aller voir la police ? Mr. Murdoch, je le crains, nourrit déjà des doutes sur mes actes lors de cette soirée fatidique, aussi ne puis-je risquer le déshonneur. Miss Fulbrook elle-même ? Elle est dans un tel état que je ne puis la croire capable de s'opposer à la volonté de son tuteur. Je suis sûre d'au moins une chose : rien de bon ne peut résulter de ce « mariage », que je considère à présent comme une sorte d'enlèvement.

Que peut-on faire ? Je l'ignore. Mais je vous ai observée, Mrs. Richards, et j'ai décelé en vous des ressources d'ingéniosité et de courage peu communes chez une femme. Par conséquent, s'il existe un moyen, quel qu'il soit, d'empêcher ce drame, je vous implore d'agir. Je crains que nul autre que vous soit en mesure d'éviter la perte de Miss Fulbrook.

Je vous prie de recevoir, Madame, l'expression de ma considération.

Lydia Payne

P-S : L'adresse à laquelle vous devez me répondre est la suivante : Entrepôt de meubles Murray, Upper Holloway. J'ai confiance en l'employé. Surtout, ne m'écrivez pas chez Mr. Ferntower.

— Elle affectionne les tournures dramatiques, commenta Arthur DeSalle. Il semblerait que Symes soit résolu à épouser cette malheureuse.

— À moins qu'on l'en empêche, rétorqua Sarah Tanner.

— Il faudrait pour cela faire entendre raison à son tuteur au sujet de Symes.

Sarah Tanner sourit.

— Je savais que vous m'aideriez, Arthur. J'en étais sûre.

Arthur DeSalle fronça les sourcils.

— Attendez une minute, je n'ai rien dit de tel. Je ne suis venu que pour prendre des nouvelles de votre amie Norah.

— Vous connaissez Symes. Si vous dévoilez la vérité à Ferntower, il vous écoutera.

— Pourquoi diable me croirait-il ?

— Parce que c'est un marchand de nouveautés – florissant, certes, mais il n'en reste pas moins un commerçant –, et vous, vous êtes issu d'une des familles les plus respectées de Londres. Vous pourriez lui raconter que la lune est en gruyère, il resterait flatté de vous avoir rencontré.

— Je ne puis cependant lui dire qui doit épouser sa pupille.

— Si vous lui racontez ce que vous savez sur Symes, cette possibilité n'est pas exclue.

— Si j'y consens, Sarah, je risque ma réputation. Avez-vous oublié que nous nous sommes rencontrés à une table de baccara ?

— Je croyais que vous aviez arrêté le jeu.

— C'est vrai, je vous l'assure. Mais il s'agit d'un homme qui a renié son propre fils ! Comment être sûr qu'il gardera pour lui ce que je lui confierai ?

— Vous avez vu ce que Symes a fait subir à Norah. Croyez-vous qu'il traitera mieux sa femme ?

— Il doit bien exister un autre moyen…

Sarah Tanner se tut un instant.

— Symes n'en veut qu'à son argent, c'est tout ce qui l'intéresse. Si elle épouse quelqu'un d'autre…

— Je n'offrirai pas de renoncer à mon mariage avec Arabella, Sarah, même pour une bonne cause…

— Je pensais à John Ferntower. Je crois qu'elle a des sentiments pour lui. En fait, j'en suis quasi certaine.

— J'avais cru comprendre que cet homme était un bon à rien sans le sou, porté sur la boisson et le jeu.

— Eh bien, ce serait un moindre mal, n'est-ce pas ? Que ce soit l'un ou l'autre, je la plains.

Arthur DeSalle secoua la tête, comme s'il s'avouait vaincu.

— Très bien, dit-il. Seigneur Dieu ! Je vais essayer.

CHAPITRE XXXIX

Pour le deuxième soir de suite, un équipage ayant à son bord Arthur DeSalle et Sarah Tanner emprunta les rues de la métropole. Les conditions de l'expédition, cependant, se révélaient quelque peu différentes : tout d'abord, le crépuscule tombait à peine lorsque la voiture démarra de Gray's Inn Road ; le cocher n'était autre que Ralph Grundy ; et l'attelage, au lieu de se diriger vers le cœur de Mayfair, s'enfonça dans les faubourgs par les petites rues d'Islington et gagna les avenues prospères d'Upper Holloway.

Alors que Ralph Grundy amorçait le dernier virage avant Hillmarton Park, Arthur DeSalle paraissait fort mal à l'aise.

— Êtes-vous certaine que ce Grundy a la main sûre ? s'enquit-il, nerveux. Croyez-moi, il a failli nous renverser. Jamais je n'aurais dû me laisser convaincre ; j'aurais très bien pu engager quelqu'un pour conduire le fiacre.

Sarah Tanner sourit.

— Avec Ralph, vous ne courez aucun danger.

— Et une fois descendu de voiture, Sarah ? C'est là toute la question. Doux Jésus ! Je ne sais même pas quoi dire à cet homme à propos de Symes.

— Que c'est un imposteur, un maquereau, le scélérat le plus détestable qu'on puisse rencontrer…

— Je suis sûr qu'il en a autant à votre sujet. Vous n'avez pas l'intention de m'accompagner, j'espère ? Je doute de pouvoir persuader en sus Mr. Ferntower de votre vertu.

— Non, je suppose que vous ne pouvez faire de miracles.

Arthur DeSalle sourit à son tour et se détendit.

— Parfois, votre compagnie me manque, Sarah.

Mrs. Tanner ignora sa remarque et jeta un coup d'œil au-dehors en écartant le store.

— Je n'entrerai pas, dit-elle. Je vous attendrai devant, en cas de…

Soudain, comme elle observait la rue plongée dans la pénombre, Sarah Tanner se tut. L'équipage n'était plus à présent qu'à une centaine de mètres de la résidence de Mr. Ferntower, et, par la vitre du fiacre, elle parvenait tout juste à distinguer deux hommes qui, sur le perron, se serraient la main. L'un d'eux était justement Mr. Ferntower, le visage illuminé par le bec de gaz. L'autre, cependant qu'il saluait le propriétaire des lieux, n'était visible qu'en silhouette. Individu de carrure imposante, son corps massif et ses traits taillés à la serpe ne laissaient aucun doute quant à son identité. Même si son uniforme ne l'avait pas trahi, Sarah Tanner l'aurait reconnu sur-le-champ : il s'agissait du policier, celui qui avait assassiné George Phelps.

— En cas de quoi ? la relança Arthur DeSalle.

— Taisez-vous ! répliqua Sarah Tanner en tambourinant contre le toit de la voiture. Ralph, par pitié, ne vous arrêtez pas, continuez à rouler !

— Pardon, patronne ? lui parvint la réponse étouffée du serveur.

— Roulez ! Vous ne voyez donc pas qui est là ? Ouvrez un peu les yeux !

— Sa vue n'est peut-être plus ce qu'elle était, suggéra DeSalle. Mais que se passe-t-il ?

— C'est le diable en personne, répondit Mrs. Tanner, cependant que l'équipage passait à vive allure devant le 42, Hillmarton Park.

Lorsque la maison ne fut plus en vue, elle tira sur le cordon et cria à Ralph Grundy de se ranger. Une fois la voiture immobile, elle ouvrit la portière, et Ralph Grundy descendit de son siège avec difficulté.

— Restez donc à l'intérieur, patronne. Je les attache.

Quelques secondes plus tard seulement, Ralph Grundy, enveloppé dans un lourd manteau de cocher, monta à bord.

— Vous me laissez une petite place, Votre Altesse ? demanda Ralph Grundy en se serrant à côté d'Arthur DeSalle, au grand étonnement de ce dernier.

Percevant la gêne de son compagnon, Sarah Tanner ne put réprimer un sourire.

— Vous l'avez vu ? s'enquit-elle.

— Pour sûr, que je l'ai vu.

— Et lui, il vous a vu ?

— Je crois que non, patronne. En tout cas, je pense pas qu'il ait vu mon visage, ce qui revient au même. Il m'aurait probablement pas reconnu, de toute façon, vu que c'est vous qui lui avez tenu tête, l'autre jour.

— Pour l'amour du ciel, qui avez-vous donc vu ? s'exclama Arthur DeSalle.

— Le Roussin, répondit Ralph Grundy.

— Celui qui a tué votre ami Phelps ?

— Et c'est pas tout, poursuivit Ralph. Loin de là. Il descendait les marches de c'te maison, et votre Mr. Ferntower était là, à lui serrer la pogne comme à un ami. Qu'est-ce que ça signifie, patronne ?

— Que nous avons fait le déplacement pour rien, répondit Sarah Tanner d'un air sombre. Inutile de tenter de convaincre Mr. Ferntower.

— Vous croyez que Ferntower est de mèche avec cet homme ? demanda Arthur DeSalle. Quoi d'autre ? Qu'il a fait assassiner sa propre sœur ?

— Ce qu'est sûr, c'est que ce cogne est pas venu collecter des dons pour une œuvre de bienfaisance, pas vrai ? maugréa Ralph Grundy en jetant un regard cynique à son voisin.

— Silence, Ralph, le rabroua Sarah Tanner, les sourcils froncés. Laissez-moi réfléchir.

Ralph Grundy se tut à contrecœur, et Arthur DeSalle lui renvoya un regard noir.

— Il y a deux explications possibles, déclara Mrs. Tanner. La première est peu engageante – Michael Ferntower est de connivence avec Symes, ils ont organisé l'assassinat de sa sœur afin d'éliminer tout obstacle au mariage, et le policier est leur homme de main.

— Et l'autre hypothèse, alors ? s'enquit DeSalle.

— Elle est pire encore, répondit Sarah Tanner, une pointe de désespoir dans la voix.

— Comment est-ce possible ?

— Tout ce que j'aurais accompli dans cette affaire, ce serait de m'être fourrée dans le pétrin, d'avoir perdu mon commerce et fait souffrir Norah pour rien.

— Je comprends pas ce que vous racontez, patronne, commenta Ralph Grundy.

— Et si Symes m'a dit la vérité ? poursuivit-elle. Et s'il ignore tout de ce policier ou de la mort d'Emma Ferntower ? Et si c'est son propre frère qui l'a fait tuer, pour s'assurer que le mariage aurait lieu ? Et si c'est ce que George a découvert et ce qui lui a valu la mort ?

— Pensez-vous vraiment que Symes puisse être innocent ? s'enquit DeSalle. Vous me disiez à l'instant que…

— Peu importe. Il est trop tôt pour se perdre en conjectures. Ralph, il ne venait pas dans cette direction, n'est-ce pas ?

— Non, patronne. Je pense qu'il repartait vers Holloway Road.

— Alors demi-tour. S'il continue à pied, nous le rattraperons. Quand vous le verrez, roulez encore sur une bonne distance, puis tournez dans la première rue et arrêtez-vous, que je puisse descendre discrètement.

— Sarah, que mijotez-vous ? voulut savoir Arthur DeSalle, inquiet.

— Je vais le suivre. C'est ce que ferait tout détective digne de ce nom, n'est-ce pas ?

— Je viens avec vous, dit DeSalle. Nous pourrons le démasquer, l'accuser, ce monstre !

— Avec quoi, au juste ? C'est précisément ce que je souhaite éviter. Non, je veux savoir ce qu'il manigance. Et il y a des endroits où je peux aller, vêtue de cette tenue ordinaire, où vous ne sauriez m'accompagner.

DeSalle haussa les épaules, passant involontairement le doigt sur la belle étoffe de son costume.

— Je pourrais malgré tout…

— Non, répondit-elle d'un ton catégorique. Vous m'avez assez aidée, Arthur. Je ne veux pas vous impliquer davantage, je vous assure.

— Mais il connaît votre visage, patronne, vous avez donc oublié ?

— Je n'ai rien oublié, Ralph. Pas le moindre détail. Allons, faites ce que je vous demande.

CHAPITRE XL

Il ne fallut guère longtemps à Ralph Grundy pour repérer celui qu'ils cherchaient et, selon les instructions de son employeuse, le dépasser.

Sarah Tanner le laissa alors poursuivre sa route et emmener un Arthur DeSalle réticent, puis s'engagea dans Holloway Road et entama sa filature avec précaution, sur le large trottoir éclairé par des réverbères, à deux cents mètres du policier, de l'autre côté de l'avenue.

Bien que la nuit fût tombée, il régnait encore dans la rue – une des voies principales menant hors de Londres – le vacarme de la circulation du soir. Qu'il s'agisse des omnibus pleins à craquer de gratte-papiers fatigués ou des quelques courtiers que l'on voyait rentrer chez eux sur leur propre monture, la majeure partie de ceux qu'on croisait venaient de la City, même si l'on apercevait de temps à autre un chariot ou une charrette. Les trottoirs étaient eux aussi le territoire des employés de la City, hommes enfermés toute la journée dans un bureau lugubre, qui marchaient avec la détermination de ceux qu'attendent un souper et un bon feu. Quant au policier, qui avançait à contre-courant, il n'était pas difficile à suivre dans la foule, car son uniforme le trahissait à chaque tournant.

Sarah Tanner se demanda quelle pouvait être sa destination. Ses pensées, pourtant, revenaient sans cesse à la nuit du meurtre de George Phelps. Malgré elle, le visage de ce dernier lui revint en mémoire.

Qu'y avait-elle vu ? Dans son regard, elle n'avait pas lu que la douleur, mais aussi une frayeur profonde, la peur de ce qui allait suivre.

Elle observa le policier tandis que, sur le trottoir d'en face, il poussait deux femmes pour passer, et chercha à savoir – ce n'était pas la première fois – si elle trouverait vraiment le courage de tuer quelqu'un.

Presque une heure plus tard, le policier s'arrêta, peu après le péage d'Angel, où tous les équipages et les chariots de Londres semblaient attendre le vieux gardien. Ce ne fut pas le péage, pourtant, qui fit ralentir l'agent de police – le trottoir n'étant miraculeusement soumis à aucune taxe –, mais l'établissement qui se trouvait un peu plus loin. Le pub *Angel* constituait le terminus d'une demi-douzaine d'omnibus, garés le long de la rue, en face du vieux relais de diligences. Et ce fut devant un de ces véhicules, un Favourite vert à destination de City Road, que le policier marqua une pause. Il s'adressa brièvement au contrôleur, puis grimpa à bord juste au moment où le conducteur démarrait.

Sarah Tanner observa en vitesse le carrefour encombré ; elle ne pouvait rattraper l'omnibus ni, d'ailleurs, risquer d'y monter si elle l'avait pu – nul doute que le policier se souviendrait d'elle. Elle commença à regretter d'avoir renvoyé Arthur DeSalle et Ralph Grundy. Il ne lui restait qu'une solution : un cab qui attendait près de la station de fiacres voisine, et le palefrenier de piètre apparence pansant sans grande conviction la jument baie qui y était attelée.

— Où est le cocher ? demanda-t-elle d'un ton très pressant.

— Il revient bientôt, m'dame, répondit l'homme, en jetant un bref regard vers le pub. Il boit juste un petit verre, si vous voyez ce que je veux dire.

— Allez le chercher tout de suite, et prévenez-le qu'il aura un shilling de pourboire s'il vient sans attendre. Et six pence pour vous.

Le palefrenier parut surpris mais partit au pas de course. Sarah Tanner, pendant ce temps-là, compta en hâte l'argent qu'elle avait dans sa poche et remercia le ciel pour la générosité d'Arthur DeSalle.

Le cocher arriva avec une rapidité remarquable.

— Où je vous emmène, madame ? demanda-t-il comme Mrs. Tanner montait à bord et fermait la portière accordéon.

— Il y a un Favourite vert qui descend City Road. Il faut le rattraper, ensuite vous n'aurez qu'à le suivre jusqu'à nouvel ordre.

Le cocher eut un large sourire.

— À quoi vous jouez ?

Sarah Tanner lui fourra deux shillings dans la paume.

— Je n'ai pas le temps de plaisanter. Vous m'emmenez, oui ou non ?

Le cocher empocha les pièces en silence et démarra.

L'omnibus chemina dans la métropole selon son itinéraire établi : City Road, Old Street, London Wall, la Banque d'Angleterre, et enfin en direction de la Tour. Le cocher, force était de le constater, faisait preuve d'une grande adresse pour rester à distance sans arrêts et départs trop repérables. Pourtant, Sarah Tanner redoutait de plus en plus que le policier soit déjà descendu dans le bref laps de temps nécessaire au cab pour rattraper l'omnibus. C'est seulement lorsque celui-ci atteignit la Tour et que les derniers passagers sortirent qu'elle vit, à son grand soulagement, le policier parmi eux.

— Pardieu, c'est le roussin ? demanda le cocher, avec la familiarité commune à nombre de membres de sa profession.

— C'est mon homme. Il m'a dit qu'il était de planton, mais je sais qu'il a fini son service. Il fréquente une garce de fille de cuisine, et il croit que je suis pas au courant.

— C'est-y pas malheureux ! dit le cocher. Si j'en avais une comme vous à la maison, j'irais pas chercher ailleurs, c'est moi qui vous le dis.

Sarah Tanner ne répondit à ce compliment que par un sourire poli, puis ouvrit la portière et descendit de voiture. Le policier s'enfonçait déjà dans les ruelles étroites qui partaient en direction de Fenchurch Street.

— Si jamais vous cherchez un gars digne de confiance… déclara le cocher.

Mais sa cliente était déjà loin, car elle savait à quoi allaient ressembler les venelles et les passages qui serpentaient dans les environs de la Tour et des voies ferrées de Blackwall, et elle craignait de se laisser semer.

Les rues étaient typiques du quartier commerçant de la City – grouillantes d'activité le jour mais totalement désertes le soir. D'abord, les seules silhouettes que Sarah Tanner distingua furent celles d'un homme qui au loin tirait une charrette et de deux matelots ivres venus des quais tout proches – le chapeau à large bord et le pantalon en toile évasé propres à leur métier les désignaient comme des marins de haute mer ; leur démarche titubante et le fait qu'ils s'appuyaient l'un sur l'autre par l'épaule indiquaient qu'ils étaient soûls. Elle gagna en hâte le carrefour suivant et tourna à l'angle avec prudence. Après avoir patienté quelques secondes, anxieuse, elle vit la carrure aussitôt reconnaissable du policier. Au même moment, il arriva à hauteur d'un petit pub, à guère plus de cent mètres, le *Lord Nelson*, et y entra.

Ce lieu était trop exigu pour qu'elle puisse l'y suivre ; elle se ferait aussitôt repérer.

Par chance, il y avait une ruelle juste en face, dans laquelle le bec de gaz public, qui s'avançait au-dessus de la porte du pub, ne projetait pas de lumière.

Elle décida d'attendre.

Au bout d'une heure environ, la volonté de Sarah Tanner commença à fléchir. La venelle empestait la bière et d'autres liquides plus malodorants encore, le sol était boueux, et la nuit avait fraîchi. De surcroît, le *Lord Nelson* était un vieil établissement, et l'on ne voyait pas à travers ses carreaux de verre soufflé. À vrai dire, elle s'était presque résolue à abandonner sa surveillance quand la porte du pub s'ouvrit et que le policier en sortit accompagné d'une femme. Sarah Tanner se demanda s'il l'avait payée pour profiter de sa compagnie. C'était une belle femme d'une petite quarantaine d'années, aux traits pleins et aux cheveux bruns bouclés, noués à l'aide de rubans. Mais quelque chose dans son attitude, dans sa façon de donner le bras au policier, indiquait intimité et décontraction. Quel que soit son métier, elle connaissait l'homme. Mrs. Tanner en était sûre.

Elle leur laissa une bonne avance, puis quitta la venelle, déterminée à suivre le policier dans l'espoir de découvrir au moins son nom ou son adresse. Mais deux hommes émergèrent du pub au même moment, les deux marins aperçus plus tôt, qui ne se doutaient pas qu'ils lui bouchaient la vue.

— Hé, bonjour, ma jolie ! dit le premier d'une voix empâtée.

— Elle est pas à croquer ? commenta l'autre en donnant une tape dans le dos à son camarade.

L'air empesta soudain l'alcool.

— Tu proposes quoi pour une demi-couronne, poulette ? poursuivit le premier. Pour moi et mon copain, là.

Sarah Tanner recula et sortit le canif qu'elle gardait dans sa poche.

— Laissez-moi passer, imbéciles, ou je vous jure que je vous saigne sur place.

Le premier en resta bouche bée. L'autre s'esclaffa. Mais tous les deux s'écartèrent d'un pas vacillant, assez lucides pour se méfier de sa lame lorsqu'elle passa.

C'était trop tard. Aucun signe du policier ni de la femme. Sarah Tanner jura. Si elle s'était retournée, elle aurait vu deux matelots de la marine marchande rougir.

Il était minuit lorsque John Ferntower quitta son lit, réveillé par des coups à sa porte. Il fut stupéfait de se trouver face à Sarah Tanner.

— Avez-vous idée de l'heure ?

— Allez-vous m'inviter à entrer ? demanda Mrs. Tanner.

— Si j'y suis obligé.

— Oui, vous l'êtes.

John Ferntower s'écarta pour laisser passer son hôte inattendue.

— Je suppose que vous avez du nouveau ? Je n'ai pas reçu de lettre d'Elizabeth.

— Sans doute parce qu'elle est terrifiée. Symes fait surveiller la maison, et votre père est déterminé à les marier dans la semaine.

— Dans la semaine ? répéta Ferntower. Quelle catastrophe ! Mon père est un imbécile fini.

— Non, il est bien pire que cela, répliqua Mrs. Tanner en soupirant. Mais laissons cette question de côté pour l'instant.

— Que voulez-vous dire ? Je vous prie de m'excuser, mais pourquoi vous présenter chez moi à pareille heure ?

— L'aimez-vous ? s'enquit Mrs. Tanner, ignorant sa question. Votre cousine, voulez-vous au moins me dire si vous l'aimez ?

— Oui, vous le savez. Je vous l'ai déjà dit.

— Et vos sentiments sont-ils réciproques ?

— Dans sa dernière lettre, c'est ce qu'elle m'écrit… et en d'autres circonstances…

— En ce cas, Dieu me pardonne, cela devra suffire. Prenez une plume et de l'encre, Mr. Ferntower. Le temps presse.

— Pour quoi faire, je vous prie ?

— Pour préparer l'enlèvement de votre cousine.

CHAPITRE XLI

Sarah Tanner ne regagna son logement de Calthorpe Street qu'à deux heures du matin. Elle gravit discrètement l'escalier qui menait du vestibule au premier étage, et tourna la clé dans la serrure avec précaution, soucieuse de ne réveiller aucun de ses voisins. Lorsqu'elle entra dans le salon, pourtant, Norah Smallwood veillait encore, assise devant le feu. Au son de la porte, elle sursauta et s'empara du seul objet posé sur la table voisine. C'était un couteau de cuisine, au métal terne, mais à la lame aiguisée.

— C'est moi, annonça Mrs. Tanner alors que Norah se tournait brusquement dans sa direction. N'aie crainte. Range donc ça, tu veux ? Je vais fermer au verrou.

Norah Smallwood poussa un soupir de soulagement et reposa le couteau.

— Vous m'avez fait peur, m'dame.

— Arthur et Ralph sont les seuls à nous savoir ici, Norah, je te le promets. Ralph ne t'a pas prévenue que j'allais rentrer tard ?

— Il est resté à vous attendre jusqu'à une heure. Il était mort d'inquiétude. Il m'a dit qu'il reviendrait demain dès qu'il serait levé. Bref, on s'en fiche, de ce vieux bonhomme… Qu'est-ce qui s'est passé avec le roussin ?

— Rien du tout, répondit Mrs. Tanner d'un ton abattu, en s'asseyant en face d'elle. Je l'ai suivi jusqu'à la Tamise. Il a retrouvé une femme dans un pub près de la Tour, une amie, quelqu'un qu'il connaissait. Et puis j'ai perdu sa trace.

— Mais c'est un ami de ce Mr. Ferntower ?

— À ce qu'il semble, oui.

Norah se tut. Sarah Tanner, de son côté, se fit songeuse, puis reprit la parole.

— Norah… je voudrais te poser une question, si tu te sens la force de me répondre.

Norah fronça les sourcils mais fit oui de la tête.

— L'autre soir, au Row, tu m'as dit quelque chose. Tu m'as dit que lorsqu'ils t'ont… lorsqu'ils t'ont fait du mal, tu leur as tout raconté, à propos de Georgie…

— J'ai pas pu leur résister, la coupa Norah, à qui les larmes montèrent aussitôt aux yeux. Je vous jure que j'ai pas pu, m'dame !

— Seigneur Dieu ! s'exclama Sarah Tanner en saisissant la main tremblante de Norah. Ne va pas imaginer un seul instant – une seule seconde – que j'oserais te le reprocher ! Mais il y a une chose que je dois savoir. Leur as-tu avoué que tu n'es pas ma cousine, et que tu as rencontré Georgie à l'hôtel ?

— C'est possible. Je pense que oui. Je me rappelle pas tout…

— Chut, la fit taire Mrs. Tanner en lui lâchant la main. Je ne souhaite pas remuer le couteau dans la plaie. C'est tout ce que je voulais savoir. Ne t'inquiète pas, je suis là, maintenant. Tu ferais bien d'aller dormir un peu.

Norah Smallwood se frotta les yeux.

— Et pas vous ?

— Il faut que je réfléchisse, dit Sarah Tanner avec un sourire ironique. Des noces, ça ne s'improvise pas.

— Des noces ?

— Celles de Miss Fulbrook et de Mr. Ferntower. Mais ce ne sera pas un mariage mondain, sois-en assurée.

Une heure environ après sa conversation avec Norah Smallwood, Sarah Tanner sentit le sommeil envahir son corps las. Toujours assise devant le feu, elle ferma les yeux.

Son esprit dériva.

Elle rêva de Jermyn Street.

Elle savait qu'il s'agissait d'un rêve, car elle n'y avait plus sa place, plus maintenant. Arthur DeSalle était pourtant allongé à côté d'elle, étendu en travers du lit qu'ils avaient partagé – il dormait à poings fermés. Elle l'observa pendant ce qui lui sembla une éternité, et un fort sentiment de tendresse s'empara d'elle. C'était un rêve, elle le savait, mais elle y remédierait – elle le rendrait réel. Elle toucha l'étoffe flottante de la chemise d'Arthur et lui caressa le dos, mais il ne réagit pas. Dehors, les bruits de la rue ; les cloches qui résonnent au loin.

Quelle heure était-il ?

Elle descendit du lit duveteux et alla à la fenêtre. Un maigre filet de lumière se glissait par l'interstice entre les rideaux de velours. La vieille veste d'Arthur était négligemment jetée sur le fauteuil, abandonnée en hâte la veille au soir ; la robe de Sarah était posée à côté, déchirée dans le dos là où un crochet s'était pris dans le tissu.

Lorsqu'elle saisit la veste, une feuille de papier tomba de la poche ; une lettre écrite de la main d'une femme.

Elle se figea.

Cet instant marqua la fin de son sentiment de béatitude.

Sarah Tanner se réveilla.

Quelle heure était-il ?

La pièce de Calthorpe Street était à présent froide et plongée dans le noir ; le feu s'était éteint.

Son rêve encore frais dans sa mémoire, elle revoyait clairement les détails de la chambre de Jermyn Street, les premiers jours et les premières nuits passés avec Arthur DeSalle. Elle savait qu'ils avaient eu de bons moments, des heures joyeuses ensemble, mais il y avait autre chose, un détail qui teintait chaque souvenir d'une pointe d'amertume.

De quoi s'agissait-il ?

Ah, oui.

Elle se rappelait chaque mot de la lettre.

> Cher Mr. DeSalle,
>
> Pardonnez-moi de vous répondre si tard ; j'ai dû interroger mon cœur, et l'on ne doit pas précipiter les questions du cœur. Hier soir, j'ai été si ravie d'avoir votre préférence que j'ai eu le plus grand mal à contenir mes émotions. À présent, après avoir réfléchi avec calme et raison, je puis vous annoncer que je suis fort flattée par votre demande, et si mon père n'oppose aucune objection à notre union – ce qui, sans nul doute, ne saurait se produire –, j'aurai le bonheur de recevoir pour toujours l'affection d'un homme aussi bon et respectable que vous.
>
> Si vous venez demain, disons à sept heures, vous pourrez parler à Père.
>
> Bien à vous,
>
> Arabella

Sarah Tanner ferma les yeux une nouvelle fois mais ne se rendormit pas. Elle resta assise dans la pièce froide, à attendre l'aube.

Aux premiers rayons du jour, elle ralluma le feu, puis s'assit à la table, prit du papier, une plume et de l'encre, et écrivit une lettre. Lorsqu'elle eut terminé, elle inscrivit une adresse sur l'enveloppe – destinée à une certaine Lydia Payne, à l'entrepôt de meubles Murray, Upper Holloway.

Puis elle se lança dans la rédaction d'une tout autre missive.

CHAPITRE XLII

Le lendemain, alors que la circulation de la mi-journée s'accumulait de part et d'autre du péage d'Islington, Sarah Tanner était assise dans un salon privé à l'étage de l'*Angel*. À côté d'elle, Arthur DeSalle buvait une pinte de porter, mais très vite, il se leva et alla jeter un regard nerveux par la fenêtre.

— Croyez-vous qu'elle va venir ?

— J'en suis certaine, répondit Sarah Tanner. Cessez de vous tracasser, vous voulez bien ?

Arthur DeSalle se renfrogna.

— La question n'est pas que je me « tracasse » ou pas. Nom d'un chien, Sarah, si je suis là, c'est seulement parce que vous m'avez imploré de vous aider !

— Bien sûr. Je suis sincèrement désolée.

Un coup à la porte empêcha Arthur DeSalle de répliquer.

— Entrez, répondit Mrs. Tanner avec fermeté.

La porte s'ouvrit et Lydia Payne entra, vêtue de la même robe de deuil ordinaire qu'elle portait lors de l'enquête judiciaire, quand Sarah Tanner l'avait vue pour la première fois. Elle se demanda si ses gages de gouvernante lui permettaient de se constituer une garde-robe correcte.

— Miss Payne, ravie que vous soyez venue, déclara Mrs. Tanner.

— Mrs. Richards, répondit Miss Payne, d'un air raide et cérémonieux, je dois vous prévenir que je ne puis m'attarder. Je suis sortie sous prétexte d'acheter de la dentelle pour le trousseau de Miss Fulbrook. Si je m'absente plus de deux heures…

— Je comprends. Permettez-moi de vous présenter Mr. Arthur DeSalle.

Surprise, Lydia Payne haussa les sourcils.

— Monsieur. Pardonnez-moi, Mr. DeSalle, mais je croyais que…

— Un fâcheux malentendu, madame, répondit DeSalle. Certaines circonstances m'interdisaient de reconnaître auprès de votre employeur, Mr. Ferntower, mes… liens avec Mrs. Richards… qui sont d'une nature quelque peu confidentielle…

— Vraiment ? fit Miss Payne, d'un ton légèrement désapprobateur. Je vois. Eh bien, je n'ignore rien des mœurs de mes contemporains, monsieur. Inutile de me donner davantage de détails. Seul m'importe le bien de Miss Fulbrook, sans quoi je ne serais pas là.

— Et c'est aussi la raison de la présence de Mr. DeSalle, répliqua Sarah Tanner. Il connaît Stephen Symes – ou Cedric Hawkes, appelez-le comme vous voudrez – depuis longtemps, et tient autant que vous et moi à épargner à Miss Fulbrook la souffrance que lui vaudrait d'épouser cet homme.

— Voilà au moins qui est encourageant, commenta Miss Payne. Mais la noce part demain pour célébrer cette parodie de mariage. Si l'on veut démasquer Mr. Hawkes – et convaincre Mr. Ferntower de son imposture –, il faut agir au plus vite. Dans votre lettre, vous me dites avoir un plan… expliquez-moi ce que vous avez prévu.

— Avant toute chose, vous devez me dire si vous êtes sûre de l'honnêteté de votre employeur.

— Mr. Ferntower ? Je ne comprends pas le sens de votre question.

— Avant-hier soir, Mr. DeSalle et moi nous sommes rendus à Holloway, afin que Mr. DeSalle s'entretienne avec Mr. Ferntower et lui explique ce qu'il sait de Stephen Symes. Mais par hasard, nous avons vu votre employeur depuis notre fiacre : il discutait, en termes amicaux, avec un homme qui, je le sais, est une brute épaisse. Un homme que je soupçonne d'être impliqué dans la mort de Miss Emma Ferntower.

Un air de surprise passa sur la figure de Lydia Payne.

— Je ne puis le croire, dit-elle au bout d'un moment. En outre… Mr. Ferntower est resté seul toute la soirée.

— Mr. DeSalle peut confirmer ce que j'ai vu. Il n'a reçu aucune visite ?

— Aucune. Enfin… seulement celle d'un policier.

— Seulement celle d'un policier ?

— J'ai pensé, après ce malheureux épisode avec Mr. Murdoch, qu'on lui apportait des nouvelles en provenance de Scotland Yard.

Sarah Tanner secoua la tête.

— Je sais que cet homme, ce représentant de la loi, est le pire criminel qu'on puisse imaginer, Miss Payne. Pour tout vous dire, je l'ai vu assassiner quelqu'un de sang-froid. Je le suspecte d'avoir tué la sœur de votre employeur.

— Voyons, c'est un membre de la police de Sa Majesté, Mrs. Richards !

— L'uniforme ne fait pas la vertu, rétorqua Mrs. Tanner. Vous pouvez me croire.

— Et donc ? Insinuez-vous que Mr. Ferntower est complice dans ce simulacre de mariage ? s'exclama Lydia Payne. Qu'il connaît déjà la véritable identité de Mr. Hawkes ?

— Je le crains fort, hélas. Nous ne pourrons espérer aucune aide de sa part.

— Je ne puis le croire !

— Je vous assure, madame, intervint Arthur DeSalle, que c'est très probable. Êtes-vous certaine de ne pouvoir l'envisager ? Mr. Ferntower est-il au-dessus de tout soupçon ?

— J'en reste sans voix, répondit Miss Payne. Doux Jésus ! Admettons que vous ayez raison. Quelles seront les conséquences pour Miss Fulbrook ? Tout espoir est perdu !

— Pas tout à fait, répliqua Mrs. Tanner. Je crois, si vous en êtes d'accord, et si vous parvenez à convaincre votre jeune protégée, qu'il reste une possibilité, une manœuvre qui contrecarrerait immanquablement les plans de Stephen Symes.

— De quoi parlez-vous ?

— Je pense à un enlèvement, Miss Payne. Je suggère que Miss Fulbrook épouse John Ferntower.

Lydia Payne fixa Sarah Tanner d'un regard vide.

— Vous plaisantez, bien sûr, madame.

— Ils ont été amoureux, autrefois, n'est-ce pas ? Et je sais qu'ils ont échangé des lettres – une correspondance intime –, cette dernière semaine. Serait-ce un si grand pas à franchir ?

Lydia Payne soupira.

— Vous êtes amie avec ce jeune homme…

Sarah Tanner voulut protester, mais Lydia Payne ne la laissa pas l'interrompre.

— Vous avez déclaré être amie avec ce jeune homme, Mrs. Richards, lors de votre entretien avec

Miss Fulbrook, poursuivit-elle avec détermination, et – en toute franchise – ça ne vous fait pas honneur. Vous pouvez me regarder d'un œil désapprobateur, Mr. DeSalle, mais je dis ce que je pense. Bref, je peine à concevoir que vous osiez recommander John Ferntower comme candidat à l'affection de Miss Fulbrook.

— Symes ne l'importunerait plus jamais, répliqua Sarah Tanner. Et je crois que John Ferntower est épris d'elle.

— Il est épris des dés, des cartes et de l'alcool. Vous savez sans doute que c'est la cause de sa déchéance. Il a dilapidé son argent dans des auberges et des maisons de jeu, et a laissé son père éponger ses dettes. Est-ce là un homme digne de Miss Fulbrook ?

— Il pourrait s'amender. Mr. DeSalle pourrait même lui obtenir un emploi convenable. J'en ai discuté avec lui : il m'a dit qu'il essaierait… si Miss Fulbrook veut bien de lui.

— C'est donc ça, votre plan, le seul espoir que vous ayez à m'offrir ? déclara Miss Payne sur le ton du reproche.

— Songez-y, dit Sarah Tanner. Envisagez la possibilité que votre employeur se félicite du malheur de sa pupille dans la perspective de récupérer son héritage, qu'il ait l'intention, dans ce but précis, de lui donner pour époux le pire malfrat de Londres – un homme qui, vous pouvez me croire, la traitera avec le plus grand mépris et la pire cruauté. Dites-moi alors si épouser John Ferntower – qui malgré ses défauts peut prendre un nouveau départ, et qui l'aime vraiment – ne serait pas préférable.

— Je vous donne ma parole de gentleman, Miss Payne, ajouta Arthur DeSalle, que je ferai mon possible pour les aider, si Miss Fulbrook consent à ce mariage.

— Alors ? insista Sarah Tanner. Que décidez-vous ?

Lydia Payne resta silencieuse. Lorsque enfin elle répondit, ce fut d'un ton posé, et avec réticence.

— Très bien. Je vais faire part de cette suggestion à Miss Fulbrook. Mais nous serons confrontés à mille difficultés, même si elle accepte. Mr. Hawkes fait toujours surveiller la maison.

— Ignorez-vous encore où le mariage doit avoir lieu ? s'enquit Mrs. Tanner.

— Tout ce que je sais, c'est que nous devons prendre un train à la gare d'Euston, demain à onze heures.

— Nous nous en contenterons, Miss Payne, dit Sarah Tanner. Nous nous en contenterons.

CHAPITRE XLIII

Peu avant onze heures, le lendemain matin, Sarah Tanner et Arthur DeSalle se tenaient côte à côte dans la galerie spacieuse qui dominait la grande salle de la gare d'Euston, quelque douze mètres au-dessus de la foule grouillante. Même DeSalle, pourtant habitué à évoluer dans un environnement luxueux, s'émerveilla de l'ambition des dirigeants des Chemins de fer de Londres et du Nord-Ouest. Le vaste hall, décoré dans le style classique, bâti dans une pierre de la meilleure qualité taillée et colorée pour imiter le granit et le marbre des temps anciens, revêtu au sol de mosaïques et bordé de colonnes ioniennes, ressemblait davantage à un édifice de la Rome impériale qu'à l'œuvre d'une compagnie de chemin de fer.

— Vous n'étiez pas obligé de m'accompagner, Arthur, déclara Mrs. Tanner.

— Ça en vaut la peine, pour voir Mr. Symes se casser la figure. Même s'il mérite un châtiment plus concret qu'un simple moment de gêne.

— N'y songez même pas, Arthur. S'il le fallait, il n'hésiterait pas une seule seconde à vous trancher la gorge.

— Et pourtant vous êtes ravie de contrecarrer ses projets.

— C'est peut-être que j'ai moins à perdre.

— J'espère que vous accordez toujours de la valeur à votre vie, au moins.

— Tout ce que j'espère, dit Mrs. Tanner, changeant de sujet, c'est que Ferntower jouera le jeu. Et Miss Payne aussi, d'ailleurs.

— Au fait, Sarah, à propos de ce que vous avez dit hier, à Miss Payne… Ferntower aime-t-il vraiment cette jeune femme ?

— En tout cas, il ne la méprise pas. Je connais bon nombre de mariages respectables qu'on a bâtis sur des fondations moins solides.

— Sarah…

— Je ne sous-entendais rien, soyez-en assuré. Vous deviez prospecter pour lui, en avez-vous eu la possibilité ?

— Je suis passé à la Baring's. Il y aurait peut-être une place pour lui, un poste d'employé subalterne aux Antilles. Nul doute qu'ils me rendront volontiers ce service ; mon compte en banque en vaut la peine. La question, c'est de savoir si votre ami Ferntower acceptera cette proposition.

— Ce n'est pas mon ami, Arthur. De surcroît, s'ils se marient, il sait parfaitement ce qu'il touchera quand sa cousine atteindra sa majorité. Ça, je ne puis rien y changer.

— Pourtant, vous tenez toujours à ce qu'il l'épouse…

— Mieux vaut lui que Symes. Espérons qu'il fera le bon choix et acceptera votre offre. Et puis, une épouse convenable peut être profitable à un jeune homme, n'est-ce pas ce que l'on dit ?

— Sarah, de grâce, épargnez-moi ces piques incessantes.

Avant qu'il puisse poursuivre, Sarah Tanner écarta Arthur DeSalle de la balustrade en le tirant par la manche.

— Les voilà, annonça-t-elle.

La noce arriva dans la grande salle sans tambour ni trompette. Le petit groupe comptait Mr. Ferntower, sa pupille et sa gouvernante, Stephen Symes – sous l'identité de Mr. Cedric Hawkes – et une femme âgée se faisant passer pour sa mère, installée dans une chaise roulante que poussait un valet. S'ils avaient des bagages, on les avait déjà confiés aux porteurs de la gare.

— Quel bâtiment magnifique ! commenta Mr. Ferntower.

— C'est un privilège que de le visiter, monsieur, répondit Sa Majesté. Quelle brillante idée vous avez eue de nous faire voyager par le train !

— C'est dans l'esprit de l'époque, déclara Mr. Ferntower d'un ton quelque peu sentencieux, et plus rapide que la diligence.

— Je crains que mon époque à moi soit révolue, monsieur, dit Sa Majesté, car je préfère un bon vieil équipage.

— Rien n'est plus faux, madame, répondit Mr. Ferntower avec courtoisie, avant d'être soudain distrait.

Il aperçut dans la foule un visage familier qui approchait dans leur direction, se frayant un passage dans la cohue de porteurs lourdement chargés et de voyageurs pressés aux yeux rivés sur l'horloge de la gare, oublieux du monde qui les entourait. C'était un visage qu'il ne reconnaissait que trop bien.

— Bonjour, père, dit John Ferntower.

Michael Ferntower resta figé, comme s'il se trouvait face à un fantôme.

— Que diable manigancez-vous à vous présenter ici de la sorte ? s'exclama-t-il.

— En voilà une façon d'accueillir son fils prodigue, papa, rétorqua John Ferntower. Je me savais *persona non grata* à la maison, mais je ne pensais pas être banni de cette ligne de chemins de fer.

— Une fois encore, répéta Michael Ferntower, que manigancez-vous ?

— Pour vous dire la vérité, mon vieux, j'ai appris qu'on allait passer la bague au doigt à ma cousine favorite. Je tenais à lui présenter tous mes vœux de bonheur.

— Vous n'en ferez rien, monsieur, répliqua Mr. Ferntower. Il y a longtemps que vous avez perdu tout droit à côtoyer Miss Fulbrook.

— Et qui est l'heureux élu ? insista John Ferntower.

— Je crois que vous le savez très bien, intervint Stephen Symes.

— Quand même pas vous, Hawkes ? Ou devrais-je dire Symes ? Comment avez-vous réussi ce coup, mon cher ? Avez-vous promis au vieux de lui verser une part du magot ?

— Petit morveux impertinent ! s'exclama Michael Ferntower en levant la main comme pour frapper son fils.

Stephen Symes, au même moment, fit un pas en avant et retint le bras du tuteur de sa future femme. Autour d'eux, les têtes se tournaient ; un porteur à l'air coriace les bouscula et poussa le valet de Sa Majesté.

— Ne répondez pas à ses railleries, monsieur, dit Symes d'une voix étouffée. Il ne cherche qu'à vous provoquer.

— Et que faut-il pour vous offenser, Mr. Hawkes ? poursuivit John Ferntower, en s'approchant assez pour sentir l'haleine de Stephen Symes sur son visage. Je serais curieux de savoir ce qu'un truand de votre espèce pourrait trouver désobligeant.

— Je crois que vous êtes ivre, monsieur, dit Stephen Symes d'un ton impassible avec un reniflement quelque peu théâtral. Voilà qui explique sans doute votre comportement. Croyez-moi, seul le fait que nous nous soyons fréquentés par le passé me retient de vous donner une correction.

— Allez-vous-en, monsieur, ajouta Michael Ferntower. Votre simple vue me répugne, et je vous assure que Miss Fulbrook n'a aucun intérêt à écouter vos odieuses calomnies. Nous avons un train à prendre.

— Je crains que là ne soit plus la question, à présent, mon vieux, rétorqua John Ferntower.

Il fallut quelques instants à son père pour comprendre ses propos, mais quand Michael Ferntower se retourna, il découvrit avec stupéfaction que ni sa pupille ni sa gouvernante n'étaient dans les parages. Son fils se contenta alors de sourire, exécuta un salut poli et partit par où il était venu.

Stephen Symes allait le suivre, mais il sentit qu'on lui donnait de petits coups dans la jambe avec le bout d'une canne.

— Ne vous occupez pas de lui. Retrouvez la fille, imbécile, ordonna Sa Majesté dans un chuchotement hargneux. Retrouvez la fille !

— Mrs. Richards, protesta Elizabeth Fulbrook comme Sarah Tanner la poussait à l'intérieur d'une voiture qui les attendait à l'entrée de la gare, je ne suis pas sûre de pouvoir faire ça. Mr. Ferntower a toujours été bon avec moi.

— Ce n'est ni le moment ni l'endroit pour avoir des remords, Miss Fulbrook, déclara Sarah Tanner. Je ne suis pas en position de vous forcer à quoi que ce soit, mais je vous en conjure, partons loin de Mr. Hawkes. Si vous changez d'avis dans l'heure, soit. Je vous ramènerai à Holloway, je vous le promets.

Elizabeth Fulbrook hésita.

— Vous avez réservé des chambres ?

— Dans une pension convenable, pour Miss Payne et vous.

— Et il n'y aura pas de duperie concernant le mariage ?

— On publiera les bans dans l'église la plus proche. On n'en fera part ni à votre tuteur ni à Mr. Hawkes, c'est tout. Je vous en prie, si vous êtes décidée, pouvons-nous y aller ?

Elizabeth respira à fond et fit oui de la tête. Sarah Tanner, après un soupir de soulagement, se tourna vers le porteur qui se trouvait non loin de là et lui tendit un morceau de papier plié.

— Chargez un garçon d'apporter ceci à la vieille femme, là-bas.

L'homme hocha la tête, et Mrs. Tanner monta à bord du fiacre.

Moins d'une minute plus tard, Stephen Symes apparut sous le porche géant qui protégeait des intempéries les voyageurs des Chemins fer de Londres et du Nord-Ouest cependant qu'ils attendaient leur cab ou leur voiture. Il arriva toutefois trop tard pour voir Sarah Tanner partir, et ne remarqua pas la présence d'un porteur de bagages âgé, tapi derrière un chariot chargé de malles devant les portes de la gare.

C'était ce même porteur – un homme qui ressemblait de façon surprenante à Ralph Grundy – qui était passé devant le petit groupe dans la grande salle. Et ce fut encore lui qui, quelques minutes plus tard, confia un message à un jeune garçon de courses… qui à son tour le remit à Sa Majesté.

Lorsque cette dernière le déplia, elle n'y trouva que deux mots.

Pour Georgie.

S.

Sa Majesté se renfrogna et déchira le papier en deux morceaux.

CHAPITRE XLIV

Assise dans le salon dc son meublé de Calthorpe Street, Sarah Tanner observait par la fenêtre la maison de correction du Middlesex. Trois jours s'étaient écoulés paisiblement après l'enlèvement de Miss Fulbrook à la gare d'Euston ; trois jours depuis que la jeune héritière et sa gouvernante logeaient en toute sécurité dans une pension, de taille modeste mais convenable, du quartier de Pimlico. On était parvenu à un arrangement avec le pasteur de l'église voisine, et l'on devait publier les bans dès que possible ; John Ferntower avait accepté d'envisager une vie d'employé de banque, et Elizabeth Fulbrook avait adressé à Sarah Tanner deux lettres enthousiastes qui confirmaient son affection passionnée pour son futur mari, malgré ses réserves concernant les circonstances de leur union. Pourtant, Sarah Tanner ressentait un profond malaise.

— À quoi vous pensez ? demanda Norah Smallwood en entrant dans la pièce.

— Je pensais à Arthur, si tu veux savoir.

— Vous en pincez toujours pour lui, pas vrai ?

— Pas du tout, protesta Mrs. Tanner, avec peut-être un peu trop de véhémence. Je songeais au loyer.

Il n'est payé que pour un mois. Je ne puis demander d'autre service à Arthur ; je m'y refuse.

— Qu'allez-vous faire, alors ?

— Tout d'abord, si j'étais raisonnable, je quitterais Londres, car Symes va me haïr encore plus qu'avant.

— Peut-être que vous devriez, m'dame, acquiesça Norah Smallwood d'un air abattu.

— Non, pas encore. Je veux régler cette affaire jusqu'au bout. Je m'en irai quand Miss Fulbrook sera mariée, pas avant. Et puis il reste la question de Georgie. Ce mariage ne le venge pas, loin de là. Quant à Symes, j'aimerais lui rendre la monnaie de sa pièce, je le jure.

Lorsqu'elle entendit les noms de George Phelps et de Stephen Symes, Norah Smallwood se rembrunit.

— Excuse-moi, Norah, dit Mrs. Tanner.

Norah Smallwood secoua la tête.

— C'est pas votre faute, m'dame. Vous allez pas rouvrir le café, alors ?

— Tu n'as pas vu dans quel état il est. Il faut le démolir avant de le reconstruire.

— Je pensais que votre Arthur allait vous prêter l'argent.

Sarah Tanner secoua la tête.

— Ce n'est pas « mon » Arthur, et je refuse d'avoir une dette envers lui.

Après une courte hésitation, Norah Smallwood reprit la parole.

— Je viens avec vous, si vous voulez.

— Où ça ?

— Là où vous irez. C'est vrai, quoi, j'ai pas de famille, et personne a jamais été aussi gentil avec moi. Tout ce que je dis, c'est que je vous suivrai… si vous voulez de la compagnie, s'entend.

— Tu as failli mourir à cause de moi, Norah.

— C'était pas votre faute.

— Peut-être.

Norah Smallwood, l'air déçu par la réponse évasive de Sarah Tanner, la rejoignit néanmoins près de la fenêtre.

— Il fait beau, aujourd'hui, hein ?

— En effet.

— J'irais bien me promener, déclara Norah en contemplant la rue.

— Tu es sûre de te sentir assez en forme ?

— Vous inquiétez pas, ça ira. Tiens, on a du courrier ?

Le son caractéristique d'une lettre qui tombait par la fente de la porte monta du vestibule. Sans attendre, Norah Smallwood descendit en hâte. Elle revint un instant plus tard, munie d'une enveloppe adressée à Sarah Tanner.

— C'est son écriture à lui, pas vrai ? commenta-t-elle comme Sarah Tanner ouvrait le pli et en lisait le contenu.

— Oui, répondit-elle d'un ton irrité. C'est Arthur.

— Alors, qu'est-ce qu'il raconte ? demanda la jeune fille avec impatience.

— John Ferntower ne s'est pas présenté à son entretien à la banque.

— Vous m'aviez dit que ça l'enchantait pas trop.

— Je pensais qu'au moins il essaierait, soupira Sarah Tanner. C'est un imbécile… s'il n'a aucune perspective d'avenir, elle risque de renoncer à l'épouser.

— Pas si elle l'aime pour de vrai, remarquez.

Plongée dans ses pensées, Mrs. Tanner se mordit la lèvre.

— Je sors, annonça-t-elle au bout d'un moment.

— Vous allez rendre visite à Ferntower, pas vrai ?

— Il faut bien que quelqu'un lui fasse entendre raison.

— Je peux venir ?

— Norah, je ne suis pas sûre que ce soit une bonne idée.

— Si je reste enfermée un jour de plus, je vais devenir folle, je vous jure. Faut bien que je sorte un peu, non ? S'il vous plaît.

— Bon, d'accord. Va chercher ton fichu.

— Qu'est-ce que vous allez lui dire ? s'enquit Norah comme elles approchaient de l'immeuble de Prince's Row.

— Je ne sais pas. Je ne peux pas le forcer à devenir employé de banque, quelle que soit sa situation. Voilà, nous y sommes.

Sarah Tanner passa devant Norah. À l'intérieur du bâtiment, au moment où elles atteignaient le dernier étage, elle aperçut la silhouette familière d'un homme qui faisait les cent pas devant chez John Ferntower.

— Mrs. Richards ! s'exclama Theobald Stamp, comme s'il saluait l'actrice principale pour que l'entendent même les spectateurs du poulailler. Quelle divine surprise ! Puis-je vous baiser la main, madame ?

— Non, monsieur, répondit Mrs. Tanner, se gardant de présenter sa main à l'infatigable directeur de théâtre. Je vous prie de m'excuser, voici ma cousine. Nous venons rendre visite à Mr. Smith. Il s'agit d'une affaire confidentielle.

— Smith ? N'y comptez pas, madame. Il vous faudrait être plus que chanceuse, ou je veux bien être pendu. Et Dieu sait que ce sort ne m'enchanterait guère.

— Il n'est donc pas chez lui ?

— S'il n'y avait que ça, madame. Je pense qu'il ne reviendra pas de sitôt. Cela fait au moins trois jours que je n'ai pas eu le plaisir de le voir. J'ai vingt feuillets à lui faire copier en trois exemplaires, et aucun signe de lui, alors que je lui avais versé une avance. Par conséquent, je me renseigne, madame. J'interroge le logeur – aucun signe de lui. J'interroge les voisins – on l'a vu pour la dernière fois hier matin, qui s'en allait *chargé d'une malle.* Une malle ! Il m'a renvoyé ma générosité à la figure, ma chère madame. Il a pris la poudre d'escampette, j'en suis persuadé !

— La poudre d'escampette ? répéta Sarah Tanner, interdite. Non, il m'aurait confié ses intentions.

— Vous devait-il de l'argent, ma chère ? demanda Stamp. Ça ne m'étonnerait pas de lui.

Mrs. Tanner paraissait abasourdie.

— La porte est-elle fermée à clé ? s'enquit-elle au bout d'un moment.

— Je crois que oui.

— Pouvez-vous l'enfoncer ?

— Pourquoi diable ferais-je une chose pareille, madame ? répondit Theobald Stamp qui, malgré sa carrure considérable, semblait réfractaire à toute notion de violence.

— Parce que je crains, monsieur, que l'honneur d'une jeune femme soit en jeu. Et aussi, déclara Sarah Tanner en s'efforçant d'être convaincante, parce que vous êtes un gentleman, j'en suis sûre.

Au mot *gentleman*, Theobald Stamp se rengorgea tel un paon de concours.

— L'honneur d'une jeune femme, dites-vous ?

— Exactement.

— Alors soit, Mrs. Richards. Nul ne reprochera à Theobald Stamp de n'avoir pas été à la hauteur. Reculez !

Puis, après s'être ainsi exclamé, il se précipita contre la porte, qui s'ébranla sous le choc. Mais elle tint bon, et le directeur de théâtre en resta essoufflé.

— Encore une fois, monsieur.

Stamp, bien que fatigué par l'effort, était assez vexé pour réitérer sa tentative. À sa surprise – et à son immense satisfaction –, la porte céda, la serrure de pacotille arrachée au cadre de bois. Il jeta un coup d'œil à l'intérieur.

— Il n'y a personne, madame, annonça-t-il en entrant. J'avais vu juste : il a filé.

Sarah Tanner, Norah Smallwood sur les talons, lui emboîta le pas. Dans la pièce froide, les rideaux étaient tirés. Elle les ouvrit et examina les lieux. Il devait y avoir un indice quelque part ; elle en était certaine. Elle remarqua alors le tapis près de la cheminée : il était déplacé, toujours dans l'alignement du foyer, mais décalé d'au moins une vingtaine de centimètres à droite de son emplacement normal.

Avec précaution, elle se pencha et le tira sur un côté. Une forte odeur de pourriture lui assaillit les narines. Tout d'abord, elle crut qu'elle provenait du tapis lui-même, mais se rendit compte qu'elle se méprenait.

— Madame, dit Theobald Stamp, pardonnez-moi, mais je suis perplexe. Que faites-vous, au juste ?

Mrs. Tanner glissa les doigts dans un interstice entre les planches nues. À vrai dire, elle avait une idée assez précise de ce qui l'attendait lorsqu'elle aurait soulevé les lattes, mais le spectacle lui répugna malgré tout.

C'était un cadavre ; le corps d'une femme, aux traits révulsés, au cou noirci d'ecchymoses. Il lui fallut quelques instants pour reconnaître le visage, peut-être à cause du caractère incroyable de la situation

– le cadavre enfoui sous le plancher poussiéreux – ou de l'horrible rictus qui déformait ses lèvres et semblait indiquer une stupeur terrible. Mais elle le reconnut néanmoins : c'était la femme qu'elle avait vue près d'une semaine auparavant, à la lumière du bec de gaz devant le *Lord Nelson*.

C'était l'amie du roussin.

Avant que Sarah Tanner ait pu prononcer un mot, Norah Smallwood vint à côté d'elle et regarda le corps. Elle devint livide.

— Dieu nous vienne en aide !

— Comme tu dis. Que Dieu vienne en aide à Miss Fulbrook. Bon sang, ce que je peux être stupide !

— Non, poursuivit Norah, vous ne comprenez pas, patronne. Mince alors ! Je vois pas comment c'est possible, mais c'est bien elle. Je croyais qu'elle s'était noyée, mais c'est sa tante. C'est Miss Ferntower.

CHAPITRE XLV

Theobald Stamp s'approcha des lattes que Sarah Tanner avait soulevées. Même en ces circonstances extrêmes, sa façon de se déplacer, à cause de ses pas étrangement comptés et du mouchoir qu'il plaquait sur sa bouche, avait un côté théâtral. À la vue du corps, il laissa échapper un sanglot étouffé.

— Vous la connaissez ? lui demanda Sarah Tanner.

— Je vous l'ai dit, répéta Norah Smallwood. C'est elle.

Mrs. Tanner secoua la tête.

— Non, ce n'est pas elle, j'en mettrais ma tête à couper. Connaissez-vous cette femme, Mr. Stamp ?

— C'est Kate Evans, madame, répondit-il. Une ancienne comédienne de la troupe ; une des favorites de Mr. Smith. Je le jure, jamais je ne l'aurais cru capable de cela ! Un assassin ! Vous en doutiez-vous, madame ? Vous disiez que l'honneur d'une femme était en jeu…

— C'est d'une autre que je parlais.

— Nous devons prévenir la police sur-le-champ, déclara Stamp, en s'écartant du cadavre.

— Attendez ici, monsieur, dit Mrs. Tanner, au cas où Smith reviendrait ou que des curieux se présenteraient. Nous allons chercher un agent.

— Vous êtes sûre ?

— Certaine, répondit-elle en tirant Norah Smallwood par la manche. Nous ne serons pas longues.

Toujours sous le choc, Theobald Stamp la regarda quitter la pièce. Norah Smallwood la suivit en traînant les pieds ; Sarah Tanner dut presque la tirer dans l'escalier pour regagner Prince's Row.

— On va chercher un cogne ? demanda-t-elle, le souffle court.

— Au diable la police !

— M'dame, je comprends pas… si c'est pas Miss Ferntower, là-haut, alors qui c'est ?

— Une actrice. Une amie de Ferntower. Nom d'une pipe ! c'était évident… la voilette, les deux hôtels ! Et le pire, c'est que je l'ai laissé me berner ! Tu parles d'une réussite ! Écoute, Norah, le temps presse. Va chercher Ralph. Il m'a dit qu'il allait travailler comme homme à tout faire au *Bottle of Hay*, faute de mieux. J'ai besoin qu'il me rende un service. Dis-lui d'aller à la cour de justice, à côté de St. Paul – aux Doctors'Commons –, et de se renseigner pour savoir s'ils ont enregistré une prestation solennelle au nom de Ferntower, récemment.

— Une prestation solennelle ?

— Ferntower a l'intention d'épouser Miss Fulbrook au plus vite, Norah. Il n'attendra pas la publication des bans, aussi lui faut-il une dispense. Et pour en obtenir une, il faut prêter serment. Il devra jurer sur l'honneur qu'il bénéficie de l'accord du tuteur de Miss Fulbrook. Sur cette dispense sera indiquée l'église où le mariage aura lieu. Sauras-tu l'expliquer à Ralph ?

— Je pense, oui.

— Norah, c'est très important. Répète ce que je viens de te dire.

Norah Smallwood, par à-coups, récita ces informations à son ancienne employeuse, plus ou moins correctement.

— Bien. Dis-lui de se faire passer pour son père, de déclarer qu'il craint une imposture. Et dis-lui d'être prudent. Qu'il me retrouve à Calthorpe Street.

— Vous allez où ?

— Je vais essayer de tout arranger. Si je ne suis pas revenue ce soir, c'est que je ne reviendrai jamais.

Plusieurs heures après la découverte macabre de Prince's Row, Ralph Grundy déambulait nerveusement dans l'appartement de Calthorpe Street, sous le regard de Norah Smallwood, assise devant le feu. Dehors, les cloches d'une église des alentours sonnèrent six heures.

— Elle a pas dit combien de temps elle serait partie ? s'enquit-il.

— J'y suis pour rien, moi ! répondit Norah Smallwood. Non, elle a rien dit, je vous ai déjà expliqué.

Ralph Grundy maugréa.

— Qu'est-ce qu'elle a voulu dire, à votre avis, quand elle a parlé de « tout arranger » ? demanda-t-elle après un bref silence.

— Je préfère pas y songer.

Quelques minutes plus tard, on entendit des pas dans l'escalier. Sarah Tanner entra très calmement et se contenta de leur adresser un salut peu enthousiaste.

— Où c'est que vous étiez passée, patronne ? voulut savoir Ralph Grundy.

Elle écarta sa question d'un revers de la main.

— Ne vous occupez pas de ça, Ralph. Dites-moi plutôt que vous vous êtes rendu aux Doctors'Commons.

— J'y suis allé, oui. Et j'ai découvert le pot aux roses, aussi – vous aviez vu juste, patronne. Il s'y est présenté ce matin même. Je me suis fait passer pour le père de la fille, comme vous l'aviez recommandé, et je leur ai dit qu'elle n'avait que treize ans, et que lui, c'était un Français désargenté. « Voir les documents ? », que je leur fais. « J'espère bien que je pourrai, avec la mère de la petite qui vient de mourir et cette crapule qui prend des libertés… »

— Ralph, je vous en prie. Inutile de me rejouer la scène en détail. Qu'avez-vous découvert ?

— Ah, fit Ralph Grundy, quelque peu peiné qu'on le coupe dans son élan, j'ai obtenu d'eux qu'ils nous fassent une copie. Ça m'a coûté deux shillings, d'ailleurs.

— Montrez-la-moi, alors.

Ralph Grundy hocha la tête et s'empressa de sortir une feuille de sa poche. Sarah Tanner la lui prit vivement.

BUREAU DES DISPENSES

28 avril 1852

S'est présenté en personne John Ferntower, de la paroisse de St. Paul, à Shadwell, célibataire de vingt et un ans, afin de demander une dispense pour la célébration d'un mariage en l'église paroissiale de St. Paul, à Shadwell, dans le Middlesex, devant l'unir à Elizabeth Mary Fulbrook, de la paroisse de St. Stephen, à Holloway, célibataire âgée de dix-neuf ans, et a déclaré sous serment que n'existe aucune réserve provenant d'un parent ou d'un proche par alliance, ni autre cause légale ou procédure engagée au tribunal ecclésiastique, qui justifierait l'empêchement ou le report de la célébration dudit mariage, comme l'exige la teneur de ladite dispense. A par la suite déclaré solennellement que John Ferntower et Elizabeth Mary Fulbrook, célibataire, occupent leurs lieux de résidence dans les paroisses ci-avant citées de St. Paul, à Shadwell, et de St. Stephen, chacun depuis une période de quinze jours.

— Ils avaient un serment solennel de son tuteur, aussi, déclara Ralph Grundy.

— Eh bien, ce n'est pas lui qui l'a rédigé, commenta Sarah Tanner, mais au moins nous savons où se trouve l'église.

— Ce que je comprends pas bien, patronne, dit le vieil homme, c'est pourquoi il se donne la peine d'obtenir une dispense afin d'épouser Miss Fulbrook. Suffit que quelqu'un révèle qu'il s'agit d'une fraude, et il est cuit.

— Il pense peut-être que son père n'osera pas intenter une action en justice, une fois que le mal aura été fait. Je n'en sais rien. Toute la procédure sera légale tant qu'un tribunal ne l'aura pas invalidée.

— C'est pas à moi d'en décider, patronne, mais on devrait pas se rendre dans cette église, alors ? On peut encore les arrêter, non ?

— Ils ne vont pas se marier en pleine nuit, Ralph. Et si on ne lui a accordé la dispense que ce matin, ça m'étonnerait qu'il ait réussi à faire célébrer le mariage cet après-midi. Attendons plutôt demain matin.

— Avez-vous quelque chose en tête, patronne ?

— J'attends une lettre.

Ralph Grundy fronça les sourcils, quelque peu agacé par la réponse évasive de Sarah Tanner.

— Vous savez ce qui est arrivé à sa tante, pas vrai ? dit-il.

— J'en ai une idée assez précise, oui. C'est bien lui qui l'a tuée.

— Vous allez pas nous expliquer ?

— Pas encore. Pas avant d'en être tout à fait certaine.

CHAPITRE XLVI

Pimlico, le 28 avril

Chère Mrs. Richards,

Je vous prie de m'excuser, mais je ne me perdrai pas en civilités. Sachez seulement que mes craintes les plus sombres se sont réalisées. J'obtiens par votre lettre la confirmation qu'il faut interpréter de la pire façon – et la plus terrible – les événements de la journée.

En bref, le mal est fait. Mr. John Ferntower nous a rendu visite ce matin. Il a prétendu que des procédures légales exigeaient la présence de Miss Fulbrook à Londres. Je dois l'avouer, je souffrais d'un affreux mal de crâne et ne me sentais pas assez bien pour voyager en fiacre. J'ai accepté sa promesse de ramener Miss Fulbrook à midi. Au moment où je vous écris, cela fait *dix heures* qu'ils sont partis. J'ai tout d'abord craint un accident, mais je connais à présent la nature du problème. Vous ne pouvez imaginer combien mon cœur est empli de honte. Jamais je n'aurais dû confier à *ce vaurien* le bonheur de Miss Fulbrook !

Vous dites que l'on peut encore agir et que la police ne doit, sous aucun prétexte, être prévenue. Soit. Je ne prétends pas pour ma part être efficace dans l'art de la duperie ou connaître les rouages des esprits criminels. Je m'en remets donc entièrement à *vous* une dernière fois, et cette fois seulement. Je vous retrouverai à l'église demain à onze heures, comme vous le suggérez. Pourvu qu'il ne soit pas déjà trop tard.

Bien à vous,

Lydia Payne

La lettre arriva le lendemain matin. Sarah Tanner la lut attentivement.

— Que lui avez-vous dit, patronne ?

— Je lui ai écrit hier après-midi pour la prévenir que Ferntower nous avait trompés, et que je craignais qu'il tente d'enlever Miss Fulbrook à la première occasion.

— Vous n'avez pas mentionné le meurtre, alors ?

— J'ai pensé qu'elle risquait de paniquer. Parfait, maintenant je sais, au moins.

Ralph Grundy hocha la tête et jeta un bref coup d'œil dans la rue.

— C'est le vôtre, patronne ?

Sarah Tanner regarda par la fenêtre cependant qu'un fiacre d'allure luxueuse s'arrêtait dans Calthorpe Street.

— Oui, c'est le mien, répondit-elle en se levant.

— Encore des dispositions que vous avez prises hier ? commenta Ralph Grundy, très intrigué.

— Voilà.

Comme elle gagnait la porte, le serveur la suivit, mais Sarah Tanner fit volte-face et l'arrêta d'un geste de la main.

— Non, Ralph, vous restez ici. Quelqu'un doit veiller sur Norah.

— Une seconde, patronne ! protesta-t-il. Je suis pas sa nurse, à la petite. Et puis, on peut pas dire qu'elle soit à l'article de la mort.

— Je suis désolée, Ralph, mais je n'ai pas besoin de vous, pas aujourd'hui.

— Et qui va vous protéger, alors ?

— J'ai quelqu'un pour m'accompagner, je ne serai pas seule.

— Votre ami de la haute, c'est ça ?

— Arthur ? dit Sarah Tanner après un court temps d'arrêt. Oui, c'est ça.

— Faut croire qu'un vieil homme vous sert à rien, sauf pour les courses. Là, il vous est utile.

— Ralph, je n'ai pas le temps d'écouter vos jérémiades. Je vous en prie, j'aimerais que vous m'attendiez, si vous le voulez bien. Vous êtes un ami précieux ; si tout se passe bien, nous nous verrons à mon retour.

— Si tout se passe bien ?

Mrs. Tanner ne répondit pas mais se pencha vers le vieil homme pour lui déposer un baiser sur la joue. Abasourdi, Ralph Grundy la regarda s'en aller.

— Elle est partie ? s'enquit Norah Smallwood, qui émergea de la pièce du fond quelques instants plus tard.

— Elle est partie, oui, maugréa Ralph Grundy. Tout ce que j'espère, c'est qu'elle a l'intention de revenir.

Trois quarts d'heure après avoir quitté son appartement, Sarah Tanner se tenait devant l'église St. Paul de Shadwell. L'église jouxtait la portion la plus large de l'ancienne Ratcliff Highway – repaire mal famé de marins, rue davantage réputée pour ses bastringues et ses pubs de bas étage que sa ferveur religieuse – et, côté sud, derrière quelques rues étroites où s'entassaient des taudis, se dressaient les hauts murs et les entrepôts à tabac des docks de Londres. C'était néanmoins un bel édifice, malgré le contraste qu'offraient les alentours ; d'architecture romane, elle comptait une tour, une coupole et une flèche pyramidale ; un perron menait à une haute double porte en bois flanquée de part et d'autre par des becs de gaz. Les lumières étaient encore allumées, bien que le jour fût levé depuis longtemps, car un brouillard s'élevait de la Tamise et enveloppait d'un léger voile brunâtre les environs des quais.

Alors qu'elle attendait sur le perron, un homme de petite taille ouvrit l'une des portes et se faufila à l'extérieur. C'était un monsieur d'une cinquantaine d'années, qui portait des lunettes et se tenait légèrement voûté ; ses habits, d'aspect pourtant correct, semblaient avoir connu un passé plus glorieux. Il se tourna vers Sarah Tanner et lui adressa un mince sourire.

— Puis-je vous être utile, madame ?

— Je cherche le clerc de la paroisse. Il s'appelle Briggs, je crois.

— Vous l'avez devant vous, madame, répondit l'homme, avec une certaine fierté, sans doute peu habitué à ce que des représentantes de la gent féminine demandent après lui. Voulez-vous entrer ? Quel temps détestable, n'est-ce pas ?

Mrs. Tanner fit oui de la tête, et le clerc la précéda dans l'église. L'édifice était vide et, après qu'il l'y eut invitée, elle s'assit sur un des bancs les plus proches de la porte.

— Bien, madame. En quoi puis-je vous aider ? Vous devez être la dame qui m'a envoyé un message hier soir ?

— Je dois vous avouer, monsieur, qu'il s'agit d'une affaire délicate. Je vous prie de me pardonner d'être restée si vague dans mon télégramme. Une jeune femme que j'ai l'honneur de compter parmi mes amies, Miss Elizabeth Fulbrook, s'est – je ne trouve pas de terme convenable pour son acte –, s'est enfuie avec un jeune homme de notre connaissance.

— Ah bon ? fit le clerc.

Mrs. Tanner l'observait attentivement. Le nom d'Elizabeth Fulbrook fit mouche, elle en eut la certitude. Elle se demanda pourquoi le choix de John Ferntower s'était arrêté sur cette église. Était-ce seulement pour sa situation lointaine, ou cet homme était-il connu pour fermer les yeux sur les mariages décidés trop hâtivement ?

— Certes, ces incidents sont monnaie courante, mais j'ai de bonnes raisons de croire que ce scélérat – un jeune homme du nom de Ferntower – a obtenu une dispense de bans sous les prétextes les plus fallacieux. Je crois aussi qu'il a l'intention de l'épouser ici même.

Le clerc toussota nerveusement.

— En vérité, madame, l'affaire que vous évoquez ne m'est pas inconnue.

— Vraiment ?

— Oui, répondit le clerc. Je crois qu'un jeune monsieur portant ce nom s'est entretenu avec le révérend Smythe, hier soir. Je ne prétendrai pas avoir entendu toute leur conversation, mais j'ai cru comprendre qu'ayant appris à la dernière minute qu'il devait prendre le bateau pour l'étranger, il souhaitait qu'on les unisse par les liens du mariage plus tôt que prévu. C'est une église de marins, ici, ça n'a rien d'exceptionnel.

— Et pour quand la cérémonie est-elle prévue ?

— Demain matin, je crois, car le révérend ne pouvait pas plus tôt.

— Mr. Ferntower a-t-il laissé une adresse ?

— Bien sûr. Je crois que le révérend doit lui rendre visite cet après-midi. Il leur faut discuter du service et d'autres choses.

— Et cette adresse, quelle est-elle ?

— Je ne saurais vous la donner, madame. En de telles circonstances, il est de mise de conserver une certaine discrétion.

— Nul doute qu'une offrande sera vue comme un geste de reconnaissance suffisant de la part de l'amie de cette jeune femme. Disons une guinée ?

Le clerc sourit.

— Je vais consulter mon livre, madame.

Alors que Sarah Tanner quittait l'église, un fiacre s'arrêta à hauteur du perron. Lydia Payne en descendit, visiblement inquiète.

— Renvoyez ce cab, lui dit Mrs. Tanner, sans même la saluer. J'ai ma voiture. Ils ne sont pas encore mariés ; nous sommes dans les temps pour la sauver.

— Quoi ? Vous les avez trouvés ? Comment ?

— Un de mes vieux amis me disait toujours « Ne te fie jamais à la police ou aux gens d'Église », Miss Payne, répondit-elle en jetant un bref regard au clerc qui les observait par les portes de l'église entrouvertes. Comme il avait raison !

CHAPITRE XLVII

La rue que lui avait indiquée le clerc était Peacock Buildings, même si on n'y trouvait pas les couleurs du paon dont elle tirait son nom. Le ton qui y prédominait tenait plutôt du marron jaunâtre cireux : la boue brune qui recouvrait les pavés ; l'ocre sale des immeubles en brique tassés les uns contre les autres ; le papier et les chiffons bistre qui semblaient avoir remplacé le verre d'une fenêtre sur deux ; et même le soupçon de brume qui flottait dans l'air.

Au bout de la voie, la voiture s'arrêta.

— C'est trop étroit, déclara Sarah Tanner après avoir contemplé la rue en soupirant. Tant pis. Continuez !

— Quel endroit peu engageant ! dit Miss Payne lorsque l'équipage repartit. Quelles sont vos intentions ?

— Tout d'abord, trouver un bureau de poste convenable.

— Pour quoi faire ?

— Il me faut du papier pour rédiger un message.

Moins d'une demi-heure plus tard, l'attelage de Sarah Tanner était de retour à Ratcliff Highway, à deux pas de la ruelle exiguë qui menait aux Peacock Buildings.

— Vous ne m'avez toujours pas expliqué ce que vous aviez en tête, Mrs. Tanner, dit Lydia Payne, contrariée. On a enlevé Miss Fulbrook, et vous consacrez votre temps à écrire !

— J'ai l'intention de secourir Miss Fulbrook, Miss Payne. Je suppose que ses doutes envers son promis ne peuvent que s'être accrus dans un tel endroit, même s'il ne la retient pas contre son gré. Quelques vérités bien senties devraient suffire à la convaincre.

— Vous ne craignez pas qu'il puisse être dangereux ?

— Avec un peu de chance, il ne sera pas là.

Lydia Payne jeta un bref regard à l'enveloppe que Sarah Tanner tenait à la main, croyant soudain deviner quelle était sa fonction.

— La lettre, en quoi consiste-t-elle ?

— C'est le révérend Smythe qui prévient qu'il ne pourra rendre visite à l'heureux couple à cause du mal soudain d'une de ses ouailles, et demande si Mr. Ferntower pourrait se présenter à l'église, entre midi et une heure. Voyez-vous, je sais imiter la plume d'un homme de façon fort convaincante.

— Vous avez de nombreuses cordes à votre arc, commenta Lydia Payne, d'un ton qui ne semblait guère approbateur. Pensez-vous qu'il laisse Miss Fulbrook seule ?

— À mon sens, moins elle aura d'occasions de s'interroger sur cette affaire, mieux Ferntower s'en portera. Et les risques qu'elle sorte se promener seule sont maigres, vu la réputation du quartier.

— Je persiste à penser que je ferais mieux de vous accompagner – si elle a le moindre doute sur votre sincérité, Miss Fulbrook me fera confiance.

— Non, c'est inutile. Qui plus est, si je ne suis pas revenue d'ici une heure – si quelqu'un la garde –, vous aurez une tâche importante à accomplir.

— Laquelle ?

— Prévenir la police, car je serai très probablement morte.

Sur ces mots, Sarah Tanner salua la gouvernante, qui en resta coite, et descendit de voiture. Bien que sa robe n'eût rien d'extravagant, pas plus ostentatoire que celle d'une domestique de rang supérieur, dans les rues misérables de Shadwell elle lui valut néanmoins d'attirer les regards de ceux qu'elle croisait. Parmi eux, deux garçonnets étaient accroupis dans le caniveau près du carrefour, occupés à jouer avec un morceau de bois d'aspect assez grossier. Elle se pencha vers eux.

— Bonjour. Est-ce qu'un de vous sait où se trouvent les Peacock Buildings ? demanda-t-elle.

Les enfants hochèrent la tête, hésitants, avec une certaine méfiance.

— Si je vous donne un message à remettre à un monsieur qui y habite, vous me rendriez ce service ? Je vous donnerai six pence.

— Moi, je m'en charge, m'dame, répondit le plus grand des deux, qui lui accorda toute son attention lorsqu'elle évoqua une rétribution.

— Mais ce n'est pas tout, poursuivit Mrs. Tanner. Tu dois lui remettre la lettre et repartir très vite. S'il te demande qui l'a envoyée, dis-lui que c'est un monsieur qui te l'a donnée, près de l'église. Pour six pence, n'oublie pas. Et dépêche-toi – ne traîne pas et ne bavarde pas.

— Vous jouez à un jeu, m'dame ? s'enquit le plus jeune des deux.

— Oui, c'est un jeu, avec un ami. Maintenant, répète ce que tu dois dire, et ensuite nous pourrons nous amuser.

— C'est un monsieur qui l'a donnée, près de l'église, répéta le plus âgé.

— C'est bien, dit Sarah Tanner en souriant. Suivez-moi, alors. On va jouer à notre petit jeu, et on verra qui gagne.

À l'extrémité des Peacock Buildings, Mrs. Tanner accordait un intérêt peu mérité aux articles exposés dans la vitrine du prêteur sur gages qui faisait l'angle de la rue. L'adresse qu'avait fournie John Ferntower au clerc de la paroisse était celle d'un logement de deux pièces, dans une maison d'allure délabrée sise à mi-chemin de la rue. Elle regarda le garçonnet s'y rendre en courant, muni du message, et entrer. Quelques secondes plus tard, il revint en lui affirmant que, *parole, le monsieur il l'a pris, et j'ai tout raconté comme il faut sur l'église*. Elle remit ses six pence au petit messager – au ravissement flagrant du gamin – et attendit.

Au bout de cinq minutes, John Ferntower sortit de l'immeuble. Il ne restait plus du brouillard qu'un léger voile, mais elle garda la figure dissimulée sous son fichu et, à sa grande satisfaction, eut la certitude de n'avoir pas été repérée, car Ferntower partit d'un pas vif dans la direction opposée, vers l'église St. Paul. Quand elle fut assurée qu'il ne pourrait la voir, elle descendit la rue à son tour et entra discrètement dans la maison.

Les lieux, par leur aspect négligé, n'étaient pas sans rappeler le meublé de Prince's Row qu'occupait John Ferntower. Pourtant, ce qui n'était que miteux et usé jusqu'à la trame aux abords du marché de

Newport était ici moisi dans l'atmosphère humide des taudis des abords de la Tamise. Nul papier peint aux murs, seules des taches d'humidité ; la rambarde de l'escalier était pourrie et molle au toucher, et une odeur âcre de décomposition semblait avoir imprégné jusqu'aux briques.

Sarah Tanner monta avec précaution l'escalier qui menait au deuxième étage. Elle ne vit aucun autre locataire, même si elle entendait les pleurs étouffés d'un bébé. Au bout du couloir, il y avait une fenêtre à guillotine. À la lumière qui filtrait par les vitres sales, elle sortit un petit pistolet de sa poche et le chargea. De sa main libre, elle frappa chez Ferntower.

Pas de réponse.

Elle tourna la poignée. La porte n'étant pas fermée à clé, elle l'entrouvrit.

Dans la pièce, il faisait noir comme dans un four, à cause d'épais rideaux opaques qui couvraient les fenêtres. Il lui fallut un moment pour s'habituer à l'obscurité.

Trop longtemps, sans doute.

Tandis qu'elle se tenait là, immobile, une main rugueuse surgit de derrière la porte et lui saisit le poignet, cependant qu'une autre lui arrachait son pistolet.

Elle reconnut son agresseur à l'instant où il lui lâcha le bras et lui asséna un coup de poing en plein visage, qui l'envoya valser.

Le roussin.

CHAPITRE XLVIII

Sarah Tanner ouvrit les yeux. Elle était étendue à terre, adossée au mur. Instinctivement, elle essaya de bouger, mais se rendit compte qu'elle avait les mains attachées dans le dos.

— Enfin tu te réveilles, ma fille, dit une voix.

C'était le roussin ; à ses côtés se tenait John Ferntower, muni du pistolet de Sarah Tanner.

— Bonjour, Miss Richards, dit-il. Amusant que cela se termine ainsi, n'est-ce pas ? Exactement comme nous nous sommes rencontrés. Rappelez-vous : vous menaciez alors de me tuer. Considérez que je vous rends la monnaie de votre pièce.

Le policier s'approcha, s'accroupit devant elle et saisit d'une main son visage contusionné avec une force considérable. Sarah Tanner grimaça de douleur.

— Alors comme ça, c'est elle ? s'exclama le roussin. C'est elle qui m'a envoyé perdre mon temps dans Sardinia Street ? Je t'avais donc pas prévenue, ma fille ? Faut jamais mentir ; surtout pas à moi, en tout cas.

Le policier sourit, lâcha la mâchoire de Sarah Tanner, puis pivota pour la gifler du revers de la main.

— Je t'avais prévenue, non ? répéta-t-il d'un ton enjoué.

Sarah Tanner toussa, la bouche emplie du goût de son sang.

— Tout ça n'était qu'une histoire d'argent, alors ? cracha-t-elle avec mépris, en se tournant vers John Ferntower. C'est pour ça que vous avez assassiné votre tante ? Ou bien n'était-ce que par rancune ?

— J'ignore de quoi vous parlez, je vous assure, répondit John Ferntower.

— Vous étiez dans cet hôtel, hein ? Au *Brunswick*, c'est bien ça ? Ç'a été dit lors de l'enquête judiciaire. Comment n'ai-je pas fait le lien ? C'est à ce moment-là que vous l'avez tuée. Seul hic : tout le monde savait que vous la détestiez, que vous lui en vouliez à cause de ce qu'elle avait raconté à votre père. Après l'avoir supprimée, vous avez chargé votre amie comédienne, Miss Evans, de se faire passer pour elle ; il suffisait qu'elle soit « vivante » quelques jours pour qu'on ne puisse vous attribuer ce meurtre. Seigneur, vous avez même réussi à vous faire arrêter, afin de ne rien laisser au hasard. Qu'avez-vous fait du corps ?

John Ferntower sourit.

— Vous êtes d'une intelligence diabolique, n'est-ce pas, Miss Richards ? Ma pauvre tante a monté mon père contre moi, vous comprenez ? C'est Hawkes – ou Symes, peu importe – qui lui a fourni les munitions, je le comprends à présent. Il m'a fallu me débarrasser d'elle, si je voulais conserver quelque espoir d'épouser Miss Fulbrook. Quant au cadavre, je l'ai mis dans la malle de Miss Evans avant son départ du *Brunswick*, et puis… un de mes amis s'en est chargé.

— Vous l'avez jetée dans la Tamise, dit Sarah Tanner en s'adressant au policier.

— On y trouve des tas d'ordures, ma fille, répondit celui-ci.

— Et Georgie ?

— Georgie, c'est qui ?

— Phelps. Celui que vous avez poignardé dans Leather Lane.

— Ah, lui ? Le pauvre bougre. Il m'a donné du fil à retordre. J'ai dû lui couper la chique.

John Ferntower s'esclaffa.

— Voyez-vous, Miss Richards, j'y ai beaucoup réfléchi. Une fâcheuse coïncidence, vraiment ; j'ignore pourquoi il a choisi le *Hummums* ce soir-là, pourtant il l'a fait. Sans cela, nous aurions peut-être évité toutes ces complications. Mais je suppose que je n'aurais alors jamais eu le plaisir de vous rencontrer. Figurez-vous que je connaissais George Phelps, moi aussi. Je dois avouer que je vous ai menti à ce sujet. Nous avons passé quelques agréables soirées ensemble autour d'une table de baccara ; c'est Mr. Hawkes qui nous a présentés. Je l'ai même invité à la maison pour lui présenter ma famille.

— Attendez un peu ! Je comprends, maintenant ! s'exclama Mrs. Tanner. George avait rencontré votre tante ! Il savait que ce n'était pas elle, au *Hummums*.

— En effet, poursuivit Ferntower. Comme vous l'avez justement évoqué, j'ai estimé préférable pour toutes les parties concernées que « Miss Ferntower » quitte le *Brunswick* en vie. Je voulais éviter que le personnel de l'hôtel, qui avait vu ma tante, observe Miss Evans de trop près. Nous avons donc choisi un autre établissement ; choix malheureux s'il en est.

— Votre copain George Phelps y était déjà pour repérer les lieux. Il a pas lâché Katie d'une semelle, ajouta le policier. Il venait à sa chambre pour fouiner, il est devenu trop curieux. Il risquait de bavarder, aussi. On pouvait pas le laisser continuer, alors j'ai dû y mettre un terme.

— Et ensuite vous avez aussi tué Miss Evans. Je suppose que les choses ne se sont pas déroulées comme prévu.

— Ah, fit John Ferntower, comme désarçonné par un menu détail, je m'interrogeais sur la raison de votre venue ici, aujourd'hui et pas un autre jour. Si je comprends bien, il s'agit de Miss Evans – vous l'avez déjà trouvée ? On peut dire que vous avez le chic pour dégoter des cadavres, ma chère.

— Stamp m'a expliqué qu'il s'agissait d'une de vos amies.

— Eh bien, oui, j'avais une certaine tendresse pour elle.

— Quel dommage ! ajouta le policier, sans grand chagrin. Elle et moi, ça faisait un bail qu'on était amis. C'est terrible.

— Oui, poursuivit Ferntower, nous étions parvenus à un arrangement correct avec Miss Evans. Pas une part des bénéfices, remarquez. Juste une petite pension près de la côte, une rente annuelle. Hélas, elle est devenue trop gourmande.

— Elle est revenue, déclara Sarah Tanner, et a menacé de dévoiler la vérité. Vous avez cherché à la convaincre de se tenir tranquille, mais elle n'a rien voulu entendre.

John Ferntower haussa les épaules.

— Sachez que je n'ai éprouvé aucun plaisir à la tuer, Miss Richards. Tout comme je ne prendrai aucun plaisir à vous tuer, croyez-moi. D'ailleurs, je crois que, sans vous, jamais je n'aurais pu réussir cette entreprise ; vous avez été un véritable don du ciel. Si seulement…

— Magne-toi, qu'on en finisse, le coupa le policier.

John Ferntower sourit et s'approcha de sa captive, puis pressa le pistolet contre sa tempe. Sarah Tanner frémit.

— Mon collègue a raison. Assez tergiversé. Bien, que préférez-vous, Miss Richards – ou quel que soit votre véritable nom –, la balle ou le couteau ? Que je procède à mains nues, peut-être ? J'ai quelque expérience en ce domaine. Mais vous avez eu la gentillesse d'apporter ce pistolet, s'en servir me paraît la moindre des choses.

— Allez, tire, dit le policier, impatient.

— Non, répliqua Ferntower, qui éloigna l'arme de quelques centimètres. Laisse répondre Madame.

— On se reverra en enfer, tous les trois, je le jure sur la tombe de ma mère, rétorqua Sarah Tanner, en essayant de se libérer de ses liens.

John Ferntower secoua la tête.

— Je crains que vous n'ayez qu'à moitié raison, répondit-il en armant le pistolet, avant de le pointer vers le visage du policier et de tirer à bout portant.

La déflagration résonna dans la pièce, qu'envahit l'odeur de poudre. Le corps du policier tomba à la renverse sur le plancher nu, le sommet du crâne arraché, sanguinolent.

Sarah Tanner se figea, puis se débattit avec plus d'énergie.

John Ferntower pouffa et plongea la main à l'intérieur de sa veste, d'où il sortit un petit canif, qu'il jeta à l'écart.

— Vous n'arriverez pas à vous échapper, ma chère. J'ai pris la précaution de vider vos poches.

— Vous l'avez tué. Vous ne l'avez même pas…

— Lui aussi était trop gourmand, Miss Richards. Et témoin d'un meurtre. Qui plus est, dix mille livres par an divisé par trois, c'est dérisoire, quand on y pense.

— Et Miss Fulbrook, dans tout ça ?

— Elle fera une magnifique épouse, ne trouvez-vous pas ? Et puis j'éprouve une certaine tendresse à son égard, c'est la vérité. C'est une jeune femme charmante. D'une grande innocence, si peu méfiante…

— Quelqu'un aura entendu le coup de feu. Vous ne vous en tirerez pas à bon compte.

— Le reste de l'immeuble est à l'abandon, Miss Richards. Il n'y a personne ici pour entendre quoi que ce soit. À présent, soyez gentille, tenez-vous tranquille.

John Ferntower se pencha vers Sarah Tanner et referma les mains autour de sa gorge. Ce fut un mouvement lent et mesuré, presque rituel, et elle perçut dans les yeux de son agresseur une lueur de jubilation lorsqu'il commença à serrer.

Cette lueur fut éphémère, car Sarah Tanner se tortilla et, dans un sursaut désespéré, lui enfonça dans le cou la pointe d'un petit stylet.

Ferntower eut un hoquet étouffé, chuintant, et plaqua une main sur sa blessure. Le liquide rouge s'écoula entre ses doigts, flot cramoisi intarissable qui lui recouvrit la main puis la manche. Il recula d'un pas saccadé, tel un animal acculé, dérapant dans le sang du policier, le souffle plus rauque et plus faible à chaque seconde.

Sarah Tanner se leva et l'observa. Elle ressentait un profond dégoût, mais resta néanmoins à regarder la vie quitter John Ferntower. Puis, comme ce dernier rendait l'âme, elle récupéra la lame délicate et l'essuya sur le revers de la veste de Ferntower. D'une main fébrile, elle tira sur le dos de sa robe et remit le couteau dans la poche soigneusement conçue cachée entre les baleines de son corset – la même poche qui lui avait permis, au dernier moment, de sortir la lame et de trancher ses liens.

Elle jeta un bref regard au cadavre du policier, puis alla ouvrir la porte, mais se trouva bloquée par un homme qui se tenait dans le couloir.

— Nom d'un chien ! dit Stephen Symes en contemplant la pièce.

CHAPITRE XLIX

Sarah Tanner monta à bord du fiacre qui attendait dans Ratcliff Highway.

— Pour l'amour du ciel, où est le cocher ? s'exclama-t-elle.

— Il a dit qu'il devait aller se soulager, répondit Lydia Payne, interdite, qui resta bouche bée à la vue de sa figure contusionnée et ensanglantée. Je suis désolée, je n'ai pas réussi à l'en empêcher.

Mrs. Tanner se pencha par la vitre. Le cocher revint, et on l'entendit grimper maladroitement sur son siège.

— Allons-y !

— Bien, madame.

Le fouet claqua et le fiacre démarra dans un soubresaut et prit de la vitesse.

— Que vous est-il arrivé ? demanda Miss Payne.

— Ferntower était là. Miss Fulbrook… elle est morte, hélas. Il l'a tuée elle aussi.

Lydia Payne secoua la tête.

— Miss Fulbrook ? Non, c'est impossible.

— Impossible ? répéta Sarah Tanner.

— Je veux dire, c'est incroyable. Jamais il ne s'en prendrait à elle.

Mrs. Tanner haussa les épaules.

— Non, c'est vrai. Pas à la poule aux œufs d'or.

— Alors pourquoi m'avez-vous…

— Par simple curiosité.

— Par curiosité ?

— Il me restait l'ombre d'un doute. Mais n'ayez crainte, grâce à vous elle s'est dissipée, Miss Payne.

Cette dernière se raidit.

— Qu'entendez-vous par là ?

— L'homme qui a tué George Phelps… mon ami Georgie – il me semble que je vous ai raconté cette histoire, à l'*Angel*, n'est-ce pas ? –, eh bien, je l'ai vu à Hillmarton Park, la semaine dernière, en train de serrer la main à Mr. Ferntower. J'ai pensé que Mr. Ferntower le connaissait, qu'il l'avait payé pour assassiner sa sœur. Qu'il avait l'intention de vendre sa pupille à Symes pour en tirer profit. Je ne me suis pas demandé qui d'autre se trouvait dans la maison.

— Vous n'êtes pas en train de m'accuser ?

— Je suppose que c'est vous qui l'avez présenté à Mr. Ferntower. Vous l'avez fait passer pour un cousin ? Une de vos connaissances ? Un membre respectable de la force publique ? Il est arrivé sans prévenir. Vous avez dû inventer quelque chose. Kate Evans lui avait rendu visite pour exiger une part du magot plus conséquente, et il ne savait comment réagir. C'est à peu près ainsi que ça s'est passé, n'est-ce pas ?

— Vous avez perdu la raison ! protesta Lydia Payne.

— J'ai tout compris quand nous avons découvert son cadavre, celui de Kate Evans. Vous savez que Ferntower l'a tuée, n'est-ce pas ? Peut-être est-ce vous qui lui avez soufflé cette idée ? Quoi qu'il en soit, j'ai compris que la venue de ce diable de policier n'avait aucun sens, pas si c'était John Ferntower qui tirait les ficelles. Pourquoi donc serait-il allé à

Hillmarton Park ? Parce que c'est quelqu'un d'autre qu'il venait voir : vous.

— Et vous considérez cela comme une preuve suffisante ? rétorqua Lydia Payne. Une preuve que j'aurais conspiré avec ces malfrats ?

— De grâce, Miss Payne, vous êtes bonne comédienne, meilleure que Kate Evans, sans doute, mais pas à ce point. Je dois certes reconnaître que John Ferntower et vous avez joué vos rôles à merveille – vous qui ne cessiez de le dénigrer, de répéter qu'il n'était qu'un bon à rien ! –, si bien que lorsque même vous avez consenti à l'idée du mariage, Miss Fulbrook s'est laissé convaincre.

— C'est ridicule ! s'exclama Lydia Payne.

— J'ai vérifié mon hypothèse. Je vous ai écrit hier soir, vous expliquant en partie mes intentions. J'aurais pu me rendre directement à Shadwell, mais je vous ai laissé le temps de les prévenir. Je ne suis pas une imbécile, Miss Payne. Je sais quand on attend ma visite.

Lydia Payne blêmit.

— Que s'est-il passé ? demanda-t-elle au bout d'un moment, le visage livide. Racontez-moi.

— Ferntower a tué votre ami le roussin car, égoïste jusqu'à la fin, il ne souhaitait pas partager. Je crois qu'il pensait pouvoir convaincre la police que c'était moi la coupable.

— Et John ?

— Ah, c'est *John*, pour vous ?

— Racontez-moi.

— Il a tenté de m'assassiner. Je l'ai poignardé dans le cou, et je l'ai regardé mourir. Non pas que je l'aie fait par plaisir, mais je le devais à Georgie. On trouvera son cadavre en décomposition dans quelques jours, je suppose.

Lydia Payne secoua la tête une nouvelle fois.

— C'est encore un mensonge.

— Pas cette fois.

Miss Payne devint plus blême encore. Ses mains, pourtant, s'enfoncèrent dans le petit réticule qu'elle portait sur ses genoux, et réapparurent munies d'un pistolet.

— N'allez pas croire que je n'oserai pas m'en servir, l'avertit-elle. Vous n'êtes pas la seule à posséder le courage d'un homme. Je n'hésiterai pas à vous abattre de sang-froid.

— Ayez au moins la courtoisie de m'expliquer ce qui a motivé vos actes, dit Sarah Tanner, en remuant nerveusement sur la banquette.

— Épargnez-moi votre hypocrisie ! s'exclama Lydia Payne. Votre passé ne m'est pas inconnu, « Mrs. Richards ». John m'a parlé des activités de Mr. Symes et de ses associés. Si j'ai agi ainsi, c'est pour l'argent ; afin de ne plus jamais avoir à être la gouvernante d'une jeune sotte pour un salaire de misère. Afin d'avoir une vie à moi, une vie confortable.

— Miss Fulbrook m'a dit que vous n'étiez sa gouvernante que depuis deux ans. Était-ce si insupportable ?

— J'avais tout prévu de longue date. Croyez-vous qu'il s'agissait d'un hasard ? Croyez-vous être la seule à Londres à avoir de la jugeote ? J'ai été une des filles des Écoles des petits pauvres du père Ferntower, autrefois. Le saviez-vous ? Non, sans doute que non. Tous les ans, nous défilions devant les donateurs. Je m'en suis très bien sortie – un beau succès pour les Écoles. Il ne se souvenait pas de moi, bien sûr, ce vieil imbécile. Vous savez, je crois même qu'il s'est épris de moi.

— Mais finalement vous êtes devenue la maîtresse de John Ferntower. Cela faisait-il partie de votre stratagème ?

— Ça a eu son utilité. N'allez pas penser que c'est moi qui ai poussé John à s'écarter du droit chemin, Miss Richards. Il en voulait déjà à l'argent de Miss Fulbrook ; moi, je n'ai fait que le conseiller.

— Et Symes est venu contrarier vos plans. Ses projets se heurtaient forcément aux vôtres.

— Plus encore, il a failli tout gâcher ! John avait perdu tout espoir, il ne voyait pas de moyen de s'en sortir. Sans votre intervention, il aurait certainement abandonné.

— Même le soir où je l'ai rencontré à St. Giles, dit Mrs. Tanner, il a vu une occasion de se servir de moi, n'est-ce pas ? De m'utiliser contre Symes ?

— Ça n'a plus d'importance, maugréa Miss Payne. Dites-moi la vérité, poursuivit-elle en levant plus haut son pistolet. L'avez-vous vraiment tué ?

Sarah Tanner s'apprêta à lui répondre, mais au même instant, par la trappe du toit de la voiture, qui s'était ouverte doucement à mesure que la discussion progressait, on entraperçut le scintillement d'une lame d'acier qui s'abattit à la vitesse de l'éclair et transperça la main de Lydia Payne. Elle poussa un gémissement de douleur et lâcha aussitôt son arme.

Stephen Symes regarda par l'ouverture.

— Oui, Miss Payne, c'est vrai.

Lydia Payne, haletante, empoigna sa main blessée.

— Vous vous rappelez Mr. Symes ? demanda Sarah Tanner. Il m'est pénible de l'admettre, mais nous avons conclu une trêve.

— À l'aide, par pitié ! s'écria Lydia Payne. Je meurs !

— Ce n'est pas ça qui va vous tuer, répliqua Sarah Tanner en examinant la plaie. Mais nous pouvons sans doute nous arranger autrement.

— Que voulez-vous dire ? demanda Lydia Payne, le souffle court, en pressant sa main contre sa poitrine.

— Où est Miss Fulbrook ?

— Qu'est-ce qui m'oblige à parler ?

— Je vous croyais à l'agonie.

— Allez tous les deux au diable ! Elle est dans une pension des Minories. Qu'entendez-vous par « nous arranger » ?

— Deux choix s'offrent à vous, Miss Payne. Le premier, c'est de vous livrer à la police, de leur expliquer que vous avez enlevé Miss Fulbrook, et que John Ferntower a assassiné sa tante. Le second, c'est que je vous abandonne à Mr. Symes, pour qu'il dispose de vous comme bon lui semble. Vous vous doutez qu'il ne manquera alors pas d'imagination.

— Si je me rends à la police, on me pendra.

— Peut-être, pas forcément. Seules vous et Miss Fulbrook êtes là pour donner votre version des faits – nous pouvons concocter une histoire plausible, et par exemple faire l'impasse sur mon véritable rôle dans cette affaire. Quant à Mr. *Hawkes*, vous seriez surprise de découvrir qu'il possède des références irréprochables ; il se peut même qu'il offre un témoignage pour votre défense – il pourrait déclarer sous serment que vous étiez le pion de Ferntower. Avec un peu de chance, vous ne serez condamnée qu'à vingt-cinq ans.

— Hors de question, dit Lydia Payne. Vous n'avez aucune preuve.

— Vous préférez donc l'autre solution ?

Lydia Payne secoua la tête et, sans prononcer un mot supplémentaire, se jeta vers la portière du fiacre, tourna la poignée de sa main valide et sauta. Le cocher, perché sur son siège à côté de Stephen Symes, tira aussitôt sur les rênes et actionna les freins.

Lydia Payne gisait en boule sur la route, le corps écrasé par les grandes roues du chariot d'un charbonnier qui avançait lourdement.

Symes se pencha vers Sarah Tanner et afficha un sourire sinistre.

— Une possibilité que vous avez omis de mentionner ?

ÉPILOGUE

Dans le salon de Regent Street, Sarah Tanner, un service à thé en argent disposé devant elle, était assise face à Sa Majesté.

— Comme c'est charmant d'être passée nous voir, ma chère ! dit la vieille femme en caressant du bout des doigts le dos du pékinois qui ronflait sur ses genoux.

— Comment pouvais-je refuser ?

— Je dois avouer, ma chère, que lorsque tu es venue nous trouver, j'ai cru à un mauvais tour. Je ne pouvais imaginer que le jeune Mr. Ferntower avait les tripes d'accomplir une telle manœuvre.

— Est-ce pour cette raison que Symes l'aurait laissé m'abattre sans rien tenter ?

— Mr. Symes a un caractère changeant, ma chérie. Tu parviendras à lui pardonner, j'en suis sûre. Dis-moi, as-tu lu le *Times* de ce matin ?

— Non.

— Ils appellent ça « Le bain de sang de Shadwell ». Amusant, n'est-ce pas ? Il y a aussi un entrefilet concernant une femme qui s'est jetée sous les roues d'un chariot dans Ratcliff Highway. Tu n'as pas chômé, ces derniers jours, n'est-ce pas ?

— J'ai été très occupée, en effet, répondit Sarah Tanner en buvant une gorgée de thé.

— Je pourrais encore ordonner qu'on te tue, tu sais, déclara Sa Majesté d'un ton neutre, teinté d'une pointe d'amusement. Je serais dans mon bon droit.

— Si vous le pensiez, vous l'auriez déjà fait.

— Ha ! s'exclama la vieille femme, un sourire aux lèvres. Quel esprit, ma chère ! Je serais fort peinée de te perdre, je t'assure ! Mais sois prudente, veux-tu ? Ne compte pas trop souvent sur ma clémence, d'accord ?

— Je tâcherai de m'en souvenir, répondit sèchement Sarah Tanner.

— Et maintenant, qu'allez-vous faire, Miss Mills ?

— Mrs. Tanner, je vous prie. Cette époque est révolue.

— Vraiment ? Je ne l'aurais jamais cru, ma chère. Bref, quels sont tes projets ?

Sarah Tanner marqua un temps d'arrêt, comme si elle n'en était pas certaine.

— Je vais rouvrir mon café.

Sa Majesté gloussa.

— En voilà une idée ! Comme c'est amusant, ma chérie, fais donc ! Oui, fais donc ! Mais qui va payer les frais ? Je t'aurais volontiers proposé mon aide, mais je crains de blesser Mr. Symes.

— Et j'en serais fort contrariée. Non, c'est une de mes connaissances.

— Arthur DeSalle ?

— Peut-être. Puis-je vous poser une question ?

— Bien sûr, ma chérie.

— Qu'en est-il d'Elizabeth Fulbrook ?

— Ah, tu touches là un point sensible. J'ai appris par Mr. Symes que cette jeune femme est si bouleversée par la duperie de son scélérat de fiancé – sans parler de sa mort mystérieuse – qu'il a abandonné tout espoir d'obtenir satisfaction en ce domaine.

— Vous m'en voyez navrée.

— Ça, je n'en doute pas.

Postée devant ce qui restait des *Dining & Coffee Rooms*, Sarah Tanner contemplait Leather Lane. L'agitation quotidienne du marché avait un côté réconfortant ; pour la première fois, elle fut certaine de sa décision.

— Combien de temps ça va prendre ? demanda Ralph Grundy en désignant d'un signe de tête les ouvriers qui s'affairaient dans les gravats de l'étage.

— Six semaines.

— Alors faut en compter le double, patronne. Et puis ça va vous coûter une petite fortune.

— Vous travaillez toujours au *Bottle of Hay*, Ralph ?

— Ouais, mais c'est rude pour un vieil homme comme moi. On me donne même pas un petit déjeuner correct. Allez, patronne, dites-moi, qui c'est qui paie ?

— Ne vous occupez pas de ça.

Ralph Grundy haussa les sourcils, mais alla évaluer les progrès des maçons.

Une fois seule, Sarah Tanner sortit une enveloppe de sa poche et déplia la lettre.

Hillmarton Park, le 3 mai

Bien chère Mrs. Richards,

J'ignore comment vous m'avez trouvée dans cette affreuse pension ; je n'entends rien non plus aux terribles événements survenus à Shadwell. À la vérité, j'ai l'impression qu'on m'a dépossédée de toute certitude, ces derniers jours, et je suis tout à fait abattue. J'ai été heureuse de constater, à tout le moins, que vous vous étiez trompée sur le compte de mon tuteur.

Si je vous écris, c'est que je tenais à vous dire ceci : vous avez été, je crois, ma seule véritable amie tout au long de cette sordide affaire, et à mon sens John Ferntower vous a dupée aussi facilement que moi. De surcroît, même si tous les détails ne me sont pas connus, je suis convaincue que vous m'avez *sauvée*.

Veuillez donc recevoir tous mes remerciements ; vous trouverez ci-inclus un petit gage de ma reconnaissance.

Je vous prie d'agréer, Madame, l'expression de mes sentiments respectueux,

Elizabeth Fulbrook

Sarah Tanner déplia le papier qui se trouvait toujours dans l'enveloppe : une lettre de change d'un montant de cent guinées.

— Hé, patronne, dit Ralph Grundy en regardant vers elle, c'est quoi que vous avez là ?

— Rien, Ralph, répondit Mrs. Tanner, qui remit le billet dans l'enveloppe. Rien du tout.

Cet ouvrage a été imprimé en France par

CPI
Bussière

à Saint-Amand-Montrond (Cher)
pour le compte des Éditions 10/18
en mars 2009

Dépôt légal : mars 2009.
N° d'édition : 4148. — N° d'impression : 90322.